KB018127

AGATHA CHRISTIE POIROT SELECTION

CURTAIN

AGATHA CHRISTIE POIROT SELECTION

CURTAIN

커튼 애거서 크리스티 장편 소설 | 공보경 옮김

황금가지

CURTAIN : Poirot's Last Case

by Agatha Christie

정식 한국어 판 출간에 부쳐

나는 한국에서 우리 할머니의 작품을 정식으로 출간한다는 소식을 듣고 무척 기뻤다. 할머니가 1920년부터 1970년 무렵까지 오랜 세월에 걸쳐 집필한 작품들은 21세기인 지금 읽어도 신선하고 재미있다. 등장 인물들이 워낙 자연스러워서 요즘 사람들과 다를 바 없고 이들이 등장하는 상황과 장소가 전 세계 사람들의 애정과 향수를 자극하기 때문이다. 한국 독자들은 이번에 새로 나온 정식 한국어 판을 통해 그 동안 접하지 못했던 애거서 크리스티의 일부 작품들을 읽을 수 있을 것이다. 덕분에 한국에 새로운 세대의 애거서 크리스티 팬들이 탄생할지도 모르겠다는 생각을 하면 가슴이 벅차다.

애거서 크리스티는 대표적인 두 명의 주인공으로 기억되는 작가이다. 14권의 작품에 등장하는 마플 양은 영국의 작은 시골 마을에서 평온한 나날을 보내며 뜨개질과 수다로 소일하는 미혼의 할머니이지만, 놀라운 기억력과 날카로운 두뇌 회전으로 주변에서 벌어진 살인 사건을 해결한다.

그리고 마플 양과 상반되는 성격을 지닌 에르퀼 푸아로는 자신만만하고 콧수염을 포함한 자신의 외모와 벨기에라는 국적에 대한 자부심이 상당하다. 그는 이집트와 이라크를 비롯한 세계 각지에서 수수께끼를 해결하며 『오리엔트 특급 살인 *Murder On The Orient Express*』, 『나일 강의 죽음 *Death On The Nile*』, 『애크로이드 살인 사건 *The Murder Of Roger Ackroyd*』 등 애거서 크리스티의 여러 대표작에 모습을 드러낸다.

황금가지의 대담하고 참신한 표지와 전반적인 디자인 덕분에 작품의 성격이 잘 살아난 것 같아 기쁘다. 또한 한국 독자들이 할머니의 원작이 지닌 참된 묘미를 느낄 수 있도록 충실한 번역을 위해 애써 준 점도 높이 사고 싶다.

할머니의 작품이 20세기의 그 어떤 작가들보다 많이 팔리고 있는 이유는 나이와 국적에 상관없이 읽을 수 있는 재미와 감동을 갖추었기 때문이다. 모쪼록 한국 독자들도 황금가지에서 선보이는 애거서 크리스티 작품들을 즐겁게 감상하기를 바란다.

매튜 프리처드
애거서 크리스티의 손자
ACL 이사장

차례

정식 한국어 판 출간에 부쳐 ---- 5

제1장 ---- 9
제2장 ---- 22
제3장 ---- 38
제4장 ---- 50
제5장 ---- 62
제6장 ---- 76
제7장 ---- 85
제8장 ---- 108
제9장 ---- 133
제10장 ---- 157
제11장 ---- 174
제12장 ---- 183
제13장 ---- 204
제14장 ---- 232
제15장 ---- 245
제16장 ---- 268
제17장 ---- 281
제18장 ---- 293
제19장 ---- 301

후기 ---- 306

제1장

오래된 경험이 문득 떠오르거나 지난날의 감정이 불현듯 느껴지는 순간, 소스라치게 놀라지 않을 사람이 있을까?

"전에도 이런 일을 겪은 적이 있었는데……."

막상 이런 말을 내뱉고 나면 가슴 속이 몹시 떨려 오는 것은 대체 왜일까?

열차의 차창 밖으로 흘러가는 따분하기 이를 데 없는 에섹스의 풍경을 바라보며 그렇게 스스로에게 물어보았다.

전에도 지금과 똑같은 여행을 한 적이 있었는데, 그게 언제였더라? 우습게도 내 인생에서 한창 좋은 시절은 이제 지나가 버렸다는 생각이 들었다! 내게 부상을 안겨 주었던, 언제까지나 계속될 것만 같았던 전쟁은 끝났지만 지금은 한층 더 절망적인 두 번째 전쟁이 진행되고 있다.

1916년, 나, 아서 헤이스팅스는 젊은 나이였지만 스스로는 나이를 먹을 만큼 먹었다고 여기고 있었다. 그때 내 인생이 막 시작되고 있었다는 것을 어째서 깨닫지 못했을까.

당시 여행을 하면서 한 남자를 만났고 그를 통해 비로소 내 인생의 틀을 만들 수 있었다. 그 남자가 내 인생에 그토록 큰 영향을 미치리라는 것을 그때는 미처 깨닫지 못했다. 그때 나는 오랜 친구인 존 캐번디시와 함께 지내려고 가던 중이었는데 당시 얼마 전 재혼한 캐번디시의 모친은 '스타일스'라는 이름의, 보통 시골 귀족들이 사는 저택을 소유하고 있었다. 그때 난 옛 지인의 모습을 기억 속에 되새기며 흐뭇한 기분에 젖어 들었더랬다. 잠시 후 기묘한 살인 사건에 휘말리게 되리라고는 전혀 예상치 못한 채.

에르퀼 푸아로를 처음으로 만난 것은 벨기에에서였다. 별스럽고 덩치가 작은 그 남자를 다시 만난 곳도 바로 그 '스타일스' 저택에서였다.

긴 콧수염을 달고 다리를 저는 푸아로를 길거리에서 보았을 때 어찌나 놀랐던지 당시의 기억이 생생하게 떠올랐다.

에르퀼 푸아로! 그 시절 이후로 그는 나의 가장 절친한 친구가 되었고 내 삶에 커다란 영향을 미쳤다. 푸아로와 함께 또 다른 살인자를 찾아다니던 와중에 나는 세상에서 가장 진실하고 사랑스러운 인생의 동반자인 아내를 만났다.

아내는 지금 아르헨티나에 묻혀 있다. 늘 그녀가 바랐던 것처럼 아내는 노년의 지루한 고통이나 쇠잔함을 겪지 않고 숨을 거두었다. 외롭고 불행한 한 사나이를 뒤로한 채로.

아! 그 시절로 돌아갈 수만 있다면 다시 한 번 살아 볼 텐데. 지금 이 순간이 내가 처음 스타일스를 향해 여행을 떠나던 1916년이라면……. 그때 이후로 스타일스에는 많은 변화가 일어났다! 익숙한 모습인데도 왠지 모르게 달라져 있었다. 캐번디시 가문은 스타일스 저택을 팔아 버렸다. 존 캐번디시는 세상을 떠났고, 수수께끼 같은 매력을 풍기던 그의 아내 메리는 아직 살아 있으며 데번셔 주에 거주하고 있었다. 로렌스는 아내와 아이들을 데리고 남아프리카에서 살고 있었다. 온통 달라지지 않은 곳이 없었다.

한 가지, 희한하게도 변하지 않은 것이 있다면, 내가 지금 에르퀼 푸아로를 만나기 위해 스타일스로 가고 있다는 사실이었다.

주소가 에섹스 주 스타일스, 스타일스 저택으로 되어 있는 푸아로의 편지를 받았을 때 나는 어찌나 놀랐던지 말문이 막혀 버렸다.

거의 1년이 다 되어 가도록 옛 친구인 푸아로를 만나지 못하고 있었다. 그를 마지막으로 보았을 때 나는 충격을 받았고 슬픔을 느꼈다. 그는 많이 늙었고 관절염으로 다리를 절었다. 푸아로가 편지로 내게 전한 소식에 따르면, 그는 건강이 좋아질지도 모른다는 생각에 이집트 여행을 갔는데 돌아오자 오히려 건강이 악화되었다고 했다. 그럼에도 불구하고 그의 편지는 생기로 가득했다…….

> 여보게, 내 편지의 주소지를 보고 구미가 당기지 않나? 오래된 기억이 다시 떠오르지 않나? 그래, 난 지금 스타일스에 와 있다네. 스타

일스 저택은 지금 호텔로 사용되고 있지. 퇴역한 대령이 운영하고 있어. 그는 자네와 같은 영국인이지. 아주 오래된 양식의 타일로 지어진 푸나 스타일 저택일세. 주로 돈벌이를 하는 쪽은 비엥 엉텅뒤(물론), 대령의 아내지만. 그녀는 관리를 잘하기는 하는데 입심이 비할 데 없이 사나워 대령은 몹시 괴로워하고 있지. 내가 만약 그 대령의 처지였다면 그녀를 도끼로 쳐 죽이고 말았을 걸세!

신문에서 스타일스 저택에 대한 광고를 봤는데, 영국으로 건너가 처음으로 내 집처럼 편안하게 지냈던 그 저택에 대한 기억이 새삼 떠오르더군. 내 나이쯤 되면 과거를 회상하는 일을 즐겨 하게 되지.

한번 생각해 보게, 여기에서 난 자네 딸을 고용하고 있는 사람의 친구이며 준남작의 지위를 갖고 있는 한 신사를 만났다네.(이 문장은 꼭 프랑스어 연습 문장처럼 들리는군, 그렇지 않은가?)

나는 곧 계획을 하나 생각해 냈지. 그는 여름 동안 프랭클린 부부를 이곳으로 데려올 생각을 하고 있어. 난 자네를 이곳으로 불러올 생각이네만. 그러니까 우리는 엉 파미으(가족처럼 다 함께) 지내게 될 걸세. 정말 재미있을 거야. 그러니까 헤이스팅스, 몬 쉐(나의 소중한) 벗이여. 데페쉐 부(부디 서둘러서) 이곳으로 와 주게. 자네를 위해서 욕실이 딸린 방을 마련해 두었네. 자네도 알다시피 정들고 오래된 '스타일스' 저택이 지금은 현대식으로 많이 개조되었어. 가격 문제 때문에 러트렐 부인과 좀 옥신각신하기는 했지만, 트레 봉 마르쉐(아주 좋은 값으로) 방을 예약해 두었지.

프랭클린 부부와 자네의 사랑스러운 딸 주디스는 며칠 전부터 이곳에 머물고 있네. 이곳은 매우 차분한 분위기야. 지금까지 아무런 사건도 일어나지 않았다네. 아 비엥토(조만간 보세).

변함없는 자네의 친구, 에르퀼 푸아로

편지를 읽고 나니 왠지 모르게 마음이 움직였다. 특별히 푸아로의 뜻을 거스를 이유도 없었으므로 그의 제안을 따르기로 했다. 게다가 난 특별히 연고지나 정해진 거처가 없는 상황이었다. 내 자식들 가운데 아들 하나는 해군에 몸을 담고 있었고, 또 다른 아들 녀석은 결혼을 해서 아르헨티나에서 대형 목장을 경영하고 있었다. 딸 그레이스는 군인과 결혼해서 인도에 가 있었다. 남아 있는 자식이라고는 주디스뿐이었다. 주디스는 내가 비록 티를 내지는 않았지만 마음속으로는 다른 자식들보다 더 아끼는 아이였다. 그렇지만 나는 단 한순간도 그 애를 이해하지 못했다. 그 애는 괴짜 기질이 있고 음울한 성격에 내성적이기까지 했으며, 자신의 생각을 좀처럼 남에게 털어놓지 않았다. 그로 인해 나는 가끔 모욕을 받은 듯한 비참한 기분을 느낄 때도 있었다. 아내는 나보다 주디스를 잘 이해했다. 아내의 말에 따르면, 내가 주디스의 입장에서 그 애를 믿어 주기보다 강압적으로 대한다는 것이었다. 그러나 아내도 나처럼 주디스에 대해 걱정을 하곤 했다. 아내는 주디스가 지나치게 감성적이고 외곬으로 파고드는 면이 있어서 감정의 배출구를 빼앗긴 사람처럼 본능적으로 항상 방어 태세를 하고 있다고 말했었다. 주디스는 이상할 정도로 시무룩하게 침묵을 지키고 있다가 갑자기 사납게 감정을 드러내곤 했다. 주디스는 가족 중에서 머리가 가장 뛰어났고 우리는 그 애가 원하는 대로 대학 교육을 시켜 주었다. 그 애는 1년 전쯤에 이공계 학사 학위를 취득하더니 열대 지방 질병에 관한 연구에 몰두해 있던 의사의 비서로 들어갔다. 그 의사의 아내는 몸이 다소 병약한 사람이었다.

주디스가 그토록 일에 빠져 있고 고용주인 의사에게 마음을 다하는 것이 혹시나 그 의사를 사랑하고 있기 때문은 아닐까 하는 생각이 들어 가끔 불안하기도 했다. 그러나 의사와 주디스의 관계가 지극히 사무적이라는 것을 알고는 안심이 되었다.

주디스가 나를 좋아하고 있다는 생각은 하고 있었다. 그렇지만 그 애는 천성적으로 감정을 드러내 보이는 성격이 아니었고 종종 내 생각을 감상적이고 진부한 것이라고 치부해 버리면서 경멸하며 못 견뎌 했다. 솔직히 말해서 나도 딸의 문제에 대해서만큼은 다소 신경과민인 면이 없지 않았다!

기차가 스타일스 세인트메리 역에 도착하는 바람에 생각을 멈추었다. 역은 세월이 비껴간 듯 거의 변하지 않은 모습이었다. 겉보기에는 아무 쓸모도 없는 것처럼 보이는 역사가 벌판 한가운데에 덩그러니 서 있었다.

택시를 타고 마을 안쪽으로 들어가자 비로소 세월의 변화가 느껴졌다. 스타일스 세인트메리는 확실히 달라져 있었다. 정유소와 극장이 들어섰고 여관도 두 개가 더 생겼으며, 공영주택 여러 채가 줄을 지어 서 있었다.

이윽고 내가 탄 택시가 스타일스 저택의 대문 안으로 들어섰다. 대문 안쪽으로 보이는 풍경은 역사와 마찬가지로 예전 그대로였다. 정원도 내가 기억하는 모습 그대로였지만 대문에서 현관의 차 대는 곳까지 이어지는 차도는 제대로 관리가 안 되어 잡초가 자갈을 온통 뒤덮을 정도로 자라 있었다. 택시는 모퉁이를 돌아서 저택이 보이는 안쪽으로 들어갔다. 저택 안쪽은 바깥에서 볼 때도 그런 생각이 들었지만, 칠이 벗겨져 새로 페인트를 칠해야 할 것 같았다.

수년 전 내가 그곳에 도착했을 때처럼 정원에서 한 여인이 화단 위에 몸을 구부리고 있었다. 심장이 다시 한 번 덜컥 내려앉았다. 바로 그때 여인이 몸을 일으키더니 곧장 내게로 다가왔다. 속으로 나 자신에 대해 웃음이 나왔다. 난 건장한 체격의 에벌린 하워드 같은 모습을 상상했던 것이다.

내게 다가온 여인은 차갑고 흐릿한 푸른 눈에 곱슬거리는 흰색 머리카락과 핑크 빛 뺨을 가진 허약해 보이는 노부인이었다. 노부인의 외모는 여유롭고 친절해 보이는 태도와는 사뭇 대조적이었다. 그리고 지나치다 싶을 정도로 감정을 과장해서 표현해 보였다. 그녀가 내게 말을 걸어 왔다.

"헤이스팅스 대위님 맞죠? 지금 손에 온통 흙이 묻어서 악수를 할 수가 없네요. 대위님에 대해서는 얘기를 많이 들었어요. 막상 이렇게 뵙게 되어 정말 반가워요. 제 소개를 해야겠군요. 저는 러트렐이라고 해요. 남편과 함께 무모하게 이 저택을 사들였다가 지금은 여기서 돈벌이를 하려고 애를 쓰고 있답니다. 제가 이렇게 호텔 경영인이 되리라고는 전혀 생각지도 못했어요! 그렇지만 한마디만 해 둘게요, 헤이스팅스 대위님. 저는 이래 봬도 꽤 사업을 할 줄 아는 여자랍니다. 노하우를 모두 여분으로 축적해 두고 있죠."

그녀의 기발한 농담에 우리는 크게 웃음을 터뜨렸다. 그렇지만 러트렐 부인의 말 속에 한 가닥 진실이 담겨 있을 수도 있다는 생각이 들었다. 나는 인상 좋은 노부인다운 모습 이면에 감춰져 있는 그녀의 냉혹하고도 무자비한 면을 놓치지 않았다.

러트렐 부인은 가끔 희미하게 아일랜드 사투리를 썼다. 그녀는 분명 아일랜드 혈통은 아니었는데, 그저 잘난 척을 하고 싶어서 그러는 것 같았다.

나는 푸아로의 안부를 물었다.

"아, 가엾은 푸아로 씨 말이군요. 대위님을 얼마나 기다리고 계셨는지 몰라요. 돌 심장도 녹일 정도였다니까요. 어찌나 간절히 기다리시는지 보고 있는 저도 그동안 무척 안타까웠답니다."

러트렐 부인은 저택을 향해 나와 함께 걸어가면서 원예용 장갑을 벗었다.

"그리고 대위님의 귀여운 따님 말인데요. 정말 사랑스러운 아가씨예요. 우린 늘 그 아가씨를 대단하다고 생각하고 있죠. 하지만 대위님도 잘 아시겠지만, 저는 구식이라서 주디스 양 같은 젊은 아가씨가 파티에 가서 젊은 남자들과 어울리지 않고 하루 온종일 토끼나 해부하고 현미경을 들여다보고 있는 게 별로 좋아 보이지는 않아요. 어찌 보면 부끄럽고 창피한 일이죠. 하지만 시대에 뒤처진 사람의 말이니 너무 신경 쓰지는 마세요."

"주디스는 어디 있습니까? 이 근처에 있나요?"

내가 이렇게 묻자, 러트렐 부인은 이른바 애들 말로 '인상을 구기며' 대답했다.

"아, 가엾은 주디스 양! 지금 정원 아래쪽에 있는 실험실에 틀어박혀 있어요. 프랭클린 박사가 그곳을 임대해서 실험실로 쓰고 있죠. 거기에는 실험용 기니피그 상자가 여럿 놓여 있어요. 쥐와 토끼가 그 안에 들어 있는데 정말 불쌍한 동물들이죠. 전 도대체 과학 같은 건 좋아할 수가 없을 거 같아요. 아, 저기 남편이 오는군요."

러트렐 대령이 막 건물 모퉁이를 돌아 나오고 있었다.

그는 큰 키에 바싹 마른 늙은이로 안색이 창백했으며, 온화하고 푸른 눈을 하고 있었다. 그는 우물쭈물하면서 작은 흰색 콧수염을 잡아당기는 버릇이 있었다.

러트렐 대령의 태도는 얼빠진 듯 보이기도 하고 소심해 보이기도 했다.

"아, 조지. 이쪽은 헤이스팅스 대위님이에요. 지금 막 여기 도착하셨어요."

대령은 나와 악수를 하며 이렇게 물었다.

"그럼, 4시 50분 기차를 타고 오셨겠군요?"

그 말에 러트렐 부인이 날카롭게 따지듯 말했다.

"그게 아니면 뭘 타고 오셨겠어요? 그리고 그게 뭐가 중요하죠?

어서 이분을 모시고 가서 방을 보여 드려요, 조지. 그리고 대위님은 곧장 푸아로 씨를 만나러 가고 싶어 하실 것 같기는 한데, 아니면 먼저 차 한 잔 드시겠어요?"

나는 러트렐 부인에게 차는 마시고 싶지 않으며 먼저 친구에게 가서 인사를 나누고 싶다고 대답했다.

러트렐 대령이 말했다.

"좋아요. 따라오세요. 제 생각에는, 선생의 물건을 이미 방에 가져다 두었을 것 같습니다만. 그렇지, 데이지?"

그러자 러트렐 부인이 쏘아붙이듯이 말했다.

"그건 당신이 챙겨야 할 일이죠, 조지. 난 지금껏 정원 손질을 했어요. 내가 일일이 다 확인할 수는 없잖아요."

"그래, 물론 그렇고말고. 내, 내가 알아보도록 할게, 여보."

나는 러트렐 대령을 따라 현관 계단 쪽으로 걸어갔다. 현관으로 가는 도중에 잿빛 머리카락의 건장해 보이는 사내와 마주쳤는데, 그는 쌍안경을 들고 서둘러 밖으로 나오던 참이었다. 그는 다리를 절었고, 순진하고 열정적인 얼굴을 하고 있었다. 그 사내가 약간 더듬거리며 말했다.

"큰단풍나무 아래에 새 한 쌍이 보, 보금자리를 만들고 있어요."

우리는 홀 안쪽으로 들어갔다. 러트렐 대령이 말했다.

"아까 그 친구는 스티븐 노턴이라고 합니다. 좋은 사람이죠. 새에 미쳐 있어요."

홀에는 아주 덩치가 큰 남자 한 명이 테이블 가에 서 있었다. 그는 지금 막 전화를 끊은 참인 듯했다. 그가 우리 쪽을 쳐다보며 말했다.

"토건업자와 건축업자 놈들은 모조리 잡아다가 끈으로 묶은 다음 잡아당겨서 사지를 찢어 놔야 한다니까요. 일을 제대로 처리하는 법이 없으니, 젠장."

그가 화를 내는 모습이 우습기도 하고 한편으로는 애처로워 보이기도 해서 나와 러트렐 대령은 웃음을 터뜨렸다. 나는 왠지 처음부터 그 남자가 마음에 들었다. 그는 아주 잘생긴 외모에 나이가 쉰은 족히 넘어 보였고, 햇볕에 잘 그을린 얼굴을 하고 있었다. 오랫동안 바깥생활을 해 온 사람 같았고, 점점 그 수가 줄어들고 있는 부류의 남자, 말하자면 보수주의자에 정직하고, 바깥생활을 좋아하며, 언제라도 명령을 내릴 준비가 되어 있는 영국 남자처럼 보였다.

그래서인지 몰라도 러트렐 대령이 그 남자를 '윌리엄 보이드 캐링턴 경'이라고 내게 소개할 때에도 그다지 놀라지 않았다.

내가 알고 있기로는 그는 인도의 한 지방에서 총독을 지낸 인물이었다. 그곳에서 그는 그야말로 승승장구했는데, 명사수인 데다가 대형 동물 사냥꾼으로 이름을 날렸다. 안타까운 일이지만, 그런 부류의 남자는 요즘처럼 타락한 시대에는 좀처럼 보기 힘든 법이다.

캐링턴 경은 이렇게 말하며 웃음 지었다.

"아, 그 유명하신 '몬 아미(내 친구) 헤이스팅스 씨'를 이렇게 직접 만나 뵙게 되어 반갑습니다. 벨기에 출신 노인 분으로부터 헤이스팅스 대위님에 대해 얘기 많이 들었습니다. 대위님의 따님도 이곳에 머물고 있죠. 정말 좋은 아가씨예요."

나도 미소를 지으며 말했다.

"주디스는 저에 대해 그렇게 많은 이야기를 하진 않았을 겁니다."

"맞습니다. 정말 현대적인 아가씨죠. 요즘 아가씨들은 하나같이 부모에 대해 이야기하는 걸 난처하게 생각하더군요."

내가 맞장구를 쳤다.

"요즘 애들은 부모에 대해 이야기하는 걸 망신이라고 여기는 모양이에요."

캐링턴 경이 웃음을 터뜨리곤 말을 이었다.

"아, 그런 면에서 전 아무 걱정이 없습니다. 자식이 없으니까요. 그게 정말 좋은 건지 나쁜 건지는 모르겠지만요. 주디스는 아주 아름다운 아가씨인데, 지나칠 정도로 똑똑해요. 그런 점이 다소 걱정이 되기도 합니다."

그는 수화기를 다시 한 번 집어 들며 말했다.

"전화기를 지옥으로 처박지는 않을 테니 걱정 마세요, 러트렐 씨. 저는 그다지 참을성이 많은 사람은 아니지만요."

러트렐 대령이 대답했다.

"살살 다뤄요."

나는 러트렐 대령을 따라 위층으로 올라갔다. 대령은 건물 왼쪽을 따라가다 맨 끝에 있는 방으로 나를 데려갔다. 푸아로가 나를 위해 마련해 둔 그 방은 내가 전에도 묵었던 곳이었다.

몇 가지 달라진 점이 눈에 띄었다. 복도를 따라 걸어가면서 방문이 열린 곳이 여러 곳 있어서 안쪽을 들여다보았는데, 구식의 대형 침실을 칸막이벽으로 나누어 작은 방을 여러 개 만들어 놓은 것이 눈에 띄었다.

내 방 역시 그다지 크지는 않았다. 냉온수 시설이 되어 있는 것을 빼고는 별로 달라진 점이 없었다. 방 안쪽에는 칸막이로 막아서 만든 작은 욕실이 있었다. 싸구려 현대식 가구들이 방에 들어차 있었는데, 그걸 보고 나는 실망을 금치 못했다. 나는 이 저택의 건축 양식과 잘 어울리는 분위기의 방을 좋아했기 때문이다.

방에는 내 짐이 놓여 있었다. 러트렐 대령은 내게 푸아로의 방은 바로 맞은편이라고 말해 주었다. 그가 나를 푸아로의 방으로 안내하려는 순간, 아래층 홀에서 "조지!"라고 부르는 날카로운 음성이 들려왔다.

그는 신경이 곤두선 말처럼 움찔하더니 손을 입술로 가져갔다.

"제, 제가 보기엔 다 된 것 같군요. 필요한 게 있으면 벨을 눌러요."

"조지!"

"지금 가고 있어, 여보. 가고 있다고."

그는 서둘러 복도 아래쪽으로 내려갔다. 나는 잠시 그대로 서서 그의 뒷모습을 바라보았다. 그리고 두근거리는 가슴을 안고 복도를 가로질러 푸아로가 머물고 있는 방의 문을 두드렸다.

제2장

나이가 들어 심신이 황폐해지는 것만큼 슬픈 일은 없을 것이다.

가엾은 내 친구. 푸아로에 대해서는 전에도 여러 차례 설명한 적이 있지만, 지금 와서 보니 그의 모습은 너무나 달라져 있었다. 푸아로는 관절염으로 인해 불구가 되다시피 했고 휠체어에 의지해야 겨우 몸을 움직일 수 있었다. 한때 살집이 있던 몸은 말라서 홀쭉해져 있었고, 앙상하게 마른 탓인지 몸집도 왜소해 보였다. 얼굴에는 주름이 잔뜩 잡혀 있었다. 다만 그의 콧수염과 머리카락은 아직도 칠흑처럼 검었다. 사실 이렇게 말해서 그의 기분을 상하게 하고 싶은 생각은 없지만, 이제 푸아로는 아무리 열심히 염색을 해도 염색한 티가 뚜렷이 드러나는 나이가 되어 버렸다. 그의 머리카락이 그토록 검은 것이 염색약 때문이라는 것을 처음 알았을 때는 물론 깜짝 놀라기는 했었다. 하지만 지금은 염색이 너무 티가 나고 부자연스러워서 마치 가발을 쓰고 어린애들을 즐겁게 해 주기 위해 윗입술을 놀리는 사람처럼 보였다.

그의 눈만은 전과 다름없이 날카롭게 빛나고 있었다. 물론 나를 보고 기쁜 나머지 날카로운 눈매가 부드러워졌지만 말이다.

"아, 몬 아미 헤이스팅스…… 몬 아미 헤이스팅스……."

나는 고개를 숙여 인사했고, 그는 늘 그렇듯이 나를 따뜻하게 포옹해 주었다.

"몬 아미 헤이스팅스!"

그가 몸을 뒤로 기대더니 머리를 한쪽으로 약간 기울이고는 나를 이리저리 뜯어보았다.

"그래, 자네는 예전 그대로군. 곧은 등과 널찍한 어깨, 잿빛 머리칼까지. 트레 디스팅귀.(정말 멋지군.) 여보게, 자네는 옷차림도 정말 훌륭하군. 레 팜므(여자들)에게 아직 매력적으로 보이겠어. 그렇지 않은가?"

"사실은 말이죠. 푸아로, 당신은……."

"이것만은 분명히 장담하겠네. 이봐, 친구. 그건 일종의 시험이야. 진정한 시험이라고. 젊은 아가씨들이 다가와서 자네에게 친절하게 말을 걸 때, 지나치게 친절하게 말을 건다면 모든 것이 끝장난 거야! 그녀들은 이렇게 말할 걸세. '가엾은 노인. 우리는 저 사람에게 잘해 줘야 해. 저렇게 늙는 건 정말 끔찍한 일이니까.' 하지만 헤이스팅스…… 부 제트 엉코흐 죈.(자네는 아직 젊어.) 그러니까 자네는 아직 가능성이 있다는 뜻이지. 그래, 자네는 지금 내 모습처럼 콧수염이 비틀어지고 어깨가 굽는다 해도 다른 사람 앞에 서는 걸 꺼린다거나 하지는 않을 것 같군."

나는 웃음을 터뜨렸다.

"정말 도저히 못 말리겠군요, 푸아로. 요즘 근황은 어떤가요?"

그가 얼굴을 찌푸리며 대답했다.

"나는 난파선이나 다름없어. 몸이 완전히 망가졌다네. 걸을 수조차 없어. 다리는 절름거리는 데다 뒤틀리기까지 했어. 다행히 밥은 혼자서 먹을 수 있지. 그 외에는 마치 아기처럼 보살핌을 받아야 해. 다른 사람이 나를 침대에 누이고 씻기고 옷을 입혀 준다네. 엉팽(어쨌든), 이런 건 마음에 안 들어. 이렇게 겉은 망가졌지만 아직 핵심 부분은 멀쩡해. 다행스러운 일이지."

"그래요, 정말. 심장만큼은 세상에서 제일 튼튼한 분이니까요."

"심장? 난 심장 얘기를 하고 있는 게 아냐. 핵심 부분이라고 한 건 바로 내 두뇌를 말하는 거라네, 몬 쉐.(이 친구야.) 내 머리는 아직도 비할 데 없이 잘 돌아가고 있거든."

잘난 척은 여전하다는 것을 알 수 있었다.

"여기는 맘에 들고요?"

내 질문에 푸아로는 어깨를 으쓱했다.

"그럭저럭. 자네도 보다시피 리츠 호텔 정도는 아니지만 말이야. 아니고말고. 내가 처음 이곳에 왔을 때 묵었던 방은 협소한 데다 가구 배치도 엉망이었어. 난 돈을 올려 주지 않고도 이 방으로 옮겨 왔지. 그런데 이 집 음식은 영국 음식 중에서도 그야말로 최악이라네. 싹양배추는 너무 크고 딱딱한데도, 영국인들은 그걸 아주 좋아하더군. 삶은 감자 요리는 무지하게 딱딱하거나, 퍼석거려 부스러지거나 둘 중 하나야. 야채는 그야말로 물맛이라네. 아무리 먹어도 물맛밖에 안 나. 어떤 요리에든 소금이나 후추가 하나도 들어 있지 않다니까."

그는 이야기 도중 잠시 숨을 돌렸다.

"정말 끔찍하군요."

"난 불평을 하자는 게 아냐."

푸아로는 그렇게 말하더니 계속해서 불만을 터뜨렸다.

"그리고 이른바 현대화라는 것도 그래. 욕실 여기저기에 붙어 있는 수도꼭지에서 뭐가 나오는지 아나? 하루 종일 미적지근한 물이 나온다네, 몬 아미. 수건은 종잇장처럼 얇은 데다가 부족하기까지 하다고!"

"옛날 생각이 나네요."

나는 생각에 잠기며 말했다. 스타일스 저택에 원래 구비되어 있던 예전 욕실에서는 온수가 나오는 수도꼭지를 틀면 뜨거운 물이 콸콸 쏟아졌고 증기가 구름처럼 피어났다. 당시 욕실 바닥 중앙에는 마호가니로 양 옆이 장식된 거대한 욕조가 위풍당당하게 자리를 잡고 있었다. 커다란 목욕 수건도 있었고, 물을 끓일 때 쓰는 빛나는 놋쇠 통이 구식 세면기 속에 담겨 있던 것도 기억 났다.

"그렇지만 굳이 불만을 제기할 필요는 없지. 이 정도 불편을 감수할 만한 이유가 충분히 있으니까 만족하고 있다네."

문득 내 머릿속을 스치는 생각이 있었다.

"푸아로, 저, 혹시 요즘 사정이 어려운가요? 전쟁 때문에 투자 상황이 아주 좋지 않다는 건 알고 있어요……."

그는 나를 안심시키려는 듯 서둘러 말했다.

"아니야. 그런 건 아닐세, 친구. 나는 지금 아주 편하게 생활하고 있어. 사실 나는 상당한 재산가라네. 내가 이곳에 온 건 경제적으로 궁핍해서가 아니야."

"그렇다면 다행이군요. 당신의 생각을 이해할 수 있을 거 같아요. 사람은 나이가 들면서 자꾸만 옛날로 돌아가고 싶어 하는 경향이 있거든요. 옛 감정을 다시 한 번 붙들기 위해 애를 쓰죠. 어떤 면에서 나는 지금 여기에 와 있는 게 고통스럽기도 해요. 이미 완전히 잊어버렸다고 생각했던 수백 가지 옛날 생각과 감정이 다시 떠오르거든요. 그것은 아마 당신도 마찬가지겠죠."

"아니, 그렇지 않네. 난 전혀 그런 기분이 들지 않아."

"정말 멋진 나날들이었어요."

나는 슬픈 어조로 말했다.

"그건 자네한테나 해당되는 얘기야, 헤이스팅스. 스타일스 세인트메리에 도착했을 당시 나는 비통하고 힘든 시간을 보내고 있었어. 부상을 입고 고국에서 추방당한 망명객 신세였지. 낯선 외국에서 자비를 베풀어 준 덕분에 살아갈 수 있었어. 유쾌한 일은 아니었지, 아니고말고. 당시에는 영국이 내게 제2의 고향이 될 줄도, 이곳에서 행복을 찾아 나서게 될 줄도 몰랐다네."

"내가 그 점을 잊고 있었군요."

나는 그의 말에 수긍했다.

"맞아. 자네는 늘 자신이 느끼고 있는 감정을 다른 사람들도 느낄 거라고 생각하지. 헤이스팅스가 행복하니까, 다른 사람들도 행복할 거야라고 말일세."

"아뇨. 그렇지는 않아요."

나는 웃으며 항변했다.

"하지만 그건 진실이 아니야."

그가 계속해서 말했다.

"지난날을 되돌아보면서 자네는 눈에 눈물이 차오른 채 말하겠지, '오, 행복했던 시절이여. 그때는 나도 젊었지.' 하지만 여보게, 자네는 당시, 지금 생각하는 것만큼 그렇게 행복하지는 않았어. 당시 자네는 그 바로 직전에 큰 부상을 입었고 더 이상 군에 복무할 수 없다는 것 때문에 안절부절못하며 지냈지. 적적하기 짝이 없는 요양소에서 머무는 동안 이루 말할 수 없을 만큼 우울해 했고. 내가 기억하는 한, 자네는 동시에 두 여인과 사랑에 빠져 일을 계속해서 복잡하게 만들기도 했지."

그의 말에 나는 웃음이 터져 나오면서 얼굴이 확 붉어졌다.

"정말이지 기억력이 대단하군요, 푸아로."

"그래, 자네가 사랑스러운 두 여인에 대해 어리석은 말을 중얼거릴 때 내쉬던 우울한 한숨을 나는 아직도 기억하고 있다네."

"혹시 기억 나요? 당신은 내게 이렇게 말했었죠. '두 여인 모두 자네 짝이 아니야! 너무 마음에 두지 말게나. 기운 내라고, 몬 아미. 다시 한 번 둘이서 사냥을 떠나세. 그러면…….'"

나는 말을 멈추었다. 푸아로와 함께 다시 한 번 사냥을 하러 프랑스로 떠났을 때, 그곳 프랑스에서 나는 한 여인을 만났었다…….

푸아로가 내 팔을 부드럽게 토닥거리며 말했다.

"다 알아, 헤이스팅스. 나도 다 알고 있다네. 상처는 아직 아물지 않았지. 하지만 너무 얽매이지 말게나. 뒤를 돌아보지 말란 말일세. 앞만 보고 나아가야지."

나는 넌더리가 난다는 몸짓을 해 보였다.

"앞만 보고 나아간다고요? 앞날에 기대할 게 대체 뭐가 있단 말이죠?"

"에 비엥(흠), 여보게. 해야 할 일이 있어."

"일이요? 어디에서요?"

"여기에서."

나는 눈을 둥그렇게 뜨고 그를 빤히 쳐다보았다.

"좀 전에 자네는 내게 왜 여기에 와 있느냐고 물었지. 나는 아직 그 질문에 대한 답을 해 주지 않았는데, 자네는 그걸 알아채지 못한 거 같군. 그 답을 지금 해 주겠네. 나는 지금 살인범을 잡기 위해 이곳에 와 있다네."

나는 한층 더 놀라서 그를 바라보았다. 잠시 동안 나는 푸아로가 그저 아무렇게나 내뱉은 것이 아닐까 하는 생각이 들기도 했다.

"정말입니까?"

"그렇다네. 아니면 무엇 때문에 내가 자네에게 이리로 와 달라고 했겠나? 내가 지금 사지는 망가졌어도, 두뇌는 아직 멀쩡하다네. 자네도 기억하겠지만, 내가 일하는 방식에는 변함이 없어. 의자에 깊숙이 파묻혀서 생각을 하는 거지. 그런 일은 아직도 할 수가 있다네. 사실 내가 할 수 있는 유일한 일이 그것뿐이기도 하지만. 이 일에서 보다 활동적인 부분은 더없이 소중한 내 친구 헤이스팅스가 맡아 줄 거니까."

"진심이에요?"

나는 숨이 가빠 왔다.

"물론 진심일세. 자네와 나, 우리 둘이서 다시 한 번 사냥을 하는 거야."

몇 분쯤 지나서야 비로소 푸아로가 한 말이 진심이라는 것을 알 수 있었다.

그의 말은 다소 황당하게 들렸으나, 딱히 그의 판단을 의심할 만한 이유도 없었다.

푸아로가 살짝 미소를 지으며 말했다.

"드디어 알아들은 것 같군. 처음에 자네는 내가 노망이라도 난 건 아닐까 하고 생각하지 않았나?"

나는 서둘러 그의 말을 부정했다.

"아뇨, 아닙니다. 그저 이곳은 살인 사건과는 거리가 먼 곳 같아서요."

"아, 그렇게 생각하나?"

"물론 이곳 사람들을 전부 다 만나 본 건 아니지만요……."

"누구누구를 만났나?"

"러트렐 대령 부부와 노턴이라는 남자요. 노턴은 해를 끼칠 사람으로는 보이지 않던걸요. 그리고 캐링턴 경을 만났죠. 이 말은 꼭 해야겠는데, 캐링턴 경에 대해서는 매우 호감이 가더군요."

푸아로는 고개를 끄덕였다.

"좋아, 헤이스팅스. 자네에게 이 말을 해 주겠네. 자네가 이 저택에 있는 나머지 식구들을 다 만나 보면, 지금도 그렇겠지만, 이곳에 살인범이 있다는 내 주장이 전혀 말도 안 되는 소리라는 생각이 들 걸세."

"또 누가 있는데요?"

"프랭클린 박사 부부, 프랭클린 부인을 돌보는 간호사, 자네 딸 주디스가 있지. 그리고 앨러턴이라는 바람둥이 남자와 서른다섯 살 정도 된 콜 양이라는 여자가 있다네. 미리 말해 두겠네만 그들은 모두 아주 좋은 사람들이지."

"그중 하나가 살인범이라는 말인가요?"

"그중 하나가 살인범이지."

"하지만 왜, 어떻게, 어째서 그렇게 생각하시는 거죠?"

나는 곧 내 질문에 전혀 두서가 없다는 것을 깨달았다. 질문이 앞뒤가 맞지 않고 엉켜 버린 것이었다.

"진정하게, 헤이스팅스. 처음부터 찬찬히 시작해 보세. 거기 있는 서랍 달린 큰 책상에서 작은 상자 좀 가져다 주겠나. 비엥.(좋아.) 그리고 열쇠도 좀 줘, 그래."

푸아로는 송달함을 열고, 타자기로 친 원고와 신문 스크랩 뭉치를 꺼냈다.

"한가할 때 이 내용을 찬찬히 조사해 보게나, 헤이스팅스. 나는 당장은 신문 스크랩을 가지고 씨름하고 싶지가 않아. 이건 여러 가지 비극적인 사건에 관한 신문 기사일 뿐이라네. 기사 내용은 가끔 정확하지 않을 때도 있고 무언가를 암시해 줄 때도 있지. 사건에 대해 알려면 내가 작성한 요약본을 죽 읽어 보는 게 좋을 걸세."

나는 곧 열중해서 그 요약본을 읽기 시작했다.

사건 A. 이서링턴

레너드 이서링턴. 약물 복용 및 음주 등 나쁜 습관을 갖고 있음. 기묘하고 사디스트적인 성격. 아내는 젊고 매력적임. 남편과의 결혼 생활은 지독하게 불행했음. 이서링턴은 식중독으로 사망한 것으로 보임. 그러나 의사는 그 점을 확신하지 못하고 있음. 부검 결과, 사망 원인은 비소로 인한 독살로 밝혀짐. 비소는 가정용 제초제로 쓰이는 것으로 이서링턴이 사망하기 훨씬 전에 주문했던 것임. 이서링턴 부인이 살인 혐의로 체포됨. 그녀는 최근까지 한 젊은 공무원과 교제하고 있었는데, 그 공무원은 후에 인도로 돌아갔음. 실제로 간통을 했는지 여부는 확실치 않으나, 둘 사이에 깊은 공감대가 형성되어 있었다는 증거가 있음. 그 후 그 젊은이는 여행 중에 만난 아가씨와 약혼을 하게 되었음. 이와 같은 사실을 담은 편지를 이서링턴 부인이 남편이 사망한 후에 받았는지 아니면 그 전에 받았는지 그 여부가 불확실함. 이서링턴 부인의 말로는 남편이 죽기 전이었다고 함. 그녀에게 불리한 증거는 주로 정황 증거이며 다른 용의자나 관련 사건이 존재할 가능성은 매우 적음. 죽은 이서링턴의 성격 및 이서링턴 부인이 남편에게 받아 온 부당한 대우 때문에 법정에서는 이서링턴 부인을 깊이 동정하는 분위기가 형성됨. 판사가 배심원에게 하는 사건 요지 진술은 이서링턴 부인에게 유리한 내용을 담고 있었고, 그 진술로 인해 배심원이 재판장에게 제출하는 평결도 그 밖에 타당한 의혹을 무시한 채 부인에게 유리하게 이루어지도록 압력이 가해졌음.

이서링턴 부인은 무죄를 선고 받았음. 그러나 그녀가 유죄라는 의견이 일반적이었음. 그 후 이서링턴 부인은 친구를 포함해 여러 사람들의 냉대로 힘겨운 삶을 살다가, 재판이 있은 후 2년이 지난 어느 날 물약으로 된 수면제를 과다 복용하고 사망했음. 검시 결과 사고사로 판정되었음.

사건 B. 섀플스

노처녀. 병약자. 까다롭고 완고한 편이며, 병고로 크게 고통을 겪음. 조카인 프레다 클레이가 섀플스 양을 돌봐 주고 있었음. 섀플스 양은 모르핀 과잉 투여로 사망. 프레다 클레이는 아주머니가 너무 심한 고통을 겪고 있었고 도저히 견디지 못해 하는 것 같아 그녀의 고통을 덜어 주기 위해 평소보다 많은 양의 모르핀을 주었다고 말하면서 자신의 실수를 인정. 경찰은 그와 같은 프레다 클레이의 행동은 실수가 아니라 고의적이라고 보았으나, 기소를 하기에는 증거가 불충분하다는 점을 참작함.

사건 C. 릭스

에드워드 릭스. 농부. 아내가 하숙인 벤 크레이그와 불륜관계라고 의심함. 크레이그와 릭스 부인이 총에 맞은 채로 발견됨. 총알은 릭스의 총에서 발사된 것으로 드러남. 릭스는 경찰에 자수했음. 그는 자기가 총을 쏜 것이 틀림없는 것 같지만, 도무지 기억이 나지 않는다고 진술함. 그는 의식이 없었다고 말했음. 릭스는 사형 선고를 받았으나 얼마 후 종신형으로 감형받았음.

사건 D. 브래들리

데릭 브래들리. 미혼 여성과 밀통을 하고 있다가 아내에게 발각됨. 아내는 데릭을 죽이겠다고 위협했음. 브래들리는 맥주를 마시다가 맥주 안에 들어 있던 청산가리로 인해 사망. 브래들리 부인은 살인 혐의로 체포되어 재판을 받았음. 그녀는 반대 심문 과정에서 범행을 자백, 유죄 판결을 받고 교수형에 처해짐.

사건 E. 리치필드

늙은 폭군. 매튜 리치필드. 슬하에 딸 넷을 두고 있으나 딸들이 유흥을 즐기거나 돈을 소비하는 것을 허락하지 않았음. 어느 날 저녁, 집으로 돌아오던 길에 옆문 바깥쪽에서 습격을 받아 머리를 강타당하고 살해됨. 얼마 후 경찰 조사가 끝나고 나서 맏딸인 마거릿이 경찰서로 찾아와 자신이 아버지를 살해했다고 자백함. 마거릿은 너무 늦기 전에 동생들이 각자의 인생을 찾도록 하기 위해 그와 같은 범행을 저질렀다고 진술함. 매튜 리치필드는 막대한 재산을 남겼음. 마거릿 리치필드는 정신 이상으로 판결을 받아 브로드무어 수용소*에 수감되었음. 그러나 얼마 지나지 않아 사망함.

찬찬히 요약본을 읽었으나 오히려 더욱 어리둥절해질 뿐이었다. 나는 종이 뭉치를 내려놓고 미심쩍은 얼굴로 푸아로를 바라보았다.

"그래, 어떤가, 몬 아미(내 친구)?"

나는 천천히 말했다.

"브래들리 사건에 대해서는 저도 기억하고 있습니다. 사건 발생 당시에 신문에서 읽은 적 있죠. 브래들리 부인은 대단한 미인이더군요."

푸아로는 고개를 끄덕였다.

"그럼 이제 얘기를 해 주세요. 대체 이게 다 뭐에 대한 겁니까?"

"먼저 자네가 보기에 어떤지 자네 생각을 말해 주게."

나는 약간 당황했다.

"내가 지금 읽은 건 별도로 발생한 다섯 건의 살인 사건에 관한 내용이죠. 모두 각기 다른 장소에서 발생했고, 관련된 사람들의 신

* 버크셔 주에 있는 정신 장애 범죄자의 수용 치료 시설.

분도 다릅니다. 게다가 사건 사이에 표면적으로 연관성이 있어 보이지도 않아요. 즉 첫 번째는 질투에 의한 살인이고, 두 번째는 불행한 삶을 살아온 아내가 남편을 살해한 사건이며, 세 번째는 살해 동기가 돈 때문이고, 네 번째는 살인자가 형벌을 피하려 하지 않았다는 점에서 이타적인 목적으로 저지른 살인이며, 솔직히 말해서 다섯 번째 사건은 술기운으로 인해 저지른 난폭한 살인이죠."

나는 잠시 말을 멈추고 망설이며 이렇게 물었다.

"사건들 사이에 내가 알아채지 못한 공통점이 있습니까?"

"아니, 그렇지 않네. 자네는 아주 정확하게 사건 내용을 요약했어. 자네가 언급했어야 마땅하지만 하지 않은 게 하나 있다면, 그건 이 살인 사건에 대해 의심스러운 부분이 전혀 없다는 점이네."

"잘 이해가 안 되는데요?"

"가령 이서링턴 부인은 무죄를 선고받았네. 하지만 모든 이들이 그녀가 살인을 했다고 확신했지. 프레다 클레이는 공식적으로 기소를 당하지는 않았지만, 그녀가 저지른 범죄에 대해 다른 해법을 제시할 수 있는 사람은 아무도 없었네. 릭스는 자기가 아내와 그녀의 정부를 살해한 것을 기억하지 못한다고 진술했지만, 다른 누군가가 릭스 부인과 정부를 살해했을 수도 있다는 가능성은 없었지. 마거릿 리치필드는 범행을 자백했어. 자네도 보다시피, 각 사건에는 범행을 저지른 명백한 용의자가 한 명씩 존재하고 그 외에 의심스러운 사람은 전혀 없네."

나는 눈살을 찌푸렸다.

"그래요. 맞습니다. 하지만 당신이 그 사실에서 어떤 추리를 이끌어 내고 있는지 알 수가 없군요."

"아, 자네도 짐작하겠지만 나는 아직 자네가 모르고 있는 사실에 접근하고 있다네. 내가 요약해 놓은 각 사건에서 공통적으로 이상한 인물이 한 명 있다고 가정해 보게."

"무슨 뜻이죠?"

푸아로가 천천히 말을 이어 나갔다.

"나는 지금 정말 조심스럽게 말할 수밖에 없네. 이런 식으로 생각해 보자고. 가령 X라고 하는 인물이 있다고 하세. 위 다섯 건의 살인 사건에서 표면상으로는 X가 희생자를 제거해야만 했던 동기를 찾을 수가 없네. 내가 그동안 알아낸 건, 그중 한 사건에서, 범죄 발생 당시 X가 범행 장소에서 200마일 떨어진 곳에 있었다는 거야. 그럼에도 불구하고 자네에게 이야기해 두고 싶은 게 있다네. X는 이서링턴과 친밀한 관계였고, 한때 릭스와도 같은 마을에 살았으며, 브래들리 부인과도 면식이 있었어. 나는 X와 프레다 클레이가 함께 거리를 걷고 있는 모습을 담은 사진을 한 장 갖고 있지. 또 X는 매튜 리치필드 노인이 죽었을 당시에 그 집 근처에 있었지. 이런 점에 대해 자네는 어떻게 생각하나?"

나는 그를 물끄러미 바라보다가 천천히 입을 열었다.

"그렇다면 뭔가 꺼림칙하군요. X라는 사람이 두 개의 사건이나 심지어 세 개의 사건과 우연히 관련되어 있을 수는 있겠지만, 다섯 건의 살인 사건과 그저 우연히 연관되어 있을 뿐이라고 말하기는 어렵죠. 겉으로는 그렇게 보이지 않지만, 실질적으로 개별적인 살인 사건 사이에는 어떤 종류의 연관성이 있겠군요."

"그럼 자네는 내가 어떤 식으로 추리를 하고 있다고 생각하나?"

"X가 살인자라는 거죠? 바로 그거겠죠."

"헤이스팅스, 그런 점에서 자네는 나와 함께 이 사건의 핵심에 한 발짝 다가가고 있는 거라네. 자네에게 말해 주지. X는 바로 이 저택 안에 있다네."

"여기요? 스타일스 저택에 말입니까?"

"그렇다네. 그 사실에서 논리적으로 어떤 추리를 이끌어 낼 수 있을까?"

나는 어느 정도 감이 잡히는 걸 느끼며 이렇게 말했다.

"계속 말씀해 보세요. 그게 뭔지 말해 주세요."

에르퀼 푸아로는 의미심장하게 말했다.

"얼마 안 있어 이곳에서 살인 사건이 발생할 것이라는 거지. 바로 이곳에서."

제3장

나는 잠시 동안 어찌 할 바를 모르고 푸아로를 쳐다보다가 입을 열었다.

"아뇨, 그런 일이 일어나지는 않을 거예요. 당신이 그걸 막을 테니까요."

푸아로는 애정 어린 눈빛으로 나를 잠시 바라보았다.

"자네는 역시 충실한 내 친구일세. 나를 믿어 주는 자네의 마음은 더없이 고맙네. 여전히 변함이 없군. 투 드 멤므(어쨌든) 이번 경우에는 나에 대한 자네의 믿음이 반드시 옳다고 증명될 것인지 단언할 수 없을지도 모르지."

"말도 안 돼. 당신은 분명 사건 발생을 막을 수 있을 겁니다."

푸아로는 근심스러운 말투로 말했다.

"잠시만 차분히 생각해 보게, 헤이스팅스. 누구든 살인범을 잡을 수는 있겠지. 하지만 어떻게 살인을 막을 수 있겠나?"

"글쎄요, 당신, 당신은…… 음, 그러니까 내 말은, 살인범이 누구인지 당신이 이미 알고 있다면……."

나는 말꼬리를 흐렸다. 문득 이건 절대 쉽지 않은 문제라는 생각이 들었기 때문이다.

푸아로가 말했다.

"이제 알겠나? 이 사건은 그렇게 단순하지가 않아. 사실 방법은 단 세 가지뿐이라네. 첫 번째는 희생자가 될 사람에게 경고를 하는 거지. 희생자에게 항상 조심하라고 주의를 주는 거야. 이 방법이 늘 성공을 거두는 건 아니라네. 가까이에서 친밀하게 지내는 누군가로 인해 당신이 현재 심각한 위험에 처해 있다고 예비 희생자를 납득시키는 건 대단히 어려운 일이거든. 그런 말을 들으면 사람들은 보통 화를 내면서 절대 믿으려고 하지를 않아. 두 번째 방법은 살인자에게 경고를 하는 것이라네. 은근히 살인자에게 이렇게 말하는 거지. '나는 너의 의도를 알고 있어. 이봐, 만일 누군가가 죽게 된다면, 넌 교수형을 면할 수 없을 거야.' 이 방법은 첫 번째 방법보다는 성공률이 높기는 하지만, 역시 실패할 가능성이 있어. 살인자는 지구상의 어느 누구보다도 자부심이 강하다네. 그리고 살인자는 늘 다른 사람들보다 영리한 법이지. 아무도 그 혹은 그녀가 살인범일 거라고는 생각하지 못할 정도로 말일세. 경찰은 범인을 잡지도 못하고 허둥대겠지. 살인자는 계속해서 같은 범행을 저지를 것이고, 자네는 사건이 발생한 후에야 살인자를 잡아서 교수형에 처하는 것으로 만족해야겠지."

그는 잠시 말을 멈추었다가 신중하게 다시 입을 열었다.

"내 인생에서 딱 두 번 살인자에게 경고를 한 적이 있네. 한 번은 이집트에서였고, 또 한 번은 다른 곳에서였지. 두 번 다 범인은 결국 살인을 저질렀어……. 여기에서도 그럴 걸세."

"세 번째 방법이 있다고 하셨죠."

나는 좀 전에 그가 한 말을 상기시켜 주었다.

"아, 그래. 그 방법은 극도의 정교함을 필요로 한다네. 언제, 어떻게 사건이 발생할지를 정확히 예측해야 하고, 정확히 심리학적으로 시간을 맞추어 사건 현장에 발을 들여놓아야 하지. 그리고 살인자를 잡아야 하는데, 비록 현행범으로 붙잡지는 않더라도 살인미수죄는 적용시킬 수 있다네.

여보게, 세 번째 방법을 쓰는 것은 대단히 어렵고 섬세한 일인 데다가, 성공할 수 있을지 어떨지도 장담할 수가 없어! 나도 꽤 자부심이 강하기는 하지만, 그 가능성을 장담할 수 있을 정도는 아니라네."

"여기에서는 어떤 방법을 사용할 생각이죠?"

"되도록 세 가지 방법을 모두 사용할 거야. 첫 번째 방법이 제일 어렵지."

"왜요? 내 생각엔 그게 제일 쉬운 방법인 거 같은데요."

"그래, 누가 다음 희생자가 될지 알고 있다면 그렇겠지. 하지만 헤이스팅스, 여기 있는 나조차도 다음 희생자가 누구인지 모르고 있다는 걸 눈치 채지 못했나?"

“뭐라고요?”

나는 나도 모르게 소리를 지르고 말았다. 지금이 얼마나 어려운 상황인지 드디어 이해가 가기 시작했다. 지금까지 벌어진 일련의 사건들 사이에는 연관성이 있고 지금도 그럴 테지만 우리는 그 연관성을 알지 못하고 있었다. 이런 종류의 사건에서 가장 중요하다고 할 수 있는 범행 동기조차도 파악하지 못하고 있었던 것이다. 동기를 모르고서는 현재 위험에 처한 사람이 누구인지도 알 수가 없는 것이다.

푸아로는 내 얼굴에서 상황의 어려움을 이해하고 있는 기색을 읽고서 고개를 끄덕였다.

“자네도 알겠지만, 여보게. 이건 정말 쉬운 일이 아니라네.”

“아니고말고요. 이제 알겠습니다. 당신은 지금까지 벌어진 여러 사건들 사이의 관련성을 아직 파악하지 못한 거로군요?”

푸아로는 고개를 저었다.

“아직 아무것도 알아내지 못했다네.”

나는 다시 한 번 그의 말을 곰곰이 생각해 보았다. ‘ABC 살인 사건’에서 나와 푸아로는 사건이 알파벳순으로 진행되는지 여부에 골몰했지만, 실질적으로 사건 발생은 알파벳 순서와는 무관한 것으로 드러났었다.

나는 그에게 물었다.

“가령 이번 사건에는 에벌린 칼리슬 사건에서 당신이 찾아냈던 것 같은 조금 억지스러운 금전적 동기조차도 없는 것이 분명하다는 말이군요."

"전혀 없다네. 그 부분은 아주 분명해. 여보게, 헤이스팅스. 내가 늘 제일 먼저 살펴보는 게 바로 금전적인 이득이 있는지 여부가 아닌가."

그건 맞는 말이었다. 푸아로는 항상 돈 문제에 대해서는 대단히 냉소적이었다.

나는 다시 한 번 생각에 잠겼다. 그렇다면 이건 일종의 피의 복수인가? 이렇게 보는 것이 아무래도 사실 정보와도 보다 일치했다. 하지만 그렇게 생각해 봐도 아무래도 연관성이 부족해 보였다. 전에 읽은 적이 있는 맹목적인 연쇄 살인 사건에 대한 이야기를 떠올려 보았다. 사건의 실마리는 희생자들이 모두 어떤 사건에 배심원으로 참석했던 사람들이었고, 살인을 저지른 자는 희생자들이 내린 유죄 판결을 받았던 사람이라는 내용이었다. 그와 같은 종류의 살해 동기가 이번 사건에도 있지 않을까 하는 생각이 뇌리를 스쳤다. 나는 차마 그런 생각을 나 혼자만 하고 있었다고는 말하지 못하겠다. 푸아로와 함께 그런 식으로 해서 해결책을 생각해 낼 수만 있다면 나로서는 정말 날아갈 듯 기분이 좋을 테니 말이다.

나는 내 생각을 털어놓는 대신 그에게 물었다.

"그렇다면 말해 주세요. X는 누구죠?"

내가 안달을 하자, 푸아로는 단호하게 고개를 저었다.

"그건 말이야, 여보게. 말해 줄 수가 없다네."

"말도 안 돼요. 왜 말해 줄 수 없다는 겁니까?"

푸아로가 두 눈을 반짝이며 대답했다.

"왜냐하면 말이지, 몬 쉐, 자네는 아직도 옛날 그대로이기 때문이야. 얼굴에 생각이 그대로 드러나 있어. 자네가 자리에 앉아서 X를 바라보게 되면 자네는 입으로 말을 하지는 않겠지만, 얼굴 표정으로는 분명히 이렇게 말을 할 걸세. '이 사람, 내가 바라보고 있는 이 사람이 바로 살인자야.' 나는 그런 일이 일어나는 걸 원하지 않는다네."

"나도 필요하다면 그 정도는 시치미를 뗄 수 있어요."

"자네가 시치미를 떼려고 애를 쓰게 되면, 상황은 더욱 안 좋아져. 그건 절대 안 되지. 몬 아미, 우리는 아주 은밀하게 행동해야 해. 그리고 순식간에 들이닥치는 걸세."

"당신은 정말이지 고집 센 늙은 악마로군요. 확실히는 몰라도 나도 다 생각이……."

그때 방문을 노크하는 소리가 들렸고 나는 말을 멈추었다. 푸아로가 대답했다.

"들어와요."

내 딸 주디스가 방으로 들어왔다.

주디스에 대해 묘사하고 싶지만, 늘 그렇듯이 나는 표현이 서투른 편이다.

그 애는 키가 크고 거만한 인상을 가졌다. 갈색 눈썹은 곧게 뻗어 있고, 엄격하고 수수한 모습을 하고 있었지만 뺨과 턱의 선은 매우 사랑스러웠다. 그 애는 전체적으로 엄격하고 냉소적이었다. 그리고 내 생각에 늘 주디스의 주변에는 비극의 기운이 감도는 것 같았다.

주디스는 내게 다가와 키스를 하지는 않았다. 이 애는 그런 식으로 살갑게 구는 아이가 아니었다. 주디스는 그저 내게 살짝 미소를 지으며 말했다.

"안녕하셨어요, 아버지?"

그 애가 비록 내색을 하지는 않았지만, 주춤하면서 약간 당황해하는 듯한 미소를 짓는 걸 보니, 나를 만나서 반가워하고 있다는 것을 알 수 있었다.

나는 젊은 세대를 대할 때면 종종 그렇듯이 나 스스로가 바보 같다는 생각을 하며 말했다.

"그래, 지금 막 여기에 도착했단다."

주디스가 말했다.

"잘 오셨어요, 아버지."

그러자 푸아로가 말했다.

"요리에 대해 네 아버지에게 얘기해 주고 있었단다."

주디스가 푸아로에게 물었다.

"요리가 그렇게도 엉망이에요?"

푸아로가 대답했다.

"얘야, 네가 그런 걸 물어선 안 되지. 네가 늘 생각하고 있는 것이라곤 실험용 튜브와 현미경뿐이잖니? 네 가운뎃손가락에 메틸렌 블루 얼룩이 묻었구나. 남편의 위장에 대해 신경을 쓰지 않는다면 네 남편에게도 좋은 일은 아니지."

"저는 아마 남편 같은 건 갖지 않을 거예요."

"너는 분명 남편을 얻게 될 거야. 봉 디외(훌륭하신 하느님)께서는 너를 위해 어떤 축복을 마련해 두셨을까?"

"많은 것을 마련해 두셨으면 좋겠어요."

"무엇보다도 르 마리아쥬(결혼)이겠지."

"좋아요. 아저씨가 멋진 남편감을 찾아다 주시면, 저는 그의 위장을 아주 세심하게 보살피도록 하죠."

푸아로가 말했다.

"이 애가 나를 놀리는군. 주디스도 언젠가는 노인들이 얼마나 지혜로운지를 알게 될 걸세."

또다시 방문을 노크하는 소리가 들렸고, 프랭클린 박사가 안으로 들어왔다. 그는 키가 크고 앙상하게 마른, 서른다섯 살가량의 젊은 남자였다. 단호한 턱선과 불그스름한 머리카락, 밝고 푸른 눈을 갖고 있었다. 그는 내가 그때까지 보아 온 인물 가운데 가장 볼품없는 모양새를 하고 있었고 얼이 빠져서 다니는 까닭에 물건에 부딪치는 일이 잦았다.

프랭클린 박사는 푸아로의 의자 주변에 놓인 침상 가리개에 세게 부딪치더니 머리를 반쯤 돌리고는 자동으로 '죄송합니다.'라고 중얼거렸다.

나는 웃음이 터져 나올 것 같았는데, 주디스는 여전히 엄숙한 표정이었다. 그 애는 이런 종류의 일에 대해서는 익숙해져 있는 것 같았다.

“제 아버지 기억하시죠?”

주디스가 말했다.

프랭클린 박사는 흠칫하더니 소심하게 주뼛거리면서 눈을 가늘게 뜨고 나를 응시했다. 그러더니 갑자기 손을 내밀고는 어색하게 말하는 것이었다.

“물론이지. 기억하고말고. 안녕하세요? 이곳에 오신다는 이야기는 들었습니다.”

그리고 그는 주디스에게 고개를 돌리며 말했다.

“그런데 자네는 우리가 쉬어야 할 필요가 있다고 생각하나? 그렇지 않다면, 저녁 식사 후에 조금 더 작업을 했으면 좋겠는데. 우리가 슬라이드를 조금 더 준비해 둔다면…….”

“작업을 하고 싶지는 않아요. 전 아버지와 좀 더 이야기를 하고 싶어요.”

주디스가 대답했다.

“아, 그래. 물론 그렇겠지.”

그는 갑자기 미소를 지었다. 잘못을 해 놓고 용서를 구하는 남자아이 같은 미소였다.

“미안해. 난 한 가지 일에만 너무 빠져 든다니까. 정말 용서받지 못할 일이야. 이토록 이기적으로 굴다니. 나를 용서해 주게.”

시계가 울리자 프랭클린 박사는 황급히 시계를 쳐다보았다.

“이런, 시간이 벌써 이렇게 되었네요. 한 소리 듣겠군요. 저녁 식사를 하기 전에 바버라에게 책을 읽어 주기로 약속했거든요.”

그는 우리를 보고 싱긋 웃고는 서둘러 나갔는데, 방문 밖을 나서면서 문설주에 부딪쳤다.

나는 주디스에게 물었다.

"프랭클린 부인은 어떠시니?"

"늘 똑같아요. 그냥 그렇죠, 뭐."

"부인이 그토록 몸이 약하다니 참 안된 일이구나."

"의사로서는 미칠 노릇이겠지요. 의사들은 건강한 사람을 좋아하니까요."

"너 같은 젊은 사람들은 어쩌면 그렇게 말을 심하게 하는지!"

내가 목소리를 높였다. 곧바로 주디스가 냉정하게 대꾸했다.

"저는 그저 사실을 말하고 있을 뿐이에요."

그러자 푸아로가 말했다.

"그럼에도 불구하고 훌륭한 의사 선생은 그녀에게 책을 읽어 주러 서둘러 가고 있구먼."

주디스가 말했다.

"정말 바보 같은 짓이에요. 그냥 단순히 누군가 책을 읽어 주는 걸 원하는 거라면, 간호사도 꽤 잘 읽어 줄 수 있어요. 나 같으면 누가 나에게 큰 소리로 책을 읽어 주는 일 따위는 질색을 할 텐데요."

내가 한마디 거들었다.

"흠, 글쎄다. 사람마다 취향이 다르니까."

그러자 주디스가 말했다.

"프랭클린 부인은 아주 어리석은 여자예요."

푸아로가 말했다.

"하지만 그 점에 있어서만큼은, 몬 앙팡.(얘야.) 나는 네게 동의할 수가 없구나."

"그 여자가 읽는 거라고는 싸구려 소설뿐이라고요. 남편이 하는 일에 대해서는 눈곱만큼도 관심이 없어요. 세상 돌아가는 일에 대해서도 무심하기 짝이 없고요. 누구든 들어주는 사람만 있으면 자기의 건강에 대해서나 주절거릴 뿐이죠."

그러자 푸아로가 말했다.

"내 생각에는 프랭클린 부인이 자신의 회색 뇌세포를 네가 알지 못하는 식으로 사용하고 있는 것 같구나, 얘야."

주디스가 말했다.

"그녀는 그야말로 아주 여성스러워요. 말투도 속삭이는 듯 하고 큰소리를 내는 법이 없으니까요. 에르퀼 아저씨도 그런 여자를 좋아하실 거 같은데요."

내가 거들었다.

"아니, 전혀 그렇지 않아. 푸아로 씨는 몸집이 크고 화려한 러시아 여인 스타일을 좋아한단다."

푸아로가 말했다.

"아니, 그런 식으로 내 비밀을 누설하는 건가, 헤이스팅스? 주디스, 네 아버지는 언제나 적갈색 머리카락의 여인을 좋아했단다. 그 때문에 여러 번 곤란에 빠지기도 했지."

주디스는 우리 둘을 바라보고 편안하게 미소를 지으며 말했다.

"두 분은 정말 재미있는 한 쌍이라니까요."

주디스가 돌아간 후 나는 자리에서 일어서며 말했다.

"짐을 풀어야겠어요. 저녁을 먹기 전에 목욕도 좀 하고요."

푸아로는 손이 닿는 거리에 놓여 있는 작은 벨을 눌렀다. 그리고 일이 분쯤 지났을까, 푸아로의 하인이 들어왔다. 그 하인이 내가 아는 사람이 아닌 것을 알고는 나는 깜짝 놀랐다.

"아니! 조르주는 어디에 있고요?"

조르주는 앞서 수년간 푸아로와 함께 지내 온 하인이었다.

"조르주는 가족들에게 돌아갔네. 그의 아버지가 편찮으셔서. 언젠가는 다시 내게 돌아오기를 바라고 있지."

그리고 푸아로는 새 하인을 향해 미소를 지으며 말했다.

"그동안에는 커티스가 나를 돌봐 줄 걸세."

커티스는 존경하는 눈빛으로 주인에게 미소를 지어 보였다. 그는 우둔해 보이는 얼굴에 소처럼 덩치가 큰 남자였다.

방을 나서면서 나는 푸아로가 신문 스크랩이 들어 있는 송달함을 조심스럽게 잠그는 것을 보았다.

나는 온통 혼란스러운 마음을 안고, 복도를 가로질러 내 방으로 돌아왔다.

제4장

그날 밤 모든 상황이 갑작스레 비현실적으로 느껴지는 가운데, 저녁 식사를 하러 내려갔다.

옷을 입는 동안 이 모든 상황은 푸아로가 상상해 낸 것은 아닐까 하고 한두 번 정도 자문해 보았다. 나이 든 내 친구 푸아로는 이제 정말 늙어 버려서 몸 상태가 말도 못하게 망가져 있었다. 그는 자기 두뇌가 아직은 멀쩡하다고 장담했지만, 사실 정말 그럴까? 그는 평생을 범죄를 추적하며 살아온 사람이다. 그런 그가 범죄 같은 것은 처음부터 일어나지도 않은 곳에서 오직 머릿속으로 범죄를 상상해 낸 것이라 해도 굳이 놀랄 만한 일은 아니지 않은가? 어쩔 수 없이 몸을 움직이지 못하는 상황에서 그의 건강은 좀먹어들어 가고 있었다. 그런 상황이니 푸아로가 새로운 범인 수사 계획을 꾸며 낼 수도 있었지 않을까? 소망적 사고, 즉 분명히 이치가 닿는 노이로제 증상

말이다. 그는 일반에 보도된 여러 건의 사건을 수집해 그 안에서 실제로는 존재하지 않는 무언가를, 즉 배후의 유령 같은 존재인 미친 연쇄 살인마에 대해 읽어 내려고 했던 것이다. 하지만 내가 생각하기에 가장 그럴듯한 생각은 바로 이것이다. 즉 실제로 남편을 죽인 이는 이서링턴 부인이고, 아내를 총으로 쏜 자는 남편인 농부이며, 늙은 아주머니에게 모르핀을 과다 투여한 사람은 젊은 조카이고, 남편을 해치운 이는 평소에도 그럴 것이라고 위협을 가했던 질투에 사로잡힌 아내이며, 결국 본인이 자백한 대로 실제로 살인을 저지른 자는 정신 이상인 노처녀였을 거라는 것이다. 사실 이 범죄들의 실상은 눈으로 보이는 그대로일지도 모른다!

상식적인 사람이라면 누구나 뻔한 사건일 뿐이라고 생각할 테지만 나는 그런 견해와 달리, 그저 오랫동안 신뢰해 온 푸아로의 통찰력을 믿고 따르고 있었다.

푸아로는 또 다른 범죄가 계획되어 있다고 말했다. 만일 그렇다면, 스타일스 저택은 두 번째로 범죄에 휘말리게 되는 셈이었다.

시간이 지나면 푸아로의 주장이 사실인지 여부를 알 수 있을 것이다. 그러나 만일 그의 주장이 옳다면, 우리는 앞으로 일어날 사태에 대해 미리 손을 써야만 했다.

푸아로는 살인자의 정체를 알고 있는데, 나는 모르고 있었다.

그 부분에 대해서는 생각할수록 점점 약이 올랐다! 푸아로는 참, 지나치게 거만하게 굴고는 한다! 나한테 협조를 구하면서도 나를 완전히 믿지 않고 있다니!

도대체 왜? 그가 내세운 이유가 있기는 했지만, 그건 정말이지 말도 안 되는 것이었다! 내가 '얼굴 표정으로 모든 생각과 감정을 다 드러내 버리는 사람이다.'라고 말하는 멍청한 농담은 이젠 정말이지 신물이 난다. 나도 다른 사람들처럼 비밀을 잘 지킬 수 있단 말이다. 푸아로는 늘 내가 속을 다 드러내는 성격을 갖고 있어서 사람들이 누구나 내 마음속을 읽을 수 있다는 기분 나쁜 믿음을 갖고 있었다. 푸아로는 그런 식으로 내 속을 긁어 놓으면서도 나의 그런 점은 모두 남을 속이는 것을 질색하는 내 고상하고 정직한 성격 탓이라고 가끔씩 말해 주면서 나를 달래는 것이었다!

물론 모든 것이 푸아로가 상상해 낸 근거 없는 환상일 뿐이라고 한다면, 그가 그토록 입 조심을 하는 이유를 알 것도 같았다.

시계 종소리가 들려올 무렵까지도 나는 아직 결론을 내리지 못하고 있었다. 그 상태에서 마음을 비우고 푸아로가 말한 가공의 인물 X가 누구인지를 알아내기 위해 빈틈없이 경계하며 저녁을 먹으러 내려갔다.

지금 당장은 푸아로가 말한 모든 것을 절대적인 사실로 받아들일 수밖에 없었다. 이 저택에는 이미 다섯 번이나 살인을 저지르고 또 한 번의 살인을 계획하고 있는 자가 있다. 그자는 도대체 누구인가?

저녁 식사를 하러 식당으로 들어가기 전에 응접실에서 콜 양과 앨러턴 소령을 소개받았다. 콜 양은 키가 크고 매력적인 여인으로, 나이는 서른셋에서 서른넷 정도로 보였다. 나는 앨러턴 소령에 대해서 본능적으로 혐오감을 느꼈다. 그는 사십대 초반으로 잘생긴 남자였다. 떡 벌어진 어깨에 구릿빛 얼굴과 가벼운 말투. 그의 말은 대부분 이중적인 의미를 내포하고 있는 듯했다. 그리고 눈 밑의 처진 살, 그것은 난봉꾼으로 살아온 흔적으로서 그가 도박과 지나친 음주, 오입질을 일삼으면서 지저분하게 살아오지 않았나 하는 의심이 들게 만들었다.

러트렐 대령도 앨러턴을 좋아하지 않는 것 같았고, 캐링턴 경 또한 그에게 조금 딱딱하게 굴었다. 앨러턴은 여자들 사이에서만 인기를 끌었다. 러트렐 부인은 신이 나서 앨러턴에게 재잘거렸고, 그는 그녀에게 어쩌다 한 번씩 듣기 좋은 칭찬을 해 주면서 무례하고 주제넘게 굴었다. 주디스조차도 앨러턴과 함께 있고 싶어 하고 좀 더 이야기를 나누려고 애쓰는 모습을 보이자 나는 기분이 확 상하고 말았다. 어째서 가장 질이 나쁜 남자가 가장 훌륭한 여인들을 만족시키고 흥미를 잡아끄는지, 나는 그 점에 대해 오랫동안 궁금해했다. 나는 본능적으로 앨러턴이 건달이라는 걸 알아챘다. 남자라면 열 명 중 아홉이 나와 같은 생각을 했을 것이다. 반면에 여자들은 열 명 중 아홉 혹은 열 명 모두 순식간에 그런 작자에게 정신을 빼앗기고 마는 것이다.

우리는 저녁 식사를 하기 위해 테이블 주변에 앉았다. 우리 앞에는 끈적거리는 희멀건 액체가 담긴 접시가 놓여졌다. 나는 누가 범인인지 알아내려고 테이블 주변으로 눈을 두리번거렸다.

푸아로가 맞다면, 그리고 그의 명석한 두뇌가 아직 녹슬지 않았다면, 이 사람들 가운데 하나는 위험한 살인범이며, 게다가 정신 이

상자일지도 모른다.

푸아로가 직접 그런 말을 한 것은 아니었지만, X는 남자일 것 같은 생각이 들었다. 그렇다면 이곳에 있는 남자들 중 하나가 살인범이겠지?

우유부단하고 나약해 보이는 러트렐 대령은 분명 아닐 테고. 쌍안경을 들고 저택 밖으로 달려 나가다가 나와 마주친 노턴이라는 자는? 노턴이 살인범일 가능성은 거의 없어 보였다. 그는 상냥한 친구였고 기민해 보이지도 않는 데다가 활동성도 떨어져 보였다. 물론 살인자들이 대부분 덩치도 작고 눈에 잘 띄지 않는 남자이며, 바로 그런 점 때문에 자신을 드러내기 위해 범죄를 저지른다는 점을 나는 알고 있었다. 그들은 눈에 잘 띄지도 않고 남들에게 무시당한다는 점에 분개하는 것이다. 그러나 이 노턴이라는 남자는 새를 좋아하지 않는가. 나는 자연을 사랑하는 태도는 정신적으로 건강하다는 것을 보여 주는 결정적인 증거라고 믿어 의심치 않았다.

그렇다면 캐링턴은? 그에 대해서는 전혀 의심할 만한 구석이 없었다. 이 남자는 세계적인 유명 인사였다. 그는 훌륭한 스포츠맨이자 행정 관리로서 만인에게 두루 사랑과 존경을 받고 있었다. 나는 프랭클린 박사도 살인범일 가능성은 없다는 생각이 들었는데, 주디스가 그를 존경하고 우러러보고 있다는 것을 알고 있기 때문이었다.

앨러턴 소령은 어떤가. 나는 그에 대해 곰곰이 평가해 보았다. 척 보기에도 구역질 나는 비열한 녀석이었다! 필요하다면 자기 할머니의 껍질이라도 벗겨 낼 그런 부류의 위인이었다. 그는 겉으로 드러

나는 얄팍한 매력으로 온갖 지저분한 면을 감추고 있었다. 그는 지금, 자기의 실패담을 늘어놓으며 스스로를 애처로운 농담거리로 만들면서까지 좌중을 웃기는 짓거리를 하고 있었다.

앨러턴이 X라면, 그가 범죄를 저지른 동기는 틀림없이 금전상의 이득을 위해서였을 거라는 생각이 들었다.

푸아로는 X가 남자라는 말은 한 적이 없었다. 그러므로 나는 콜 양이 범인일 가능성에 대해서도 생각해 보았다. 콜 양은 행동이 침착하지 못하고 변덕스러운 데가 있었다. 분명 그녀는 신경과민일 것이었다. 잠을 자면서 자주 가위에 눌릴 것 같은 부류의 여자였다. 그러나 겉으로는 분명 정상적으로 보였다. 저녁 식사를 하러 모인 사람들 가운데 여자는 콜 양, 러트렐 부인, 주디스가 전부였다. 프랭클린 부인은 위층 자기 방에서 저녁을 먹고 있었고, 그녀를 돌보는 간호사는 우리가 식사를 모두 마친 후에야 식사를 했다.

저녁을 먹은 후, 나는 정원을 내다보며 응접실 창가에 서있었다. 예전 그 시절, 신시아 머독이라는 이름의 적갈색 머리카락을 가진 젊은 아가씨가 잔디를 가로질러 가던 장면을 회상하면서. 흰색 작업복을 입은 그녀의 모습은 정말 매력적이었지.

한창 과거를 회상하고 있는데 주디스가 내게 팔짱을 끼며 창 밖의 테라스로 끌고 나가려고 해서 나는 움찔하며 놀랐다.

주디스가 갑자기 입을 열었다.

"무슨 일이에요?"

나는 놀라서 되물었다.

"무슨 일이냐고? 무슨 뜻이니?"

"아버지는 저녁 내내 이상했어요. 저녁 식사를 하는 동안 왜 모든 이들을 빤히 쳐다보신 거죠?"

나는 기분이 상하고 말았다. 내가 그렇게도 감정을 잘 드러내는 사람인가.

"내가 그랬니? 옛일을 생각하느라 그런 것 같구나. 환영이라도 보고 있었던 게지."

"그러셨군요. 아버지는 젊은 시절에 여기에 머문 적이 있죠, 그렇죠? 어떤 노부인이 이곳에서 살해당했다고 하던데, 맞아요?"

"스트리키니네로 독살당했지."

"그 노부인은 어떤 사람이었어요? 좋은 사람이었나요, 아니면 심술궂었나요?"

나는 그 질문에 대해 곰곰이 생각하고 대답했다.

"그녀는 아주 친절한 사람이었어. 관대하고 자선도 많이 베풀었던 분이지."

"아, 그렇고 그런 종류의 관대함 말이군요."

주디스의 목소리는 분명하지는 않았지만 냉소적으로 들렸다. 그러나 이내 호기심으로 가득 차서 내게 물었다.

"사람들은 이곳에서 행복했나요?"

아니, 그들은 전혀 행복하지 않았다. 적어도 나는 그 점만은 분명히 알고 있었다. 나는 뜸을 들인 후 대답했다.

"아니."

"왜 행복하지 않았죠?"

"그들은 마치 죄수가 된 듯한 느낌이었거든. 잉글소프 부인은 돈을 전부 움켜쥐고는, 그러고는 그걸 조금씩 나누어 주었어. 의붓자식들은 나름대로의 삶을 살 수도 없었어."

주디스는 날카롭게 한숨지었다. 내 팔에 얹은 그 애의 손이 꽉 조여 왔다.

"그건 정말 심술궂은 짓이에요. 지독한 짓이라고요. 권력 남용이죠. 그런 걸 용납해서는 안 돼요. 노인과 병자들이 젊고 건강한 사람의 삶을 쥐고 흔들 수 있는 권력을 쥐어서는 안 된다고요. 그런 지독한 자들을 꼼짝 못하게 잡아 앉혀 두려면 그들이 갖고 있는 힘과 에너지를 줄이고 소모시켜야 해요. 그렇게 해야 할 필요가 있죠. 그들의 행동은 단지 이기심에서 우러난 것일 뿐이니까요."

나는 무미건조하게 말했다.

"나이 든 사람들만 이기적으로 구는 것은 아니란다."

"아, 그래요, 아버지. 아버지는 젊은 사람들이 이기적이라고 생각하시죠. 저도 알고 있어요. 맞아요, 저 같은 젊은이들은 이기적일지도 모르죠. 하지만 그건 오염되지 않은 이기심이에요. 적어도 우리는 자신이 원하는 걸 하고 싶어 할 뿐이니까요. 우리가 원하는 걸 다른 사람들이 해 주는 일 따위는 원치 않아요. 타인을 노예로 만드는 일은 하고 싶어 하지 않는다고요."

"아니. 젊은이들도 자기네들에게 방해가 되면 노인들의 감정이나 권리 따위는 무시하잖니."

주디스가 내 팔을 꽉 쥐며 말했다.

"그렇게 심하게 말씀하지 마세요! 전 무시한 적 없어요. 게다가 아버지는 자식들의 삶에 대해 이래라 저래라 하신 적이 한 번도 없었어요. 저희는 그 점에 대해 감사하고 있어요."

나는 솔직히 감정을 털어놓았다.

"유감스럽지만 나는 그러고 싶어 했었어. 네가 실수를 하는 일이 있어도 그냥 내버려 두라고 말했던 건 바로 너희들 어머니였지."

주디스는 내 팔을 다시 한 번 꽉 쥐며 말했다.

"저도 알아요. 아버지는 마치 암탉처럼 자식들에 관해서라면 사소한 일에도 안절부절못하셨죠! 저는 그런 식으로 호들갑 떠는 게 싫어요. 그런 건 도저히 견딜 수가 없어요. 하지만 아버지도 쓸모있는 사람이 쓸모없는 사람을 위해 희생되고 있다는 점에 대해서는 저와 의견이 다르지 않죠, 그렇죠?"

내가 주디스의 말에 수긍하며 말했다.

"그런 일이 가끔 일어나곤 하지. 하지만 그렇다고 해서 극단적인 조치를 취할 필요는 없단다……. 누구든 떠나는 것에 관한 한 스스로 결정할 수 있어야 한다."

"그래요, 하지만 정말 그런가요? 그래요?"

주디스의 어조가 지나치게 격앙되어 있었던 까닭에 나는 조금 놀라서 그 애를 쳐다보았다. 너무 어두워서인지 주디스의 얼굴이 잘 보이지 않았다. 주디스는 낮고 떨리는 목소리로 계속해서 말을 이어 갔다.

"문제가 너무도 많아요. 결코 쉽게 해결되지 않는 문제죠. 금전적인 문제, 책임감, 사랑하는 누군가에게 상처를 주고 싶지 않은 마음 같은 거 말예요. 그리고 어떤 자들은 아주 파렴치하기 짝이 없죠. 그들은 다른 사람의 감정을 갖고 노는 법을 알아요. 정말이지 거머리 같은 작자들이에요!"

"오, 얘야."

주디스의 어투에 분노가 실린 것을 느낀 나는 깜짝 놀라 소리치고 말았다.

자기가 너무 열을 올리며 말했다는 생각이 들었는지 주디스는 웃음을 터뜨리며 내게서 팔을 빼냈다.

"제가 좀 감정적으로 말했죠? 제가 요즘 한참 깊게 생각하고 있는 문제라서 그래요. 아버지도 아시다시피, 저도 그 사건에 대해 알고 있어요. 늙은 폭군에 관한 사건 말예요. 대단히 용감한 여인이 현명한 판단을 내려 난국을 타개하고는 사랑하는 사람들을 해방시켰죠. 사람들은 그 여자를 미쳤다고 했어요. 그런데 과연 미친 짓이었을까요? 그녀의 행동은 사람이 할 수 있는 가장 분별 있는 행동이었어요. 가장 용감한 행동이었죠."

엄청난 불안감이 엄습해 왔다. 어디선가, 그리 오래되지 않은 과거에 나는 그런 말을 들은 적이 있었는데?

"주디스!"

나는 날카롭게 말했다.

"너는 지금 어떤 사건에 대해 말하고 있는 게냐?"

"아, 아버지가 모르는 사람에 대한 사건이에요. 프랭클린 박사 부부의 친구들인데, 그 늙은이의 이름은 리치필드였죠. 그는 엄청난 부자였는데 불쌍한 딸들을 거의 말라죽게 하고 있었어요. 딸들이 아무도 못 만나게 하고 밖에 나가지도 못하게 했었어요. 그는 완전 미치광이였죠. 하지만 의학적인 관점에서 정신 이상이라고 단정지을 만한 근거가 충분치 않았어요."

"그래서 맏딸이 아버지를 살해했지."

"오, 아버지도 그 사건에 대해 읽으셨군요? 아버지는 그 일을 살인이라고 하시겠지만, 그 사건은 개인적인 동기에서 비롯된 것이 아니었어요. 마거릿 리치필드는 곧장 경찰서에 가서 자수를 했죠. 내 생각에 그녀는 아주 용감했어요. 나 같으면 그런 용기를 내지 못했을 거예요."

"자수를 할 용기 말이냐, 아니면 살인을 저지를 용기 말이냐?"

"둘 다요."

나는 엄격하게 말했다.

"그 말을 들으니 기쁘기 짝이 없구나. 나는 네가 특정한 사건에 대해서 살인은 정당화될 수 있다고 말하는 걸 듣고 싶지는 않구나."

그리고 나는 잠시 멈추었다가 덧붙여 말했다.

"프랭클린 박사는 그 사건에 대해 어떻게 생각하니?"

"박사님도 그 일은 정당한 것이라고 여겼어요. 아버지도 아시겠지만, 살해당해야 마땅한 사람들도 있으니까요."

"나는 네가 그런 말을 하지 않았으면 좋겠다, 주디스. 대체 누가 그런 생각을 너에게 주입시킨 게냐?"

"아무도요."

"흠, 내가 말해 두겠는데 그런 생각은 전부 해롭기 짝이 없는 허튼소리일 뿐이야."

"알겠어요. 이 이야기는 그만 접어 두죠."

주디스는 잠시 멈추었다가 계속해서 말했다.

"제가 여기에 온 건 프랭클린 부인이 아버지께 전해 달라는 말이 있어서예요. 아버지만 괜찮으시다면, 부인은 아버지가 자기 침실로 올라오셨으면 했어요. 아버지를 만나고 싶대요."

"그 말을 들으니 기쁘구나. 부인이 저녁 식사를 하러 내려오지 못할 정도로 몸 상태가 안 좋다니 내 마음이 좋지가 않아."

주디스는 무정하게 말했다.

"부인은 멀쩡해요. 그냥 소란을 피우고 싶어 할 뿐이에요."

젊은 사람들은 정말이지 동정심이라곤 눈곱만큼도 없다.

제5장

나는 프랭클린 부인을 얼마 전에 한 번 만난 적이 있었다. 그녀는 서른 살쯤 되었고, 굳이 표현하자면 성모 마리아 같은 스타일이었다. 커다란 갈색 눈에 가운데 가르마를 탄 머리와 길고 부드러운 얼굴을 하고 있었다. 몸매는 아주 호리호리했고 피부는 부서질 듯 투명했다.

그녀는 흰색과 옅은 푸른색이 들어간 예쁘장한 평상복을 입고 베개를 뒤에 받친 채 소파 겸용 침대에 누워 있었다.

프랭클린 박사와 캐링턴이 그 방에서 커피를 마시고 있었다. 프랭클린 부인은 손을 내밀며 웃는 낯으로 나를 환영해 주었다.

"이곳에 와 주셔서 정말 기뻐요, 헤이스팅스 대위님. 주디스에게도 정말 잘된 일이죠. 주디스는 정말이지 너무 심할 정도로 일을 많이 하고 있거든요."

나는 연약해 보이는 그녀의 작은 손을 잡고 말했다.

"주디스는 지금 하는 일에 아주 만족하고 있더군요."

바바라 프랭클린이 한숨을 내쉬었다.

"맞아요, 주디스는 정말 운이 좋아요. 저는 정말이지 주디스가 부럽답니다. 건강이 나쁘다는 게 어떤 건지 주디스는 모를 거예요. 간호사는 그 점에 대해 어떻게 생각해? 오! 소개해 드려야겠군요. 이쪽은 간호사인 크레이븐 양이에요. 저한테 참 잘해 주고 있어요. 크레이븐 양이 없으면 어떻게 살 수 있을지 모르겠어요. 저를 마치 아기처럼 돌봐 준답니다."

간호사인 크레이븐 양은 키가 크고 멋있게 생긴 젊은 여인으로 피부색이 밝았고, 머리카락은 아름다운 적갈색이었다. 그녀의 손이 특히 눈에 띄었는데 길고 하얀 손으로, 대부분의 병원 간호사들의 손과는 많이 달랐다.

크레이븐 양은 어떤 면에서 보면 상당히 입이 무거운 편이어서 묻는 말에 대답조차 하지 않는 경우도 있었다. 이번에도 그녀는 고개를 약간 끄덕일 뿐 아무런 대답도 하지 않았다.

프랭클린 부인이 계속해서 말했다.

"그렇지만 사실, 존은 가엾은 따님에게 일을 너무 많이 시키고 있어요. 거의 노예 감독자나 다름없죠. 당신은 고용인을 혹사시키는 주인이에요, 안 그래요, 존?"

그녀의 남편은 창 밖을 바라보며 서 있었다. 그는 휘파람을 나지막하게 불면서 주머니 속에 손을 넣고 동전을 짤랑거리고 있었다.

그는 아내의 질문에 약간 움찔했다.

"그게 무슨 뜻이야, 바버라?"

"면목 없게도 당신이 주디스 헤이스팅스를 너무 혹사시키고 있다고 말을 하고 있는 거예요. 지금 헤이스팅스 대위님이 여기 계시니 저는 그분과 머리를 맞대고 방법을 생각해 내서 당신이 주디스를 마구 부려 먹지 못하게 만들려고요."

프랭클린 박사는 농담을 잘 받아들일 줄 모르는 사람이었다. 그는 조금 걱정스러운 표정으로 주디스에게 고개를 돌리고 웅얼거리면서 묻는 것이었다.

"내가 일을 지나치게 많이 시킨다 싶으면 말을 해 줘."

그러자 주디스가 말했다.

"이분들이 그냥 농담으로 하신 말씀이에요. 그런데 작업에 대해서 말인데요, 두 번째 슬라이드의 얼룩에 대해 여쭤 보고 싶은 게 있어요. 박사님도 아시다시피, 그건……."

프랭클린 박사는 주디스의 말에 귀를 기울이더니 중간에 말을 자르며 끼어들었다.

"그래, 그래. 좋아, 괜찮다면 실험실로 가자고. 확실하게 하고 싶으니까……."

그들은 이야기를 나누면서 함께 방을 나갔다.

바버라 프랭클린은 다시 베개에 기대 누웠다. 그리고 한숨을 내쉬었다. 크레이븐 양이 갑자기 다소 불쾌한 듯 입을 열었다.

"제 생각에는, 노예 감독자는 오히려 헤이스팅스 양인걸요."

프랭클린 부인은 다시 한 번 한숨을 쉬며 중얼거렸다.

"저는 아내 자격이 없는 사람 같아요. 그건 저도 알고 있어요. 제가 존이 하는 일에 좀 더 관심을 가져야 한다는걸요. 하지만 그럴 수가 없어요. 어쩌면 제가 잘못하는 거겠지만요, 그래도……."

그녀가 말을 하는 도중에 벽난로 옆에 서 있던 캐링턴이 콧방귀를 뀌며 끼어들었다.

"말도 안 돼, 밥스*. 당신한테는 아무런 문제도 없어, 괜한 걱정일랑 하지 마."

"오, 하지만 빌**, 난 걱정이 돼요. 난 사실 너무도 낙담하고 있는걸요. 온통 욕지기가 날 뿐이에요. 그런 느낌이 드는 건, 어쩔 수가 없어요. 기니피그와 실험용 쥐, 그 밖의 모든 것이, 욱!"

그녀는 몸서리를 치며 계속해서 말했다.

"이런 생각을 하는 게 바보 같다는 건 알지만, 그렇지만 저는 바보인걸요. 그런 걸 보면 정말 속이 메스꺼워져요. 저는 사랑스럽고 행복한 것만 보고 싶어요. 새와 꽃, 뛰노는 아이들 같은 거요. 당신도 아시죠, 빌?"

캐링턴은 프랭클린 부인에게로 다가가 그녀가 간청하듯이 내민 손을 잡았다. 그녀를 내려다보는 그의 얼굴은 마치 여성의 얼굴처럼 부드럽게 변해 있었다. 그 장면은 얼마간 감동적이었는데, 왜냐

---

* 바버라의 애칭.

** 윌리엄의 애칭.

하면 캐링턴은 본래 대단히 사내다운 사람이었기 때문이다.

캐링턴이 말했다.

"밥스, 당신은 열일곱 살 이후로 거의 달라진 게 없어. 정원에 있던 정자, 수반, 코코넛을 기억해?"

캐링턴이 내 쪽으로 고개를 돌리며 말했다.

"바버라와 나는 아주 오래전부터 알고 지낸 놀이 친구랍니다."

그러자 프랭클린 부인이 항변했다.

"오! 놀이 친구라고요!"

"오, 당신이 나보다 열다섯 살이나 어리다는 걸 부정하는 건 아냐. 하지만 나는 젊었을 때 어린아이였던 당신과 함께 놀았지. 당신을 목말 태우기도 하면서. 나중에 내가 집에 돌아와서 보니 당신은 어느덧 아름다운 숙녀가 되어 있더군. 당신은 막 사교계에 데뷔를 하려던 참이었지. 그리고 나는 당신을 골프 링크로 데리고 나가서 골프 치는 법을 가르쳐 주었지. 기억 나?"

"오, 빌. 내가 그걸 잊었다고 생각하세요?"

그렇게 묻고 나서 프랭클린 부인이 내게 설명해 주었다.

"우리 가족은 이 지방에서 살았지요. 빌은 에버럴드 경이라는 나이 지긋한 삼촌과 함께 지내려고 내턴 저택에 오곤 했죠."

그러자 캐링턴이 말했다.

"정말 음침하고 커다란 무덤 같은 곳이었어요. 지금도 그렇지만. 그 집을 살기 좋은 곳으로 만드는 걸 거의 포기했답니다."

"오, 빌. 그렇지만 그렇게만 된다면 정말 기적일 거예요. 그야말로 기적이죠!"

"그래, 밥스. 그렇지만 문제는 더 이상 새로운 뭔가가 떠오르지 않는다는 거야. 욕조와 아주 편안한 의자…… 내가 생각할 수 있는 건 그게 전부야. 여자도 한 명 필요하겠지."

"내가 가서 도와준다고 했잖아요. 난 진심이라고요, 정말이에요."

캐링턴은 미심쩍은 듯 크레이븐 양을 쳐다보며 말했다.

"당신이 그 정도의 체력이 있다면 당신을 차에 태우고 드라이브를 할 수도 있을 텐데. 간호사 생각은 어때요?"

크레이븐 양이 대답했다.

"아, 네, 윌리엄 경께서 그렇게 해 주시면 프랭클린 부인께도 좋을 거라는 생각이 들어요. 부인이 과로하지 않게 조심하시기만 하면은요."

캐링턴이 말했다.

"그럼 약속한 걸로 하지. 오늘 밤에 잘 자고, 내일을 위해 건강해지도록 해."

나와 캐링턴은 프랭클린 부인에게 잘 자라는 인사를 하고 그 방을 나왔다. 계단을 내려오면서 캐링턴은 기분이 좋지 않은 듯, 거친 목소리로 말했다.

"바버라가 열일곱 살 때 그녀가 얼마나 사랑스러웠는지 모르시죠. 그 당시 내 아내는 이미 버마에서 세상을 떠났고, 나는 버마에 있다가 집으로 돌아와 있었죠. 당시 나는 완전히 바버라에게 마음을 빼앗긴 상태였어요. 그런데 그 후 삼사 년쯤 지나 바버라는 프랭클린과 결혼을 했어요. 그들의 결혼 생활이 행복했다고는 말할 수 없죠. 바바라의 건강이 나빠진 근본적인 원인이 거기에 있다고 생각합니다. 프랭클린이라는 친구는 그녀를 제대로 이해하지도 못하고 그녀의 진가를 알아주지도 않아요. 바바라는 민감한 사람이에요. 그녀는 아주 섬세한데, 그것이 그녀가 신경과민이 된 원인 중 일부라고 생각합니다. 그녀를 내면에서 끄집어내어, 즐겁게 해주고, 무엇에든 관심을 갖게 해 주면 틀림없이 지금과는 완전히 다른 사람처럼 보일 겁니다! 하지만 늘 뼈나 자르고 있는 저 빌어먹을 의사 놈은 오직 시험관이나 서부 아프리카 원주민과 문화에만 관심을 쏟고 있으니!"

그는 화가 치밀어 오르는지 씩씩거렸다.

바로 조금 전 그가 한 말 가운데 무언가 단서가 될 만한 게 있지 않을까 하는 생각이 들었다. 그러나 무엇보다도 내가 놀란 이유는, 캐링턴이 깨지기 쉬운 초콜릿 상자처럼 아름답고 병약한 프랭클린 부인을 좋아하고 있다는 사실이었다. 캐링턴이 워낙 활기로 가득 찬 사람이라 오히려 연약하고 신경증적인 유형에 끌리는 것 아닐까 하는 생각이 들었다. 그러나 바바라 프랭클린은 소녀 시절에는 분명 매우 사랑스러웠을 것이며, 특히 캐링턴처럼 이상주의적인 기질이 있는 대부분의 남자들에게는 지우기 어려울 정도로 강한 인상을 남겼을 것이다.

아래층에서 러트렐 부인이 갑자기 나타나서 우리에게 브리지 게임을 하자는 제안을 해 왔다. 나는 푸아로에게 가 봐야 한다는 구실로 그 자리를 떠났다.

푸아로는 침대에 누워 있었다. 커티스는 방 안을 돌아다니며 청소를 하다가 잠시 후 문을 닫고 밖으로 나갔다.

"푸아로, 당신은 정말 못됐어요. 뭐든지 혼자만 알고 있으려는 당신의 지독한 성향 탓에, 나는 저녁 내내 X가 누구일까로 골머리를 앓았단 말입니다."

"그 때문에 자네 넋 나간 사람처럼 보였겠군. 멍하게 있는 자네의 모습을 보고 누가 한마디 하지 않던가? 무슨 일이 있느냐고 말이야."

주디스가 내게 그렇게 묻던 것이 기억 나서 나는 얼굴을 좀 붉혔다. 푸아로는 내가 쩔쩔매는 순간을 포착한 것 같았다. 그의 입술에 심술궂은 미소가 살짝 떠올랐다. 그러나 그는 별다른 말 없이 그저 이렇게 물었다.

"그래서 자네는 그 점에 대해 어떤 결론을 내렸나?"

"내가 내린 결론이 맞다면 누가 X인지 말해 줄 건가요?"

"아니."

나는 그의 얼굴 표정을 자세히 살피며 말했다.

"노턴에 대해 생각해 봤는데요……."

푸아로의 표정에는 전혀 변화가 없었다. 나는 계속해서 말했다.

"그에 대해서는 이상한 점을 발견하지 못했어요. 노턴은 이곳에 있는 사람들 중에서 X일 가능성이 가장 적을 것 같다는 생각이 들어요. 그리고 노턴은 뭐랄까, 남의 주의를 끌지 않는 유형이죠. 우리가 쫓고 있는 살인범 역시 눈에 잘 띄지 않는 사람일 수 있다는 생각을 해 보기는 했지만요."

"맞아. 그렇지만 눈에 띄지 않는 사람을 분석해 보자면, 자네가 생각하고 있는 것보다 더욱 미묘한 여러 유형이 있다네."

"무슨 뜻이죠?"

"사악한 뜻을 품은 낯선 자가 살인을 저지르기 몇 주 전에 이곳에 도착했다고 가정해 보세. 그 사람이 만약 뚜렷한 이유도 없이 이곳에 온 거라면 아마 단번에 눈에 띌 걸세. 그런데 만약 그자가 악의라고는 전혀 없어 보이는 낚시 같은 스포츠에 열중해 있는, 별로 대수롭지 않아 보이는 사람이라면 남들 눈에 띄지 않겠지?"

내가 그의 말에 동의하며 말했다.

"아니면 조류 관찰 같은 거겠죠. 그래요. 그게 바로 내가 지금 하고 있는 말이에요."

"한편 생각해 보면, 그 살인자는 눈에 확 띄는 사람으로 있는 것이 오히려 더 나을 수도 있겠지. 즉 푸주한일 수도 있단 말이지. 푸주한에게 핏자국이 좀 묻어 있다고 해도 아무도 주목해서 보지 않을 테니 오히려 더 이로울 수도 있어!"

"그건 좀 말이 안 되는걸요. 그 푸주한이 제빵업자와 다투었다는 걸 누구나 알고 있을 테니까요."

"그렇지만 살인자가 그저 제빵업자를 살해할 수 있는 기회를 잡기 위해 푸주한이 되었다고 생각하는 사람은 없을걸. 한 걸음 뒤로 물러서서 상황을 관찰해야 하는 법이라네, 이 친구야."

푸아로가 한 말 중에 힌트가 숨어 있지 않을까 하는 생각에 그를 자세히 건너다보았다. 그 말이 분명 무언가를 염두에 두고 한 말이라면, 아마도 러트렐 대령을 두고 한 것이리라. 러트렐 대령이 손님 가운데 한 명을 살해할 기회를 만들기 위해 고의적으로 호텔 경영을 시작한 것이라고 하면?

푸아로가 천천히 고개를 저었다.

"내 얼굴을 보면서 답을 얻을 수는 없을 걸세."

나는 한숨을 쉬었다.

"정말 사람 미치게 만드는군요, 푸아로. 어쨌든 내가 보기에 노턴은 용의자가 아닌 거 같아요. 앨러턴이라는 친구에 대해서는 어떻게 생각해요?"

푸아로는 여전히 무표정한 얼굴로 오히려 내게 물었다.

"자네는 그를 싫어하지?"

"맞아요, 나는 그자가 싫습니다."

"아, 자네는 그를 구역질 나는 추잡한 놈이라고 생각하는군. 그렇지 않나?"

"맞아요. 당신은 그렇게 생각하지 않습니까?"

푸아로가 천천히 말을 이었다.

"그는 틀림없이 여자들에게 아주 매력적인 남자라고 할 수 있지."

나는 앨러턴을 경멸하며 소리를 질렀다.

"여자들이란 어째서 그토록 어리석은지 모르겠어요. 여자들은 그런 놈에게서 대체 어떤 면을 보는 걸까요?"

"누가 알겠나? 하지만 그건 늘 그래 왔던 일이라네. 모베 쉬제(나쁜 남자들) 말일세. 여자들은 항상 그런 남자에게 끌리지."

"그렇지만 도대체 왜?"

푸아로가 어깨를 으쓱해 보였다.

"우리가 보지 못하는 무언가를 보는 모양이지."

"그게 뭐죠?"

"아마도 위험성 같은 거 아닐까. 여보게, 친구, 사람은 누구나 인생에서 약간의 위험성을 맛보고 싶어 한다네. 투우 같은 걸 통해서 대리 만족을 얻기도 하고, 주인공이 위험에 처하는 내용의 책을 읽기도 하지. 영화를 보면서 그런 기분을 느끼려는 사람도 있어. 그런데 내가 분명하게 말할 수 있는 것은, 인간은 천성적으로 지나치게 안전한 상황을 못 견뎌 한다는 거야. 남자들은 여러 가지 일에서 위험을 맛볼 수 있지만, 여자들은 대부분 성적인 것에 제한해서 위험을 추구하지. 그것이 바로 여자들이 호랑이처럼 위험하기 짝이 없는 남자를 좋아하는 이유라네. 위험스럽고 불안정하며 언제든 튀어나올 수 있는 발톱을 감춘 호랑이 같은 남자 말일세. 그 때문에 여자들은 앞으로 착하고 친절한 남편이 되어 줄 좋은 남자에게는 별로 관심을 두지 않지."

나는 잠시 울적한 기분으로 그 문제에 대해 깊이 생각해 보았다. 그리고 앞서 이야기하던 주제를 다시 끄집어냈다.

"저기 말이에요, 푸아로. X가 누구인지 쉽게 알아낼 수 있을 거 같아요. 이리저리 쑤시고 다니면서, 당신이 말한 다섯 건의 살인 사건에 연관된 사람들 전부와 알고 지내는 사람이 누구인지 알아내기만 하면 돼요."

나는 의기양양하게 해결책을 내놓았다. 그러나 푸아로는 내게 냉소적인 시선을 던지며 말했다.

"헤이스팅스, 자네에게 이곳에 있어 달라고 청한 것은, 내가 이미 지나온 길을 따라 꼴사납게, 힘겹게 관찰을 해 달라는 뜻이 아니었네. 그리고 이 사건은 자네가 생각하는 것처럼 그렇게 간단하지가 않아. 다섯 건의 살인 사건 중에서 네 건이 이 주에서 발생했어. 이 호텔에 모인 사람들은 각자 이곳에 도착했고 서로에게 낯선 이방인들이 아니란 말일세. 이곳은 다른 일반적인 호텔과는 좀 다르지. 러트렐 대령 부부는 이 지역 출신이야. 그들은 생활에 쪼들린 나머지 이 저택을 사서 무작정 사업을 시작했지. 이곳에 온 사람들은 모두 러트렐 부부의 친구들이거나 아니면 자기네 친구들을 통해 이곳을 소개받고 온 사람들이지. 윌리엄 보이드 캐링턴 경은 프랭클린 부부를 설득해서 이곳으로 오게 했어. 프랭클린 부부는 노턴에게 이곳을 추천했고, 내가 알고 있기로는 콜 양에게도 추천했네. 전부 그런 식으로 해서 여기에 오게 된 걸세. 즉 여기 있는 이들 중에서 오직 한 명밖에 알지 못하던 사람이라도 곧 나머지 모두와 알게 될 가능성이 아주 높다는 거지. 이곳에서 사람들은 서로 연관되어 있기 때문에, X도 여기 있다 보면 나머지 모든 이들에 대해 알게 될 수 있다는 말이지. 릭스 사건에 대해 생각해 보게. 비극적인 살인 사건이 발생했던 마을은 캐링턴의 삼촌이 살고 있는 집과 가까웠어. 프랭클린 부인의 가족도 그 근처에 살았지. 그 마을에 있는 여관에는 관광객들이 수시로 드나드는데, 프랭클린 부인의 친정 쪽 친구들 중 몇몇이 그곳에 묵곤 했어. 프랭클린 박사도 그곳에서 머문 적이 있고. 노턴과 콜 양도 그곳에서 머문 적이 있을 거야, 아마도 분명히 그랬을 걸세. 아니, 여보게, 그러지 말게. 제발 부탁이니 내가 자네에게 알려 주고 싶어 하지 않는 비밀을 캐내려고 허튼짓 말게나."

"말도 안 되는 소리 좀 하지 마세요. 내가 누설이라도 할까 봐 그러는 모양인데 미리 말해 둘게요, 푸아로. 내가 얼굴 표정으로 생각을 전부 드러낸다고 하는 그런 식의 농담은 진절머리가 난다고요. 그런 농담은 조금도 재미없어요."

푸아로가 목소리를 낮추어 말했다.

"내가 자네에게 X가 누구인지를 말해 주지 않는 것이 단지 그것 때문이라고 생각하나? 이봐, 친구. X의 정체를 알게 되면 위험에 처할 수도 있다는 걸 모르겠나? 내가 자네의 안전을 염려해서 알려 주지 않는다는 걸 정말 모르겠나?"

나는 얼이 빠진 채 그를 바라보았다. 지금까지 그런 점에 대해서는 전혀 생각하지 못하고 있었다. 물론 그의 말은 틀림없는 사실이었다.

이미 다섯 번이나 살인을 저지르고도 아무런 의심을 받지 않을 만큼 영리하고 술수가 뛰어난 살인범이 누군가 자기 뒤를 밟고 있다는 것을 알았을 때, 살인범을 쫓고 있던 자들은 분명 매우 위험한 상황에 처하게 될 것이다.

내가 날카로운 어투로 물었다.

"그렇다면, 당신은요? 당신은 지금 위험에 처해 있는 것 아닌가요, 푸아로?"

푸아로는 몸도 제대로 움직일 수 없는 상황임에도 불구하고 자신이 할 수 있는 한 최대로 아무렇지도 않다는 몸짓을 해 보였다.

"나는 그런 상황에 익숙해 있네. 나 자신 정도는 지킬 수 있어. 또한 나를 지켜줄 충성스러운 존재가 여기 있지 않은가. 바로 나의 훌륭하고 충실한 친구, 헤이스팅스 자네 말일세!"

제6장

푸아로는 아침에 일찍 일어나는 습관이 있었다. 그래서 나는 그가 그만 잠자리에 들도록 하고, 하인 커티스와 몇 마디 말을 나눈 뒤 아래층으로 내려왔다.

커티스는 무신경하고 이해가 느린 사람 같았다. 다만 상대방에게 신뢰를 주고, 맡고 있는 소임은 잘할 것 같은 종류의 사람이었다. 커티스는 푸아로가 이집트에서 돌아온 이후 줄곧 푸아로와 함께 지내왔다. 커티스의 말에 따르면, 주인의 건강 상태는 아주 좋지만 가끔 심상치 않은 심장 발작 증세를 보였으며, 지난 몇 달 동안 심장이 많이 약해졌다고 했다. 마치 엔진이 서서히 고장 나고 있는 것처럼 말이다.

아, 그 옛날 우리 인생은 얼마나 멋졌던가! 하지만 노쇠의 길을 걸으면서도 당당하게 싸우고 있는 나의 오랜 친구를 생각하자 가슴이 메어 왔다. 지금 푸아로는 몸도 불편하고 많이 쇠약해졌지만, 불굴의 의지만은 남아 있어서 자신의 전문 분야에 대한 재능을 계속해서 발휘하고 있었다.

나는 슬픈 마음으로 계단을 내려갔다. 푸아로가 없는 삶은 도저히 상상할 수도 없었다…….

응접실에서는 카드 게임의 세 판 승부가 이제 막 끝나 가고 있었다. 그들은 나더러 게임에 끼라고 제의했다. 가라앉은 기분을 전환하는 데 도움이 될 것 같아 그러마고 했다. 캐링턴이 게임에서 빠지고, 나는 노턴, 러트렐 부부와 함께 자리에 앉았다.

러트렐 부인이 물었다.

"이제 어떻게 하실 생각이죠, 노턴 씨? 당신이랑 내가 한편이 되고 나머지 두 사람이 같은 편이 되도록 할까요? 좀 전에 우리가 같은 편으로 게임하면서 줄곧 승승장구했잖아요."

노턴은 기분 좋게 미소를 지어 보이며, 중얼거리듯 말했다.

"그건, 글쎄요, 패를 떼어 보고 정하죠, 네?"

러트렐 부인은 노턴의 말에 동의했지만 그의 말에 불쾌한 기색을 감추지 않았다.

노턴과 내가 한편이 되고 러트렐 부부가 같은 편이 되었다. 내가 보기에 러트렐 부인은 이렇게 편을 먹게 되어 기분이 상한 것 같았다. 그 순간 그녀는 입술을 깨물었고, 평소 즐겨 쓰던 매력적인 아일랜드 사투리도 완전히 자취를 감추었다.

나는 곧 그 이유를 알게 되었다. 나중에도 러트렐 대령과 게임을 여러 번 했는데, 대령은 게임에 완전히 젬병인 사람은 아니었다. 그의 게임 수준은 그저 보통이었는데, 다만 자기 차례를 잘 잊어버리는 경향이 있었다. 그런 점 때문에 가끔 큰 실수를 하곤 했다. 그런데 아내와 게임을 할 때면 그는 쉴 새 없이 실수를 했다. 아내 때문에 신경이 곤두서서 그런 것 같았다. 그래서 그런지 이번 게임에서 대령은 평소보다 세 배는 더 자주 실수를 했다. 러트렐 부인은 같이 게임하는 사람들을 불쾌하게 만들어서 탈이기는 해도, 본인은 게임을 아주 잘하는 편이었다. 눈에 띄는 기회를 빠짐없이 포착했고, 상대편이 보지 못할 때에는 규칙 따위는 깡그리 무시했다. 그리고 상대편이 공격할 차례가 되면 규칙을 반드시 지키라며 몰아세웠다. 또한 곁눈질로 상대편의 손에 있는 패를 훔쳐보는 데는 진짜 선수였다. 한마디로 러트렐 부인은 이기기 위해서 게임을 하는 사람이었다.

게임을 하는 동안 나는 푸아로가 러트렐 부인을 빗대어 식초처럼 입심이 사나운 여자라고 했던 말의 뜻을 곧 알 수 있었다. 카드 게임을 하는 동안 부인은 자제심을 잃고서, 가엾은 남편이 실수를 저지를 때마다 심하게 나무라는 것이었다. 노턴과 나는 그런 상황이 몹시 불편했다. 그래서 잠시 후 세 판 승부가 끝나자 그저 게임이 끝난 것만으로도 고마울 따름이었다.

나와 노턴은 둘 다 시간이 늦었다는 이유를 대며 다시 한 판 하자는 제안을 사양했다.

그 자리에서 빠져나오면서 노턴은 주변을 의식하지 않고 불쑥 자신의 기분을 드러냈다.

"지금 하는 말이지만, 헤이스팅스 대위님. 아까 그 분위기는 정말이지 끔찍했어요. 가엾은 노인네를 괴롭히는 걸 보니 내가 다 화가 납디다. 러트렐 대령은 어쩌면 그렇게도 순하게 참아 내던지! 불쌍한 친구. 그처럼 지독한 독설을 들으며 사는 인도 대령은 그렇게 많지 않을걸요."

"쉿!"

노턴의 목소리가 너무 커서 러트렐 대령이 혹시나 들을까 싶어 나는 그에게 주의를 주었다.

그런데도 노턴은 아랑곳없이 말했다.

"정말이지, 너무 안됐어요."

나도 내 생각을 이야기했다.

"대령이 부인에게 도끼를 들이댄다 해도 난 이해할 겁니다."

그러자 노턴이 고개를 저으며 말했다.

"그렇게 하지는 않을걸요. 학대를 받고 괴로워하면서도 계속 이렇게 말하겠죠. '맞아, 여보, 아니야, 여보, 미안해, 여보.' 콧수염을 잡아당기고 힘없이 우는 소리를 내면서 마침내 관 뚜껑을 덮을 때까지 계속 그럴 겁니다. 시도를 한번 해 볼 수는 있겠지만, 끝까지 자기 목소리를 내지는 못할걸요!"

유감이지만, 노턴의 말이 틀리지 않으리라는 생각이 들었다. 나는 슬픈 마음으로 고개를 흔들었다.

우리는 홀에서 잠시 걸음을 멈추었다. 정원으로 향하는 쪽문이 열려 있는 것이 보였고 거기로 바람이 들어오고 있었다.

나는 노턴에게 물었다.

"저 문을 잠가야 할까요?"

노턴은 잠시 머뭇거렸다.

"글쎄요, 음, 누군가 밖에 있는 모양인데요."

갑자기 뭔가 의심스럽다는 생각이 들었다.

"누가 밖에 있습니까?"

"따님이랑, 그리고 음 앨러턴이요."

그는 아무렇지도 않게 말하려고 애썼으나, 그의 말을 듣자 나는 푸아로와 나누었던 대화가 떠오르면서 갑자기 불안에 휩싸였다.

주디스와 앨러턴이라. 똑똑하고 냉정한 내 딸이 그런 유형의 남자에게 끌리는 일은 없겠지? 그 애라면 분명히 그 작자의 속을 꿰뚫어 보지 않을까?

나는 옷을 벗으며 끊임없이 그런 말을 스스로에게 되뇌었지만 막연한 불안감은 떨칠 수가 없었다. 계속 이리저리 뒤척이며 잠을 이루지 못했다.

밤에 걱정으로 속을 태울 때에는 모든 상황이 더욱 과장되게 느껴지는 법이다. 절망과 상실감이 더욱 선명해지면서 내 마음을 온통 뒤덮었다. 아내가 살아 있다면 얼마나 좋을까. 나는 오랜 세월 동안 아내의 판단력에 의지해 왔다. 아내는 아이들 문제를 현명하게 처리하며 이해심으로 대처하곤 했었다.

아내가 없으니 더욱 비참하고 무력한 기분이 들었다. 아이들의 안전과 행복에 대한 책임을 전적으로 나 혼자서 지게 되었으니까. 내가 그런 일을 감당할 수 있을까? 하늘이 도와준다면 몰라도, 나는 그다지 슬기롭지 못한 인간이다. 내가 일을 그르치고 실수를 저지른 것은 아닐까. 주디스가 행복해질 수 있는 기회를 스스로 망쳐 버리고, 그래서 고통을 겪게 된다면…….

뒤척이며 고민을 하던 끝에 나는 불을 켜고 자리에서 일어나 앉았다.

이렇게 잠을 못 자면 몸에 좋지 않을 텐데. 잠을 좀 자야만 했다. 침대에서 일어나 세면기 쪽으로 가서 미심쩍은 눈으로 아스피린 알약이 든 병을 바라보았다.

아냐. 아스피린보다 좀 더 강한 약이 필요해. 푸아로에게 그런 종류의 수면제가 좀 있지 않을까 하는 생각이 들었다. 그래서 복도를 가로질러 푸아로의 방문 앞에서 잠시 머뭇거리며 서 있었다. 노인을 잠에서 깨우려니 조금 미안한 마음이 앞섰다.

그렇게 주저하고 있을 때 발자국 소리가 들려왔다. 주변을 돌아보았다. 앨러턴이 복도를 따라 내가 있는 쪽으로 걸어오고 있었다. 조명이 희미한지라 그가 가까이 다가올 때까지 얼굴을 볼 수가 없어서, 잠시 동안이지만 내게 다가오는 사람이 누구인지 몰랐으므로 답답한 기분이 들었다. 마침내 그가 앨러턴이라는 것을 알았을 때 아주 거북살스러웠다. 그자는 미소를 흘리고 있었고, 나는 그런 종류의 미소를 혐오했다.

앨러턴이 나를 쳐다보며 이맛살을 찌푸리고는 입을 열었다.

"여어. 헤이스팅스 씨, 아직 안 주무시고 계시군요."

나는 짤막하게 대답했다.

"잠이 안 와서요."

"그래요? 제가 도와드리죠. 따라오세요."

나는 그를 따라 그의 방으로 들어갔다. 그의 방은 바로 내 옆방이었다. 가능한 한 이 남자를 자세히 관찰해 보고 싶다는 생각이 들었다.

내가 말했다.

"원래 늦게까지 잠자리에 들지 않는 모양이군요."

"한 번도 일찍 잠자리에 들어 본 적이 없어요. 밖에서 경기가 있을 때를 빼고는요. 이 멋진 저녁 시간을 그냥 놓쳐 버릴 수는 없지요."

앨러턴이 이렇게 말하며 웃었다. 나는 그 웃음소리조차 끔찍하게 싫었다.

나는 그를 따라서 욕실로 들어갔다. 그가 작은 벽장을 열더니 안쪽에서 알약이 든 병을 하나 꺼냈다.

"여기 있습니다. 이건 진짜 마약이에요. 이걸 드시면 통나무처럼 꼼짝도 않고 정신 없이 잠을 잘 수 있을 겁니다. 더구나 멋진 꿈까지 꾸게 되죠. 수면제로는 아주 그만인 '슬럼베릴'이라는 건데, 그건 이 약의 특허 명칭이죠."

앨러턴이 열을 올리며 그런 이야기를 늘어놓자 나는 약간 충격을 받았다. 그렇다면 이 작자는 마약도 복용하고 있단 말인가? 나는 그런 의심을 깔고 물었다.

"이런 약은 위험하지 않습니까?"

"너무 많이 복용하면 위험하죠. 바르비투르산염의 일종인데, 그 독성으로 약발이 나게 된답니다."

그는 이런 말을 하고는 기분 나쁘게 양 입꼬리를 위로 올리면서 미소를 지었다.

"의사의 처방전 없이 이런 약을 손에 넣을 수는 없으리라고 생각합니다만."

"노인장 같으면 못 할걸요. 어쨌든 말 그대로 당신은 그렇게 못하죠. 저는 그쪽에 연줄이 있거든요."

나는 왠지 바보가 된 것 같은 기분이었다. 나는 충동적으로 이렇게 묻고 말았다.

"내 생각엔 당신이 이서링턴에 대해 알고 있을 것 같은데, 맞죠?"

나는 곧 내 말투가 좀 이상했다는 것을 알아차렸다. 그의 눈빛이 경직되더니 경계하는 듯한 눈초리로 바뀌었다. 그의 목소리도 일부러 경쾌하게 꾸민 듯한 목소리로 바뀌었다.

"아, 그래요. 저도 이서링턴에 대해 알고 있죠. 불쌍한 친구예요."

나는 더 이상 아무 말도 안 했는데, 앨러턴은 혼자서 계속 떠들어댔다.

"물론 이서링턴도 마약을 했어요. 다만 과용을 했던 거죠. 누구든 그만두어야 할 때를 알아야 하는 건데, 그는 그렇게 하지를 못했죠. 안된 일이에요. 그의 아내는 운이 좋았던 셈이죠. 배심원들의 동정을 받지 못했다면 그녀는 아마 교수형에 처해지고 말았을걸요."

그는 내게 약 두 알을 건네주며 아무렇지도 않게 물었다.

"당신도 이서링턴에 대해 잘 아는지요?"

나는 사실대로 대답했다.

"아뇨."

앨러턴은 잠시 당황해서 어찌 해야 할지를 모르는 것 같았다. 그러더니 그는 가볍게 웃음을 터뜨리며 이렇게 말을 맺었다.

"그는 사람을 좀 웃길 줄 아는 친구였죠. 주일 학교 선생 같은 유형은 아니었지만, 가끔씩은 함께 있으면 참 재미있었어요."

나는 앨러턴에게 약을 줘서 고맙다는 말을 하고는 내 방으로 돌아왔다.

다시 침대에 누워 불을 끄면서 내가 어리석게 군 것은 아닐까 하는 생각이 들었다.

앨러턴이 X임에 틀림없다는 생각이 강하게 들었기 때문이다. 그러나저러나 나는 그를 의심하는 눈치를 보이고 말았던 것이다.

제7장

I

스타일스 저택에서 보냈던 날들에 대한 나의 설명은 얼마간 두서가 없을 것이다. 그때를 회상해 보면, 내 기억 속에 각인된 암시적인 단어와 구절로 이루어진 대화, 그런 식으로 된 일련의 대화들이 떠오르기 때문이다.

무엇보다도 나는 에르퀼 푸아로가 병으로 무력해졌다는 것을 실감하게 되었다. 푸아로의 말처럼, 그의 두뇌는 아직 예전의 날카로움을 잃지 않고 있었지만, 육체는 너무나 쇠약해져서 내가 전보다 훨씬 많은 역할을 해 주어야 했다. 나는 말 그대로 푸아로의 눈과 귀가 되어 주어야만 했다.

실제로 날씨가 좋은 날이면 커티스는 푸아로를 안아 들고 조심스럽게 아래층으로 내려와 미리 준비해 둔 휠체어에 앉혀 주곤 했다. 그리고 휠체어를 밀고 정원으로 나가 외풍이 불지 않는 곳으로 주인을 데려갔다. 날씨가 그다지 좋지 않은 날에는 주인을 응접실로 모셨다.

푸아로가 있는 곳에는 언제든 누군가 찾아와서 옆에 앉아 담소를 나누곤 했다. 마음대로 이야기 상대를 고를 수 있었던 예전과는 달리, 이제 푸아로는 더 이상 대화 상대를 선택할 수 있는 입장이 아니었다.

스타일스 저택에 도착한 다음 날, 나는 프랭클린 박사를 따라 정원에 있는 박사의 낡은 실험실로 갔다. 그곳은 실험 목적으로 사용하기 위해 대강 개조해서 만든 곳이었다.

여기서 분명히 밝혀 둘 것이 있는데, 나는 과학 분야에 관한 한 전혀 소질이 없다. 지금도 프랭클린 박사의 작업에 대해 설명하면서 잘못된 용어를 사용하여 그 분야에 제대로 된 식견을 갖추고 있는 사람들에게 비웃음을 살지도 모르겠다.

과학 분야에 대해서는 문외한이나 다름없는 나는 그저 프랭클린 박사가 피소스티그마 베네노숨이라고도 부르는 칼라바르 콩에서 추출한 여러 가지 알칼로이드로 실험을 하고 있다는 것 정도를 알 수 있었을 뿐이다. 그 후 프랭클린 박사와 푸아로가 나누는 대화를 듣고서야 그 부분에 대해 좀 더 자세히 이해할 수 있었다.

주디스는 열정적인 젊은이들이 으레 그렇듯이, 엄청난 전문 용어를 구사하며 내게 설명을 해 주려고 애를 썼다. 주디스는 피소스티그민, 에세린, 피소베닌, 제네세린 같은 알칼로이드에 대해 언급한 다음, 프로스티그민 혹은 3-하이드록시페닐 트리메틸 람모늄의 디메틸카보닉 에스테르 등 발음도 잘 알아들을 수 없는 물질에 대해 계속해서 이야기했다. 내가 듣기에는 그게 그거 같고 순서만 다른 것 같았다! 나로서는 도무지 알아들을 수 없는 말뿐이었다. 나는 그 모든 것이 대체 인류에게 무슨 소용이냐고 물어 이내 주디스의 경멸 섞인 시선을 받고 말았다. 그런 질문은 진지하게 연구에 임하는 과학자를 가장 화나게 만드는 것이다. 주디스는 나를 경멸하는 듯한 눈으로 쳐다보더니 계속해서 장황하고 학술적인 설명을 늘어놓았다.

이야기의 결론은 서부 아프리카 원주민 가운데 잘 알려지지 않은 어떤 부족이, 마찬가지로 잘 알려지지 않은 치명적인 질병에 대해 엄청난 면역력을 갖고 있다는 것이었다. 그 질병은 '조르다니티스'라고 한 걸로 기억하는데, 그 병명은 최초로 그 질병을 추적했던 열정적인 조던 박사의 이름을 따서 명명한 것이었다. 매우 희귀한 열대병으로 지금까지 한두 번 정도 백인에게 감염되었는데, 그 결과는 참으로 치명적인 것이었다.

나는 주디스가 화를 낼 것을 알면서도, 홍역의 약해를 중화시킬 수 있는 약을 찾아내는 것이 더 가치 있는 일이 아니겠느냐는 말을 했다!

주디스는 나에게 동정과 냉소가 뒤섞인 표정을 지어 보이며 인류에게 자비를 베푸는 것보다 인류의 지식을 넓히는 것이 진정으로 추구할 만한 가치가 있는 일이라고 말했다.

나는 현미경으로 슬라이드를 들여다보고 서부 아프리카 원주민의 사진을 관찰했는데(사진을 보는 일은 정말 재미있었다!) 상자 안에 있는 마취된 쥐의 눈과 마주친 순간 서둘러 실험실 밖으로 나와 버렸다.

나는 프랭클린 박사와 푸아로의 대화를 들은 후에야 비로소 박사의 실험에 흥미를 느낄 수 있었다.

프랭클린 박사가 말했다.

"푸아로 씨, 잘 아시겠지만, 이 물질은 제가 하는 일보다는 사실 푸아로 씨가 하시는 일에 더 많이 관련되어 있습니다. 그 콩은 시죄법*적인 용도로 사용되는데 유죄냐 무죄냐를 증명하는 기능을 하는 것으로 알려져 있습니다. 서부 아프리카 부족들은 그 콩의 힘을 맹목적으로 믿고, 실제로 사용을 하고 있기도 합니다. 요즘은 그 부족들도 그 콩을 가지고 약아빠진 속임수를 쓰기는 합니다만. 그들은 자신에게 죄가 있다면 콩을 먹고 죽을 것이고, 죄가 없다면 아무런 해도 입지 않을 것이라고 생각하면서 엄숙하게 콩을 씹습니다."

"오, 그럼, 그들은 죽는 겁니까?"

"아뇨. 전부 죽는 건 아닙니다. 지금까지 다들 그 점을 대강 보아 넘겨 왔죠. 그 모든 과정의 이면에는 많은 문제점이 도사리고 있습니다. 내 생각에는 주술사가 사기를 치는 것 같아요. 이 콩에는 두

* 시련을 견딘 자를 무죄로 하는 재판법.

가지 종류가 있습니다. 겉으로 보기에는 생김새가 아주 비슷해서 그 차이를 구분하기가 쉽지 않죠. 하지만 분명히 차이점이 있습니다. 둘 다 피소스티그민과 제네세린, 그 밖의 여러 가지 물질들을 포함하고 있습니다. 다만 두 번째 종에는 첫 번째 종에 들어 있지 않은 알칼로이드가 함유되어 있는데, 그 성분이 다른 성분의 효과를 중화시키는 역할을 하는 겁니다. 누구나 두 번째 종에서 알칼로이드를 분리시킬 수가 있죠. 아니 적어도 저라면 그것을 분리해 낼 수가 있습니다. 비밀 의식이 거행될 때 부족의 내부 집단은 두 번째 종의 콩을 정기적으로 먹는데, 그 콩을 먹은 사람들은 결코 조르다니티스에 걸리지 않습니다. 이 제3의 물질은 근육계에 아무런 유해 작용도 유발하지 않고, 대단히 뛰어난 효과를 보이고 있죠. 정말 흥미롭지 않습니까? 유감스럽게도 순수한 알칼로이드는 상태가 매우 불안정합니다. 저는 아직도 실험 결과를 도출하지 못하고 있죠. 그 부분에 대해 앞으로도 더 많은 연구가 진행되어야 한다고 생각합니다. 반드시 이루어져야 할 작업이죠! 그래요, 젠장, 할 수만 있다면 제 영혼을 팔아서라도……."

그는 갑자기 말을 멈추더니 또다시 싱긋 웃으며 말했다.

"죄송합니다. 제가 또 이 문제에 너무 열을 올린 것 같군요!"

푸아로가 차분한 어조로 말했다.

"박사의 말대로라면, 유죄와 무죄 여부를 쉽게 시험할 수 있으니 내 일을 훨씬 편하게 할 수가 있겠군요. 아, 칼라바르 콩에 들어 있다고 하는 죄의 유무를 판별한다는 그 물질을 손에 넣을 수 있다면 좋겠구려!"

프랭클린 박사가 말했다.

"아, 하지만 문제는 거기서 끝나지 않습니다! 결국 유죄와 무죄라는 것은 무엇입니까?"

이번에는 내가 대답했다.

"그런 문제에 대해서는 의심할 여지도 없을 것 같은데요."

박사가 내게로 고개를 돌리며 물었다.

"죄악이란 무엇이죠? 선이라는 건 또 뭐고요? 선과 악에 대한 개념은 시대마다 해석과 평가가 다릅니다. 여러분이 콩으로 시험하고자 하는 것은 죄의식을 갖고 있느냐, 아니면 그렇지 않느냐 하는 것이겠죠. 사실 그런 식의 판단을 하기 위해 칼라바르 콩으로 시험을 하는 것은 전혀 의미가 없습니다."

"어째서 그렇게 생각하시는 건지 알 수가 없군요."

"대위님, 가령, 어떤 사람이 독재자나 고리대금업자, 포주 혹은 그 밖에 윤리적으로 자신을 분노하게 만드는 자를 죽일 수 있는 권리를 하늘로부터 부여받았다고 칩시다. 그 사람은 대위님이 죄악이라고 생각하는 일을 저지르죠. 그렇지만 그는 자기가 한 일을 무죄라고 생각하지 않을까요? 그런 상황에서 하찮은 시죄법용 콩 따위가 무엇을 할 수 있겠습니까?"

나는 이렇게 되물었다.

"물론, 그렇지만 살인에는 언제나 죄의식이 뒤따르기 마련이지 않습니까?"

그러자 프랭클린 박사가 유쾌하게 답변했다.

"저는 많은 사람들을 죽이고 싶습니다. 밤에도 제 양심이 계속 깨어 있으리라고 생각하지 마세요. 저는 인류의 80퍼센트는 제거되어야 마땅하다고 봅니다. 그런 자들이 없으면 우리는 훨씬 나은 삶을 살 수 있을 테니까요."

이 말을 마치고 프랭클린 박사는 자리에서 일어서더니 즐겁게 휘파람을 불며 느릿느릿 걸어 나갔다.

나는 그의 뒷모습을 미심쩍게 바라보았다. 푸아로는 나지막한 소리로 킬킬거렸다.

"자네 말이야, 친구. 마치 악마의 둥지라도 바라보고 있는 사람처럼 보이는군. 저 친구가 방금 설명한 것을 실행에 옮기지 않도록 바라기나 하세."

"아, 그런데 만약 저자가 그걸 실행에 옮기기라도 한다면요?"

II

잠시 망설인 끝에, 나는 앨러턴에 대해서 어떻게 생각하고 있는지 주디스의 속을 떠봐야겠다고 마음먹었다. 그 애가 어떤 반응을 보일지 알아야겠다는 생각이 들었다. 내가 아는 한, 주디스는 냉정하고 분별력이 있으며 스스로를 돌볼 줄 아는 아이였다. 나는 그 애가 앨러턴 같은 작자가 뿜어 대는 싸구려 냄새 나는 매력에 진심으로 끌릴 리가 없다고 생각했다. 그 문제를 분명히 짚고 넘어가고 싶었기 때문에 주디스에게 직접 물어보기로 했다.

하지만 유감스럽게도 나는 바라던 목적을 이루지 못하고 말았다……. 아마도 내가 너무 서툴게 이야기를 꺼낸 탓일 것이었다. 젊은이들은 나이 든 사람이 잔소리를 하면 질색하는 법이니까. 나는 최대한 자연스럽고 유쾌하게 말을 꺼내려고 애를 썼는데, 그만 실패하고 만 것 같았다.

주디스는 단박에 신경을 곤두세우며 대꾸했다.

"뭐죠? 커다랗고 못돼 먹은 늑대를 조심하라는 부모로서의 경고인가요?"

"아니, 아냐. 주디스, 물론 그런 건 아니란다."

"제가 보기에 아버지는 앨러턴 소령을 별로 좋아하지 않는 것 같은데요?"

"솔직히 말하면 그렇단다. 사실 난 너 역시 그를 좋아할 리가 없다고 여기고 있어."

"좋아하면 안 될 이유라도 있나요?"

"흠, 그러니까 그는 네가 매력을 느끼는 부류가 아니잖니, 응?"

"제가 선호하는 사람은 어떤 사람이라고 생각하시는데요, 아버지?"

주디스는 늘 나를 허둥거리게 만든다. 이번에도 나는 몹시 당황했다. 그 애는 입을 비쭉거리며 입가에 약간 경멸하는 듯한 미소를 머금고 나를 쳐다보며 서 있었다.

"물론, 아버지는 그를 좋아하지 않으시겠죠. 하지만 저는 그가 좋은걸요. 그는 정말 재미있는 사람이라는 생각이 들거든요."

"오, 재미라고…… 아마도 그렇겠지."

내가 그 부분에 대해서는 얼렁뚱땅 넘기려 하자, 주디스는 일부러 이렇게 말하는 것이었다.

"그는 아주 멋진 사람이에요. 여자들은 누구나 그렇게 생각할걸요. 물론 남자들은 그의 매력을 알아보지 못하겠지만요."

"물론 못 알아보겠지."

나는 다소 서툴지만 계속해서 말을 이어 갔다.

"어젯밤에 늦게까지 앨러턴과 함께 밖에 있는 것 같던데……."

내가 말을 끝까지 하기도 전에 주디스가 버럭 화를 냈다.

"정말이지, 아버지는 너무나 비상식적이에요. 저도 이제 혼자서 제 일을 처리할 수 있는 나이라는 걸 모르시겠어요? 제가 무슨 일을 하든, 누구와 교제를 하든, 아버지는 간섭하실 권리가 없어요. 부모에 대해 가장 화가 나는 점이 바로 이런 식으로 자식의 삶에 몰상식하게 끼어드는 거예요. 저는 아버지를 정말 좋아하지만…… 저도 어엿한 성인이고 이건 제 인생이라고요. 배럿 씨처럼 처신하지 않으셨으면 좋겠어요."

이렇게 지독히도 몰인정한 말을 듣고 나니 나는 너무도 상처를 받아서 뭐라고 대꾸조차 할 수 없었다. 그러는 동안 주디스는 휙 하니 가 버렸다.

나는 얻은 것보다 잃은 것이 더 많다는 생각에 망연자실할 수밖에 없었다.

상념에 잠겨 멍하니 서 있다가, 프랭클린 부인을 돌보는 간호사인 크레이븐 양이 장난스럽게 나를 부르는 소리를 듣고서야 정신이 들었다.

"무슨 생각을 그렇게 골똘히 하세요, 헤이스팅스 대위님!"

그녀가 그렇게 말을 하며 끼어든 것이 반가웠다. 나는 기분 좋게 돌아보았다.

크레이븐 양은 젊고 대단히 아름다운 여자였다. 말하는 태도에는 약간 장난기가 배어 있었고, 매우 쾌활했다. 그녀에게서는 명랑하면서도 지적인 분위기가 감돌았다.

그녀는 담당 환자인 프랭클린 부인을 임시 실험실에서 멀지 않은 햇빛이 잘 드는 곳에 자리를 잡아 주고 오던 길이었다.

나는 그녀에게 물었다.

"프랭클린 부인이 남편의 일에 관심이 있는 모양이죠?"

그녀는 깔보듯 고개를 새침하게 들며 말했다.

"오, 부인에게는 너무 기술적인 것이라 좀 버겁죠. 대위님도 아시다시피, 그분은 결코 똑똑한 여자는 아니랍니다."

"아뇨. 그렇지는 않을 것 같소만."

"의학에 대해 뭘 좀 아는 사람이라야 박사님이 하시는 일의 진가를 제대로 알아볼 수가 있죠. 박사님은 정말 똑똑한 분이에요. 날카로운 두뇌를 가진 분이죠. 하지만 정말 가엾은 분이기도 해요. 정말이지 안됐어요."

"안됐다고요?"

"네. 저는 그런 경우를 자주 봤어요. 자기하고 맞지 않는 여자와의 결혼 말예요."

"프랭클린 부인이 박사와는 맞지 않는 부류의 여자란 말인가요?"

"흠, 그렇게 생각하지 않으세요? 저 부부 사이에는 공통점이 하나도 없어요."

"박사는 아내를 몹시 아끼는 것 같던데요. 그는 아내가 원하는 것에 늘 세심하게 귀를 기울이던걸요."

크레이븐 양은 내 말에 동의하지 않는다는 식의 웃음을 터뜨리며 말했다.

"부인은 그 점을 아주 잘 알고 있죠, 그렇고말고요!"

나는 미심쩍은 듯 물었다.

"당신은 부인이 자신의 좋지 않은 건강 상태를 이용하고 있다고 생각하는군요?"

크레이븐 양이 웃으며 말했다.

"자신이 살아갈 수 있는 방법을 아주 잘 찾아내는 여자예요. 부인은 귀부인으로서 원하는 것은 무엇이든 이룰 수 있죠. 그런 식으로 사는 여자들이 일부 있어요. 아주 교활한 여자들이죠. 누군가 그들의 의견에 이의를 제기하거나 할 때, 그런 여자들은 드러누워서 눈을 감고 아픈 표정을 지으며 연민의 정을 자아내게 만들거나 아니면 마구 신경질을 부리죠. 프랭클린 부인은 연민의 정을 자아내게 하는 쪽이에요. 밤을 홀랑 새고는 아침이면 창백하고 기진맥진한 얼굴로 누워 있죠."

나는 약간 놀라서 그녀에게 물었다.

"그렇지만 부인은 정말로 병약한 게 아닙니까? 안 그래요?"

크레이븐 양은 기묘한 눈빛으로 나를 쳐다보며 냉랭하게 말했다.

"아, 물론이죠."

그러더니 그녀가 갑자기 화제를 바꾸는 것이었다.

그녀는 오래전 1차 세계 대전 당시에 내가 이 저택에 있었다는 것이 사실이냐고 물었다.

"예, 맞습니다."

내가 이렇게 대답하자 크레이븐 양이 목소리를 낮추고 말했다.

"이곳에서 살인 사건이 일어났다고 하던데요, 그렇죠? 하녀들 중 하나가 제게 얘기를 해 주었어요. 노부인이었다죠?"

"예."

"그 당시에 대위님은 이곳에 계셨고요?"

"그래요."

그녀가 몸을 약간 떨며 말했다.

"그렇다면 그 이유를 알 것 같네요, 그렇지 않아요?"

"무슨 이유 말인가요?"

크레이븐 양이 재빨리 시선을 옆으로 돌리며 나를 쳐다보았다.

"그러니까 바로, 이곳의 분위기 말이에요. 느껴지지 않으세요? 저는 분명 느껴져요. 뭔가 잘못된 것 같은 느낌 말이에요. 제 말이 무슨 뜻인지 아시겠어요?"

나는 잠시 동안 생각에 잠겼다. 지금 크레이븐 양이 말한 것이 사실일까? 어떤 장소에서 폭력, 즉 미리 계획된 살의로 누군가가 살해

되면, 그 흔적이 그곳에 강하게 남아 여러 해가 지난 후에도 그것을 느낄 수 있는 건가? 영매들은 그렇다고들 말한다. 스타일스에도 오래전에 일어났던 그 사건의 흔적이 남아 있는 건가? 바로 이곳 벽 속에, 정원에 살인의 상념이 사라지지 않고 남아 점점 강해지면서 결국 뚜렷한 흔적을 만들게 되는 건가? 그런 상념이 여전히 이곳 분위기를 오염시키고 있는 건가?

크레이븐 양이 갑자기 말을 꺼내는 바람에 내 생각은 거기에서 멈추었다.

"제가 지내던 집에서 살인 사건이 일어났었어요. 그때 일을 한 번도 잊은 적이 없어요. 누구라도 그런 일을 겪으면 못 잊을 거예요. 제가 돌보던 환자 가운데 한 명이 살해되었거든요. 저는 증언도 해야 했고 그 밖에도 모든 일을 감당해야 했죠. 기분이 정말 이상했어요. 나이 어린 여자가 겪은 일치고는 너무 지독한 경험이었어요."

"정말 그랬겠군요. 나도 아는데……."

윌리엄 보이드 캐링턴이 저택 모퉁이를 돌아 성큼성큼 걸어오는 것을 보고는 나는 말을 멈추었다.

언제나 그렇듯이 캐링턴은 낙천적인 성격으로 주변의 온갖 그늘과 눈에 보이지 않는 근심 걱정을 다 날려 버리는 것 같았다. 그는 대단히 호방하고 분별력이 있는 사람이었고 바깥생활을 좋아했다. 게다가 매력적이고 힘찬 성격을 소유하고 있어서 언제나 즐겁고 공감할 만한 분위기를 만드는 것이었다.

"안녕들 하신가요, 헤이스팅스 씨, 크레이븐 양. 프랭클린 부인은 어디 계신가요?"

"안녕하세요, 윌리엄 경. 프랭클린 부인은 정원 끝 쪽 실험실 근처 너도밤나무 아래에 계세요."

"그렇다면 프랭클린 박사는 실험실 안에 있겠군요?"

"네, 맞아요, 윌리엄 경. 박사님은 헤이스팅스 양과 함께 계시죠."

"가련한 아가씨로군. 아침부터 실험을 하느라 그곳에 갇혀 있다니! 뭐라고 항의라도 하셔야겠어요, 헤이스팅스 씨."

크레이븐 양은 재빨리 이렇게 말했다.

"오, 헤이스팅스 양은 아주 즐거워하고 있어요. 아시다시피 그녀는 그 일을 좋아하니까요. 박사님도 헤이스팅스 양이 없으면 분명 작업을 못 하실 테고요."

그러자 캐링턴이 말했다.

"불쌍한 친구. 따님인 주디스 양처럼 예쁜 아가씨를 비서로 두고 있다면, 저 같으면 기니피그 따위가 아니라 줄곧 주디스 양만 쳐다볼 텐데요, 안 그래요?"

주디스라면 그런 식의 농담을 질색했을 테지만 크레이븐 양에게는 아주 잘 먹혀 드는지 그녀는 신나게 웃어 댔다.

크레이븐 양이 탄성을 지르며 말했다.

"오, 윌리엄 경, 정말이지 그런 말씀 하시면 안 돼요. 윌리엄 경이라면 충분히 그러리란 걸 우린 다 알고 있다고요! 그렇지만 가엾은 프랭클린 박사님은 너무도 진지하게 오로지 일에만 몰두해 있죠."

캐링턴이 유쾌하게 말했다.

"흠, 박사의 아내는 남편을 감시할 수 있는 곳에 자리를 잡고 있는 것처럼 보이는군요. 제 생각이 맞는다면 부인은 질투를 하고 있을걸요."

"너무 많은 걸 알고 계시는군요, 윌리엄 경!"

크레이븐 양은 이런 농담을 좋아하는 것 같았다. 그녀는 마지못해 이렇게 말했다.

"흠, 프랭클린 부인의 맥아 분유가 어떻게 되었는지 보러 가야 할 거 같아요."

크레이븐 양은 천천히 멀어져 갔다. 캐링턴은 여전히 선 채로 그녀의 뒷모습을 바라보며 말했다.

"아름다운 아가씨죠. 머리카락과 치아가 사랑스러워요. 훌륭한 여성의 표본이죠. 일생을 환자를 돌보며 지루하게 살아야 하다니. 저런 여자는 좀 더 나은 삶을 살 자격이 있는데 말이죠."

그의 말에 나는 이렇게 대꾸했다.

"오, 글쎄요. 언젠가는 결혼을 하겠죠."

"그렇겠죠."

그는 한숨을 내쉬었다. 죽은 아내를 생각하고 있다는 생각이 들었다. 그가 이렇게 말했다.

"저하고 같이 내턴에 가서 좀 둘러보지 않겠습니까?"

"글쎄요. 저도 그러고 싶은데. 푸아로가 저를 필요로 하지는 않는지 먼저 확인을 좀 해 봐야겠군요."

푸아로는 목도리를 두르고 베란다에 앉아 있었다. 그는 내게 캐링턴을 따라가 보라고 권했다.

"반드시 가 보게, 헤이스팅스, 가 봐. 그곳은 정말 멋진 곳일 게야. 자네가 꼭 보았으면 해."

"나도 가 보고 싶기는 해요. 하지만 당신을 혼자 내버려 두고 싶지는 않아요."

"자네는 정말이지 충실한 친구야! 그래도 윌리엄 경과 같이 거기에 한번 가 보게나. 그는 꽤 호감이 가는 사람이지, 그렇지 않은가?"

나는 신이 나서 대답했다.

"최고지요."

푸아로가 미소를 지으며 말했다.

"아, 그래. 그가 자네가 좋아하는 부류일 거라고 생각했지."

III

그 탐험은 아주 흥미로웠다.

화창한 여름날이기 때문이기도 했지만 무엇보다도 캐링턴과 함께 있다는 점이 마음에 들었다.

윌리엄 보이드 캐링턴은 사람을 끄는 매력이 있는 사내였다. 이곳저곳 돌아다니며 풍부한 인생 경험을 쌓은 사람이라 그런지 함께 있으면 전혀 지루한 줄을 몰랐다. 그는 자신이 인도에서 관료로 일할 때 겪었던 일들과 동부 아프리카 부족 사이에 전승되어 오는 지식 등 대단히 흥미로운 이야기들을 들려주었는데, 나는 어찌나 그의 이야기에 빠져 들었던지 주디스에 대한 걱정과 푸아로가 내게 말해 준 이야기로 인한 깊은 시름마저도 잊을 수 있었다.

게다가 캐링턴이 내 친구 푸아로에 대해서 말하는 투도 마음에 들었다. 그는 푸아로가 하는 일뿐만 아니라 푸아로의 성격에 대해서도 깊은 존경심을 갖고 있었다. 캐링턴은 지금 푸아로의 건강 상태가 좋지 않은 것에 대해 마음 아파하면서도 결코 경박한 동정의 말 따위는 하지 않았다. 그는 푸아로처럼 살아온 인생은 그 자체로도 충분히 값진 것이며 그 기억 속에서 내 친구는 만족을 찾고 자존심을 지킬 수 있을 거라고 생각하는 듯했다.

캐링턴이 말했다.

"게다가 그분의 두뇌는 분명 예전과 다름없이 예리하죠."

나는 열을 올리며 그의 말에 동조했다.

"그래요, 정말 그렇습니다."

"사람이 다리에 묶여 있다는 이유로 다리가 두뇌에도 영향을 미친다고 생각하는 건 크게 잘못 생각하는 거죠. 절대 그렇지 않거든요. 늙는다는 것은 생각보다는 지적 노동에 별로 영향을 미치지 않습니다. 맹세하건대, 저라면 에르퀼 푸아로의 코밑에서 살인을 저지르는 일 따위는 하고 싶지 않을 겁니다. 바로 지금 이 시간이라도 말이죠."

그의 말에 나는 싱긋 웃으며 말했다.

"만약 당신이 살인을 저지른다면 그는 반드시 당신을 잡아내고 말걸요."

그러자 캐링턴이 슬픈 얼굴로 말했다.

"틀림없이 그러시겠죠. 어쨌든 저는 살인 같은 것에는 소질이 없어요. 아시다시피 계획성도 없고, 참을성도 없거든요. 제가 만일 살인을 저지른다면 그건 아마도 순간적인 충동에 의한 것일 겁니다."

"그런 식의 범죄인 경우, 범인을 찾아내는 건 매우 어렵습니다."

"저는 그렇게 생각하지 않아요. 저는 아마도 사방에 단서를 흘리고 다닐 테니까요. 어쨌든 제가 범죄를 저지르려는 생각이 없다는 게 다행이죠. 남의 것을 갈취하는 작자에 대해서는 죽이고 싶다는 상상을 하죠. 그런 놈들은 정말이지 비열하기 짝이 없죠. 그런 작자들은 총으로 쏘아 죽여야 한다고 늘 생각해 왔어요. 선생께선 이 문제에 대해 어떻게 생각하십니까?"

나는 그의 견해에 대해 일부 공감한다고 말했다.

그때 젊은 건축 기사가 우리를 만나러 다가오는 바람에 우리는 화제를 바꿔 그 집과 관련된 작업 점검에 관해 계속 이야기를 나눴다.

내턴 저택의 주요 건물은 튜더 왕조 시대에 건축되었고, 옆쪽으로 증축이 된 부속 건물은 그 이후에 지어진 것이었다. 1840년대를 즈음해서 구식 욕실을 두 개 설치한 이후 현대화 작업이나 개조를 한 적이 없었다.

캐링턴의 말에 따르면, 그의 삼촌인 에버럴드 경은 사람들을 싫어해서 넓은 집 한구석에 틀어박혀 은둔자처럼 살았다고 했다. 캐링턴과 그의 형제들은 삼촌의 허락을 받아 학생 시절 내턴 저택에서 휴일을 보내곤 했는데, 얼마 후 삼촌이 완전히 세상을 버리다시피 하며 살기 전까지는 그랬다고 했다.

에버럴드 경은 결혼한 적도 없었고, 엄청난 수입 중에서 십분의 일밖에 쓰지 않았다고 했다. 그 때문에 에버럴드 경이 사망한 후에도 계속해서 재산세가 납부되고 있었고, 그로 인해 지금의 준남작인 캐링턴 경은 자신이 엄청난 부자가 되었다는 사실을 알게 된 것이었다.

캐링턴이 한숨을 쉬며 말했다.

"하지만 그분은 아주 외로운 분이셨죠."

나는 아무 말도 하지 않았지만, 그의 말에 더할 수 없이 깊이 공감했다. 나 역시 외로웠기 때문이다. 내 아내 신더스가 세상을 떠난 후 나는 줄곧 반쪽짜리 인간이 되어 버린 것 같은 느낌으로 살아왔다. 조금 말을 더듬으며 나는 그에게 공감을 표시했다.

"아, 예. 헤이스팅스 씨, 그렇지만 당신은 내가 한 번도 가져 보지 못했던 걸 가지고 있어요."

그는 잠시 말을 멈추더니, 불쑥 자기가 겪은 비극적인 일에 대해 짧게 털어놓았다.

매력적이고 교양이 넘치는 사랑스러운 여인으로 모진 유전병을 갖고 있던, 그의 젊고 아름다웠던 아내에 대한 이야기였다. 그녀의 친정 식구들은 거의 모두 알코올 중독으로 사망했고, 그녀 또한 똑같은 전철을 밟아 끔찍한 저주의 희생물이 되고 말았다. 캐링턴과 결혼한 지 막 1년이 지났을 때 그녀는 술의 유혹을 이기지 못했고 곧 알코올 중독으로 사망하고 말았다. 캐링턴은 아내를 비난하지 않았다. 그 유전병은 그녀가 견디기에는 너무나 강하다는 것을 알게 되었기 때문이다.

아내가 죽고 난 후 캐링턴은 계속해서 외롭게 살아왔다. 그는 아내의 죽음에 크게 상심한 나머지 다시는 결혼하지 않으리라 결심했다고 털어놓았다.

그는 이어 결론처럼 말했다.

"혼자 있는 게 더 안전하다고 느끼는 사람도 있는 법이죠."

"그래요, 그런 기분 어느 정도는 이해할 수 있습니다."

"너무나 비극적인 일을 겪고 보니, 전 나이보다 훨씬 늙어 버렸고 마음에 깊은 상처가 남았습니다."

그는 잠시 멈추었다가 계속 말을 이었다.

"사실은 한때 몹시도 끌리던 여자가 있었죠. 그런데 그 여자는 너무 어렸어요. 인생에 환멸을 느껴 버린 저 같은 남자가 그녀를 곁에 묶어 두는 것은 옳지 못하다는 생각이 들더군요. 그 여자에 비하면 저는 나이가 너무 많았거든요. 그녀는 아이나 다름없었어요. 아주 예뻤죠. 너무나 순결했고요."

그는 고개를 흔들며 말을 멈추었다.

"그녀가 달리 생각했을 수도 있지 않을까요?"

"모르겠어요, 헤이스팅스. 그렇게 생각되지는 않아요. 그녀는…… 그녀도 저를 좋아하는 것 같았어요. 그런데 그 당시에는 그녀가 너무도 어렸다는 거죠. 마지막으로 헤어지던 날 본 그녀의 모습을 저는 언제까지나 기억할 겁니다. 그녀는 머리를 한쪽으로 살짝 기울이고 있었죠. 약간 어리둥절해 하는 표정과, 그 자그마한 손…….”

그는 말을 멈추었다. 캐링턴의 말을 들으니 왠지 모르게 내가 알고 있는 사람의 모습이 희미하게 떠올랐다.

그런데 캐링턴이 갑자기 거친 목소리로 말하는 바람에, 내 머릿속으로 그 모습이 떠오르려다 사라지고 말았다.

“저는 바보였어요. 기회를 놓치는 남자란 누구나 바보죠. 어쨌든 저는 지금 이곳에 있고, 가까운 곳에 대저택을 소유하고 있어요. 저와 함께 식탁에 앉을 우아한 여인은 없지만요.”

그의 얼마간 고풍스러운 표현 방식이 내게는 꽤 멋지게 들렸다. 그의 말을 듣고 있자니 매력적이고 평온했던 옛 시절이 떠올랐다.

그에게 물었다.

“그녀는 지금 어디에 있습니까?”

“오, 결혼했지요.”

내 질문에 그는 간단하게 대답하고는, 다른 이야기로 넘어갔다.

“사실은 말이죠, 헤이스팅스 씨. 저는 이제 혼자 사는 남자의 구색을 다 갖추었답니다. 사소한 것이기는 하지만요, 이리 와서 정원 좀 보세요. 이 정원은 그동안 방치되기는 했어도 나름대로 아주 아름답죠.”

캐링턴과 함께 그곳을 돌아 걷는 동안, 나는 내가 본 모든 것에 정말로 감동받았다. 내턴 저택은 참으로 멋진 곳이어서, 캐링턴이 그 저택을 자랑스럽게 생각한다고 해도 전혀 이상할 것이 없었다. 그는 이웃 사람들뿐만 아니라 그 마을 인근에 사는 사람들과도 대부분 잘 알고 지내 오고 있었다. 물론 그가 그곳에 살았던 시절 이후에 새로 이사해 온 사람들도 있기는 했지만 말이다.

캐링턴은 오래전부터 러트렐 대령과도 알고 지낸 사이로, 러트렐 대령이 스타일스 저택에서 하는 사업이 잘 되기를 진심으로 바란다고 말했다.

"잘 알고 계시겠지만, 가엾은 러트렐은 나이를 먹고 아주 힘들게 살고 있어요. 진짜 멋진 친구인 데다 훌륭한 군인인데 말이죠. 명사수이기도 하고요. 한번은 아프리카에서 그와 함께 사냥을 떠난 적이 있습니다. 아, 너무나 멋진 날들이었죠! 물론 당시 러트렐 대령은 결혼한 상태였지만 그의 아내는 그 사냥에 동행하지 않았어요, 천만다행이었죠. 러트렐 부인은 예쁘기는 하지만 말투가 좀 사나운 편이니까요. 러트렐은 아주 엄격한 군인이어서 중위들을 와들와들 떨게 만들곤 했었죠! 그런데 그랬던 그가 지금은 엄처시하에서 잔소리에 찌들어 패기 없이 살고 있다니! 러트렐 부인이 식초같이 매서운 혀를 갖고 있다는 건 의심할 필요도 없는 사실이죠. 그런데 그 여자는 자기 자신에 대해서 아주 자랑스러워하고 있어요. 스타일스 저택을 가지고 돈을 벌어들이고 있는 사람은 바로 자기니까요. 러트렐은 돈벌이에는 도통 머리가 안 돌아가는 사람인데 비해서 그 여자는 할머니 가죽이라도 벗겨 낼 정도죠!"

캐링턴의 말을 듣고 나도 그녀에 대한 불만을 털어놓았다.

"그녀는 자신의 그런 면을 지나치게 드러내는 것 같더군요."

내 말을 들은 캐링턴은 신이 난 것 같았다.

"저도 알아요. 그 친절함이라니. 혹시 선생께서는 그 부부와 브리지 게임을 해 보셨나요?"

나는 게임을 했노라고 흥분해서 대답했다.

"저는 대체로 여자들과는 브리지 게임을 하지 않습니다. 제 충고를 들으세요, 선생도 저처럼 하는 편이 좋을 겁니다."

나는 내가 스타일스 저택에 도착한 첫날 저녁에 노턴과 내가 얼마나 불편한 상황을 겪었는지 캐링턴에게 이야기해 주었다.

그러자 캐링턴이 말했다.

"맞아요. 대체 시선을 어디에 둬야 할지 모르게 되죠."

그는 계속해서 말을 이었다.

"노턴은 아주 좋은 친구예요. 비록 말수는 아주 적지만요. 늘 새 따위를 관찰하곤 하죠. 새를 쏘는 건 좋아하지 않는다고 하더군요. 특이한 사람이에요! 스포츠를 내켜 하지 않다니. 저는 그에게 스포츠를 내켜 하지 않는 건 많은 것을 잃는 것과 다름없다고 말해 주기는 했죠. 차가운 숲을 쏘다니며 쌍안경으로 새를 관찰하는 게 무슨 재미가 있는지 저로서는 도무지 이해가 안 가요."

노턴의 취미가 앞으로 닥쳐올 사건에서 얼마나 중요한 부분을 차지할지, 당시 우리는 전혀 모르고 있었다.

제8장

I

며칠이 지났다. 그동안 줄곧 기분이 좋지 않았고, 뭔가 일이 일어날 것만 같은 불안한 예감에 짓눌려 있었다.

굳이 말하자면, 사실은 아무 일도 일어나지 않았다. 다만 기묘한 대화의 편린, 스타일스 저택의 여러 거주자에 대한 부수적인 설명과 몇 가지 분명한 생각들이 머릿속에 떠올랐을 따름이었다. 그 조각들을 모아서 적당히 짜 맞추기만 한다면 많은 사실을 알 수 있을지도 모를 일이었다.

푸아로는 효과적인 말 몇 마디를 통해 내가 모르고 있던 범죄에 관한 사실을 일깨워 주었다.

나는 푸아로가 내게 비밀을 털어놓지 않은 데 대해 여러 차례 불평을 토했다. 그가 나한테 비밀을 말해 주지 않는 것은 공평하지 않다고 말했다. 지금까지 우리는 늘 정보를 공유하면서 활동해 왔다. 비록 내가 좀 우둔한 편이고, 푸아로는 같은 정보를 갖고도 나와는 달리 재빠르고 예민하게 올바른 결론을 이끌어 냈지만 말이다.

푸아로가 성마르게 손을 저으며 말했다.

"당연하지, 이 친구야. 공평하지 못한 건 당연하지! 이건 스포츠가 아니라고! 게임을 하는 게 아니니까! 그런 점을 모두 인정하고 시작하지 않으면 안 돼. 이건 게임이 아냐……. 스포츠는 더욱더 아니고. 자네는 지금 X의 정체를 밝히는 데 혈안이 되어서 완전히 그쪽으로만 정신이 팔려 있군. 내가 자네에게 이곳으로 와 달라고 한 것은 X의 정체를 밝혀 달라는 뜻이 아니었어. 그러니까 자네는 거기에 신경을 곤두세울 필요가 없다는 말일세. 자네가 찾으려는 답을 나는 이미 알고 있으니까. 내가 지금 당장 꼭 알아야만 하는 것은 바로 '얼마 안 있어, 누가 죽게 될 것인가.'에 대한 답이야. 그런 일이 실제로 벌어지는 걸 원하지는 않지만 말일세. 몬 뷰(여보게), 자네는 지금 알아맞히기 게임을 하는 게 아니라, 인간을 죽음에서 보호하는 일을 하고 있는 걸세."

그의 말에 나는 움찔했다. 그리고 천천히 입을 떼었다.

"물론 나도, 흠, 얼마 전 당신이 그렇게 말했던 걸 알고는 있지만, 사실 지금까지 그 뜻을 깨닫지 못하고 있었습니다."

"그렇다면 지금 깨닫도록 하게, 당장."

"좋아요, 좋아. 그럴게요. 정말이에요. 그렇게 하죠."

"비엥!(좋아!) 이제 말해 보게, 헤이스팅스. 자, 누가 죽게 될 것 같은가?"

나는 그를 멍하니 바라보며 대답했다.

"사실 잘 모르겠어요!"

"그러게 잘 생각을 해 봐야 한다니까! 그게 아니면 자네가 왜 여기에 와 있겠나?"

나는 그 주제에 대해 생각을 거듭했던 내용을 떠올리며 말했다.

"물론, 희생자와 X 사이에는 어떤 연결성이 있어야겠죠. 그러니까 지금 내게 X가 누군지 말해 주신다면……."

푸아로는 보기에 민망하리만큼 고개를 세차게 저었다.

"X가 사용하는 수법의 핵심이 바로 그거라고 내가 이미 말해 줬지 않았나? X와 사건의 연관성을 드러낼 만한 것은 아무것도 없을 걸세. 그건 확실해."

"연관성이 깊이 숨겨져 있을 거라는 말씀이죠, 그렇죠?"

"너무나 교묘하게 감춰져 있어서 우리는 둘 다 사건의 연관성을 찾아내지 못할 거라는 말일세."

"하지만 X의 과거를 조사해 본다면 아마 틀림없이……."

"다시 한 번 말하겠는데, 그건 안 돼. X의 범행은 시기와는 분명 아무런 관계가 없네. 살인은 언제든지 일어날 수 있단 말이지. 내 말 이해가 되나?"

"이 저택에 있는 누군가에게요?"

"그렇지, 이 저택에 있는 누군가에게."

“그런데 당신은 희생자가 누구인지, 어떤 식으로 사건이 일어날지에 대해서도 모르고 있는 거군요?”

“아, 내가 그걸 알고 있다면, 그걸 알아내 달라고 자네를 몰아대지도 않겠지!”

“그렇다면 당신이 세운 가설은 단지 X의 존재에 근거를 두고 있는 겁니까?”

내가 약간 미심쩍다는 말투로 묻자, 사지를 꼼짝 못해 전보다 자제심이 적어진 푸아로가 숫제 악을 썼다.

“아, 마 푸아(정말이지), 내가 몇 번이나 더 되풀이해서 설명을 해야 되나? 종군 기자들이 유럽의 특정 지역으로 갑자기 몰려든다면, 그게 무슨 뜻이겠나? 바로 전쟁이 일어났다는 거지! 전 세계 의사들이 어떤 한 도시로 모여든다면, 그건 무엇을 뜻하지? 곧 의학 회의가 개최될 예정이라는 말이잖아. 그리고 독수리가 공중을 맴돌고 있다면, 그 아래에는 분명 시체가 있다는 의미이고. 몰이꾼들이 황무지를 걸어간다면, 그건 사냥이 시작될 거라는 뜻이고. 어떤 남자가 갑자기 걸음을 멈추고 코트를 벗은 후 바다로 뛰어든다면, 그건 그가 물에 빠진 사람을 구출하려고 하는 것이지 않은가.

점잖게 생긴 중년 부인들이 울타리를 통해 뭔가를 엿보고 있다면, 자네는 그곳에서 뭔가 음란한 행위가 벌어지고 있다고 추리할 수 있을 걸세! 마지막으로, 맛있는 냄새가 풍겨 오고 사람들이 복도를 따라 같은 방향으로 걸어가는 광경이 눈에 들어올 경우, 곧 식사가 준비될 거라고 보면 정확할 테지!”

나는 잠시 그의 유추에 대해 생각해 보았다. 그리고 푸아로가 첫 번째 예로 든 내용을 걸고 넘어졌다.

"그렇지만, 종군 기자 한 명이 왔다고 해서 전쟁이 일어났다고는 볼 수 없지 않습니까!"

"물론 그렇지는 않지. 제비 한 마리가 날아왔다고 해서 여름이 온 거라고는 할 수 없으니까. 하지만 헤이스팅스, 살인자가 한 명 왔다면, 그것은 곧 살인 사건이 발생할 거라는 뜻이겠지."

물론, 그 점을 부인할 수는 없었다. 그렇지만 나는 살인자도 그냥 쉴 때가 있지 않은가 하는 생각이 들었던 것이다. 푸아로는 그렇게 생각하지 않는 것 같았지만 말이다. X는 누군가를 죽이려는 의도 없이 그저 휴가를 보내기 위해 스타일스에 왔을 수도 있다. 그러나 푸아로가 지나치게 신경을 곤두세우고 있었기 때문에 나는 차마 그런 생각을 입 밖에 낼 수가 없었다. 나는 그저 모든 상황이 절망적인 것 같다고만 말했다. 하릴없이 죽치고 앉아 기다려야만 하는 상황이니 말이다.

푸아로가 대화를 마무리했다.

"그저 지켜볼 수밖에 없지. 지난번 전쟁에서 애스퀴스가 그랬던 것처럼 말일세. 몬 쉐, 우리는 그냥 기다리기만 해서는 안 돼. 우리가 이번에 반드시 성공할 수 있을 거라고 장담할 수만은 없어. 지난번에 말했던 것처럼 살인자가 일단 누군가를 죽이기로 결심하면 그 자의 허를 찌르는 건 절대로 쉬운 일이 아니라네. 그렇지만 최소한 시도는 해 볼 수 있지. 여기서 브리지 게임을 하고 있다고 한번 생각해 보게, 헤이스팅스. 자네는 모든 카드를 볼 수가 있을 테지. 그러니까 자네가 해야 할 일은 바로 '판의 결과를 예측하는 것'일세."

나는 고개를 저었다.

"별로 도움이 안 되는걸요, 푸아로. 전혀 모르겠어요. 내가 X의 정체를 안다면……."

푸아로는 또다시 내게 소리를 질렀다. 그가 너무 크게 소리를 질러 댄 나머지 커티스가 옆방에서 뛰어나와 깜짝 놀란 눈으로 우리를 번갈아 바라다보았다. 푸아로는 손을 저어 그를 물러가게 했다. 커티스가 방 밖으로 나가자, 내 친구 푸아로가 한층 조심스럽게 말을 시작했다.

"이봐, 헤이스팅스. 자네는 스스로가 주장하는 것만큼 그렇게 멍청하지가 않아. 자네는 내가 읽으라고 한 사건들에 대해 조사를 했지. 자네는 X가 누구인지는 몰라도, X의 범행 수법에 대해서는 알고 있는 셈일세."

"오, 무슨 말인지 알겠어요."

"물론, 이젠 알았겠지. 자네는 좀처럼 머리를 굴리려고 하지 않는다는 게 문제일세. 자네는 게임이나 추측을 하는 건 좋아하지만 머리를 쓰는 일은 좋아하지 않아. X가 사용하는 수법의 핵심적인 요소는 무엇이겠나? 범죄가 발생했을 때 의심할 만한 부분이 전혀 없고 상황이 완벽하다는 것 아니겠나? 즉 범행 동기와 기회, 수단이 있고 무엇보다도 가장 중요한 것은 피고석에 앉을 용의자가 준비되어 있다는 거야."

나는 곧 그 말의 핵심을 이해했다. 왜 그 점을 좀 더 빨리 알아채지 못했는지, 나의 어리석음이 개탄스러울 뿐이었다.

"알겠습니다. 희생자가 될 가능성이 있는 사람, 지금 말한 조건에 부합하는 그런 사람이 있는지 둘러봐야겠군요."

내 말에 푸아로는 한숨을 쉬면서 등을 뒤로 기대었다.

"엉팽!(드디어 이해했군!) 지금 몹시 피곤하구먼. 커티스를 내게 보내 주게. 이제 무슨 일을 해야 하는지 자네가 제대로 이해한 것 같아 보이는군. 자네는 걸어 다닐 수 있으니까, 이리저리 돌아다니면서 사람들에게 다가가서 말을 걸어 보고 몰래 그들에 대해 조사할 수 있을 걸세."

(그가 이 말을 할 때, 나는 화를 내며 이의를 제기할 뻔했으나 곧 마음을 가라앉혔다. 또다시 그와 말다툼을 벌이고 싶지 않았다.)

"대화를 엿들을 수도 있겠지. 게다가 무릎을 굽힐 수도 있으니 무릎을 굽히고 열쇠 구멍으로 들여다볼 수도 있을 걸세."

나는 기분이 나빠져서 그의 말을 자르며 끼어들었다.

"나는 열쇠 구멍으로 들여다보는 일 따위는 하지 않을 겁니다."

푸아로는 눈을 감으며 말했다.

"그래, 좋아. 자네는 열쇠 구멍으로 들여다보지 않겠지. 그리고 자네가 영국 신사로 남아 있는 동안 누군가는 살해당하겠지. 그까짓 게 대수이겠나. 영국 남자에게는 명예가 가장 중요한 것일 테니. 자네의 명예가 다른 누군가의 목숨보다 더 중요하겠지. 비엥! 무슨 말인지 알았다고."

"그건 아닙니다. 하지만, 젠장, 푸아로……."

그가 냉담하게 말했다.

"커티스를 내게 보내 주게. 그만 가 봐. 자네는 완고한 데다 지독하게 멍청해서, 내가 믿을 수 있는 다른 누군가가 있었으면 정말 좋겠지만, 지금 나는 자네의 그런 점을 꾹 참으면서, 자네의 그 우스꽝스러운 페어플레이 정신을 받아들이는 수밖에 다른 도리가 없군. 자네가 회색 뇌세포를 사용하지 않으면 그것을 갖고 있지 않은 것과 다를 게 없어. 어찌 됐든 명예가 허락하는 범위 안에서 자네의 눈과 귀와 코를 사용하도록 하게."

II

다음 날 아침, 나는 푸아로에게 그동안 여러 번 머릿속에 떠올랐던 아이디어를 과감하게 털어놓았다. 나는 조금 모호하게 말을 꺼냈는데, 푸아로가 어떻게 반응할지 알 수 없었기 때문이다!

"생각을 좀 해 봤는데요, 푸아로. 나는 그다지 머리가 잘 돌아가는 사람이 아닙니다. 당신 말처럼 우둔한 편이죠. 휴우, 어떤 면에서 그 말은 사실이죠. 게다가 나는 반쪽밖에 남지 않은 사람이에요. 신더스가 세상을 떠난 후로는요."

나는 잠시 말을 멈추었다. 푸아로는 내 말에 공감을 표하며 목에서 흠 하는 소리를 냈다. 나는 다시 말을 이었다.

"그런데 이곳에는 우리를 도와줄 수 있는 사람이 있습니다. 우리가 필요로 하는 그런 종류의 사람이죠. 쓸 만한 두뇌와 상상력, 정보를 갖고 있고, 결단을 내리는 데도 익숙하고, 폭넓은 경험을 가진 사람입니다. 바로 캐링턴이죠. 그 사람이야말로 우리가 필요로 하는 사람입니다. 그를 믿고, 모든 걸 그에게 털어놓자고요."

푸아로는 눈을 뜨고 단호하게 말했다.

"절대 안 돼."

"도대체 왜 안 된다는 거죠? 그가 똑똑하다는 걸 부정할 수 없을 텐데요. 그는 저보다 몇 갑절은 더 영리하다고요."

푸아로가 신랄하게 빈정대며 말했다.

"그의 영리함을 부정하는 건 별로 어려울 것도 없지. 그래도 그런 생각일랑 깨끗이 지워 버리게, 헤이스팅스. 아무에게도 이 일을 털어놓아서는 안 돼. 무슨 말인지 알겠나, 엥?(응?) 이 문제에 관한 한 자네에게 함구령을 내리겠네. 이해해 주게."

"좋아요, 그렇게 말씀하시니. 그렇지만 정말 캐링턴은……."

"아, 됐어! 캐링턴이라, 자네는 왜 그렇게 그 사람에게 집착하는 건가? 그가 대체 뭔데? 사람들이 '각하'라고 불러 주니까 점잔이나 빼면서 자기 만족감에 취해 있는 덩치만 커다란 작자 아닌가. 그는…… 그래, 분명히 재치 있고 매력도 있지. 하지만 자네가 그토록 좋아하는 캐링턴은 그렇게 대단한 인물이 아닐세. 그는 늘 같은 말을 반복한다네. 똑같은 얘기를 두 번씩이나 떠들어 대는 데다가 얼마 전에 자네가 해 주었던 이야기를 다시 자네에게 들려줄 정도로 기억력이 지독하게 나쁘단 말일세! 놀라운 능력의 소유자라고?

말도 안 되는 소리. 늙고 따분한…… 수다쟁이에…… 엉팽(한마디로)…… 잘난 척만 해 대는 위인이지!"

"오."

푸아로의 말을 듣고 나는 마음에 와 닿는 뭔가가 있었다.

캐링턴의 기억력이 좋지 않은 것은 분명 사실이었다. 게다가 그는 가프(실수)를 저질러서 푸아로를 엄청나게 화나게 만든 적이 있었다. 푸아로가 벨기에에서 경찰로 근무하던 시절에 겪은 일을 캐링턴에게 이야기해 준 적이 있는데, 며칠 후 우리들 몇몇이 정원에 모여 있을 때 캐링턴은 이야기를 해 준 장본인이 바로 푸아로라는 것을 깜빡 잊고 그 이야기를 다시 푸아로에게 고스란히 해 주었던 것이다. 다만 앞에 이런 말을 덧붙여서 말이다. '파리의 한 쉐프 드 라 쉬르테(경찰 간부)가 내게 해 준 얘기인데…….'

그 때문에 푸아로가 짜증이 났던 걸 이제야 알아차리다니!

나는 눈치 빠르게 두말 않고 물러 나왔다.

III

나는 아래층을 이리저리 돌아다니다가 정원으로 나갔다. 주변에는 아무도 없었다. 작은 숲속으로 들어가 풀이 우거진 둥근 언덕을 올라갔는데, 그곳에는 집게벌레처럼 생긴 아주 오래된 여름 별장 한 채가 자리 잡고 있었다. 나는 거기에 혼자 앉아 파이프에 불을 붙이고 이런 저런 일들에 대해 생각을 하기 시작했다.

스타일스 저택에 있는 사람 중, 살인에 대한 명백한 동기를 갖고 있는 자는 누구일까. 혹은 그런 동기를 갖고 있는 것으로 밝혀질 가능성이 있는 자는 누구일까?

러트렐 대령이 세 판 승부를 하던 중에 아내에게 도끼를 집어 들 가능성은 희박한 데다가, 만약 그런 일을 저지른다 하더라도 정당한 행위였다는 점을 인정받을 수 있을 것이었다. 그처럼 분명해 보이는 경우를 제외하고 나니, 딱히 의심해 볼 만한 사람이 떠오르지 않았다.

문제는 내가 스타일스 저택에 머물고 있는 사람들에 대해 잘 알지 못하고 있다는 사실이었다. 가령 노턴과 콜 양은? 살인에 대한 일반적인 동기는 무엇일까? 돈? 내 생각에, 캐링턴은 우리들 가운데에서 유일한 재산가였다. 그가 죽으면, 누가 그 돈을 물려받게 될까? 지금 이 저택에 있는 누군가일까? 별로 가능성이 있을 법하지는 않았지만 조사해 볼 필요는 있었다. 가령 캐링턴이 프랭클린 박사를 수탁인으로 해서 연구에 쓰도록 유산을 남길 수도 있는 일이었다.

그렇게 되면, 얼마 전 인류의 80퍼센트는 제거되어야 마땅하다는 식의 지각 없는 발언을 했던 붉은 머리카락의 프랭클린 박사는 상당히 불리한 입장에 놓이게 된다. 혹은 노턴이나 콜 양이 캐링턴의 먼 친척이어서 유산을 자동적으로 물려받을 수도 있지 않을까. 억지스러운 추리이기는 하지만 가능성이 전혀 없는 것은 아니었다. 캐링턴의 유언장에 따라 그의 오랜 친구인 러트렐 대령이 이득을 볼 가능성은? 이런 가능성들은 지나치게 돈 문제에만 치중된 것처럼 보였다. 나는 좀 더 낭만적인 방향으로 사건의 가능성을 추론해 보았다. 먼저 프랭클린 부부. 부인은 병약한 사람이다. 그녀가 서서히 독살당하고 있을 가능성이 있다고 할 때, 그녀가 사망할 경우 남편이 범인으로 지목되지 않을까? 프랭클린 박사는 의사이므로, 분명히 범행 기회와 수단을 모두 보유하고 있다고 볼 수 있다. 범행 동기는? 주디스가 연관되어 있을지도 모른다는 생각이 드는 순간, 불쾌한 현기증이 몰려왔다. 나는 주디스와 박사의 관계가 순전히 사무적인 관계에 불과하다는 것을 잘 알고 있다. 그렇지만 다른 사람들도 그걸 믿어 줄까? 냉소적인 경찰관도 그걸 믿어 줄까? 주디스는 젊고 매우 아름다운 여성이다. 매력적인 비서나 조수는 이미 여러 건의 범죄에서 범행 동기로 작용했었다. 이런 가능성들이 떠오르자 나는 몹시 당황스러웠다.

그 다음으로 앨러턴에 대해 생각해 보았다. 앨러턴을 살해해야 할 이유가 있다면 어떤 것이 있을까? 어차피 살인이 일어날 수밖에 없다면, 앨러턴이 희생자가 되면 좋을 텐데! 누구라도 그가 살해된 동기를 쉽게 찾아낼 수 있을 것이다. 콜 양은 비록 젊지는 않지만 여전히 아름다웠다. 물론 콜 양과 앨러턴이 깊은 관계라고 볼 만한 근거는 어디에도 없지만, 만일 그녀가 앨러턴과 깊은 관계라면, 그녀가 질투 때문에 범행을 저지를 수도 있을 것이다. 한편, 앨러턴이 X라면…….

나는 어쩔 줄을 모르며 고개를 저었다. 아무리 생각해도 답이 나오지 않았다. 바로 그때 아래쪽에서 자갈을 밟는 발소리가 들려왔다. 프랭클린 박사가 주머니에 손을 넣고 머리를 앞으로 내민 채 빠른 걸음으로 저택을 향해 가고 있는 모습이 보였다. 전체적으로 뭔가에 낙담한 듯한 분위기였다. 방심하고 있는 그의 모습을 보면서 왠지 그가 너무나 불행한 사나이 같다는 생각이 들었다.

나는 박사를 쳐다보느라 정신이 팔려서 누군가가 내 쪽으로 걸어오는 발소리도 듣지 못했다. 그러다가 콜 양이 내게 말을 거는 바람에 깜짝 놀라 뒤를 돌아보았다.

자리에서 벌떡 일어난 나는 콜 양에게 사과했다.

"오는 소리를 듣지 못했습니다."

콜 양은 여름 별장을 찬찬히 뜯어보더니 이윽고 입을 열었다.

"빅토리아 시대의 유산이군요!"

"그래요? 유감스럽게도 거미줄이 잔뜩 쳐져 있네요. 앉아요. 먼지를 털어 드리죠."

저택의 손님 가운데 한 명에 대해 좀 더 알 수 있는 기회라는 생각이 들었다. 나는 거미줄을 털어 내며 콜 양을 은밀히 관찰했다.

콜 양은 나이가 서른에서 마흔 사이인 것 같았고, 약간 여윈 체격에 윤곽이 뚜렷한 얼굴과 매우 아름다운 눈을 갖고 있었다. 그녀에게는 뭔가를 감추고 있는 듯한, 왠지 모를 수상쩍은 분위기가 감돌았다. 이 여자는 커다란 고통을 겪은 나머지 삶에 대해 깊은 불신을 가지게 된 사람처럼 보였다. 나는 그녀에 대해 좀 더 알고 싶은 마음이 들었다.

"자!"

나는 마지막으로 손수건을 펄럭 하고 털어서 깔아 주며 그녀에게 말했다.

"최대한 깨끗하게 한 겁니다."

"고마워요."

그녀는 미소를 지으며 자리에 앉았다. 나도 그녀 곁에 나란히 앉았다. 그 자리에서는 삐걱거리는 기분 나쁜 소리가 났지만, 별다른 문제는 없었다.

콜 양이 말했다.

"제가 다가왔을 때 무슨 생각을 하고 있었는지 말해 주시겠어요? 뭔가 골똘히 생각하고 계신 것 같았거든요."

나는 천천히 말했다.

"프랭클린 박사를 쳐다보고 있었습니다."

"네?"

내 마음속에 떠올랐던 생각을 그녀에게 털어놓지 못할 이유는 없었다.

"박사가 매우 불행한 남자인 것 같다는 생각이 들었죠."

콜 양이 곁에서 조용히 입을 열었다.

"맞아요. 이미 알고 계신 줄 알았는데요."

그녀의 말에 조금 놀란 나는 말을 약간 더듬었다.

"아뇨, 아뇨, 지금까지는 전혀 그런 생각을 해 보지 않았어요. 난 늘 그가 일에만 몰두해 있는 사람이라고 생각했으니까요."

"그건 사실이에요."

"그런데 그런 점 때문에 그가 불행하다고 생각하시는 겁니까? 나는 그렇게 사는 게 세상에서 가장 행복한 삶이라고 보는데요."

"오, 그래요. 그 점을 부인하는 건 아니에요. 다만 자기가 하는 일에 대해 아무런 방해도 받지 않는다면 행복하겠죠. 그런데 자기 일에 최선을 다할 수 없는 상황이라면 삶이 즐거울 리가 없을 테죠."

나는 그녀를 바라보며 당황스러운 기분이 들었다. 콜 양은 말을 계속했다.

"작년 가을 프랭클린 박사는 아프리카로 건너가 연구 활동을 계속할 수 있는 기회를 제안받은 적이 있었어요. 아시다시피 그분은 열정적으로 연구에 몰두하고 있고 열대 의학 분야에서는 이미 최고의 성과를 올리고 있으니까요."

"그런데 박사가 아프리카에 가지 않은 겁니까?"

"네. 부인이 반대했어요. 부인은 아프리카의 기후를 견딜 수 있을 정도로 건강하지가 못했고, 그렇다고 남편을 아프리카로 보내고 혼자 남고 싶어 하지도 않았어요. 혼자 남겨지게 되면 경제적으로도 아주 궁핍한 생활을 해야 할 테니까요. 박사에게 제시된 금액이 그렇게 크지 않았거든요."

"오, 프랭클린 박사가 부인의 건강 때문에 혼자 떠날 수가 없었던 거로군요."

"부인의 건강 상태에 대해 얼마나 알고 있다고 생각하죠, 헤이스팅스 대위님?"

"글쎄요, 나는 모르겠어요. 어쨌든 그녀는 몸이 허약하잖습니까, 안 그래요?"

"부인은 자신의 좋지 않은 건강 상태를 즐기고 있어요."

콜 양은 냉랭하게 말했다. 나는 미심쩍게 그녀를 쳐다보았다. 콜 양이 프랭클린 박사의 입장에 완전히 공감하고 있다는 것을 쉽게 알아챌 수 있었다.

나는 천천히 이렇게 물었다.

"연약한 여자들은 대개 이기적인 성향이 있는 것으로 알고 있습니다."

"그래요, 저도 연약한 사람, 특히 고질적으로 병약한 사람들은 보통 아주 이기적이라고 생각해요. 그런 사람들을 비난할 수는 없겠죠. 그들을 비난하는 건 좋지 못한 태도일 테니까요."

"프랭클린 부인의 건강이 그다지 크게 문제될 게 없다고 생각하시는군요?"

"오, 딱히 그렇게 말할 수도 없어요. 그저 막연한 느낌일 뿐이니까요. 부인은 늘 원하는 건 뭐든 할 수 있는 것처럼 보이거든요."

나는 잠시 조용히 그 말을 곱씹어 보았다. 불현듯 프랭클린 부부에 관한 사소한 일에 대해 콜 양이 지나치게 상세히 알고 있다는 생각이 들었다. 나는 다소 의문을 품은 채 질문을 던졌다.

"프랭클린 박사를 잘 아시는 모양이죠?"

그녀는 고개를 저었다.

"오, 아뇨. 여기에서 만나기 전에 한두 번 정도 만난 적 있을 뿐이에요."

"박사가 당신에게 자신에 대한 이야기를 해 준 겁니까?"

그녀는 다시 한 번 고개를 저으며 말했다.

"아뇨, 제가 지금 대위님께 말씀드린 내용은 따님인 주디스 양한테 들은 얘기예요."

주디스가 나만 빼놓고 다른 사람들 모두에게 그런 얘기를 하다니, 순간 나는 기분이 언짢아졌다.

콜 양은 계속해서 말했다.

"주디스는 고용주에게 대단히 헌신적이죠. 완전히 박사의 손발 노릇을 하고 있어요. 그녀는 프랭클린 부인의 이기심을 몹시 비난하고 있답니다."

"당신도 부인이 이기적이라고 생각하고 있지 않습니까?"

"맞아요, 하지만 저는 부인의 입장을 이해할 수 있어요. 저, 저는 병약한 사람들이 어떤 상태인지 알고 있으니까요. 프랭클린 박사가 부인에게 양보하는 것도 이해가 가요. 주디스는 물론 박사가 부인을 어딘가에 데려다 두고 일에만 전념해야 한다고 생각하지만요. 따님은 대단히 열정적인 과학자예요."

나는 조금 우울한 목소리로 말했다.

"압니다. 그래서 가끔 걱정스럽죠. 내 말 뜻을 아시겠지만, 그 애의 생활은 자연스럽지가 않은 것 않아요. 난 그 애가, 좀 더 인간적으로…… 멋진 시간을 보내는 데 신경을 좀 더 썼으면 좋겠는데 말이죠. 멋진 청년 한둘과 즐겁게 사랑에 빠지기도 하면서요. 결국 젊은 시절이란 뭐든 해 볼 수 있는 나이잖아요……. 시험관이나 들여다보고 앉아 있을 시절은 아니란 얘기죠. 그런 건 자연스럽지가 않아요. 우리가 젊었을 때는, 아시겠지만…… 이성 교제도 하고, 즐겁게…… 시간을 보내지 않았습니까."

그 순간 어색한 침묵이 흘렀다. 콜 양은 묘하게 냉정한 목소리로 말했다.

"전 모르겠어요."

나는 순간 아차 싶었다. 나도 모르게 콜 양이 나와 동년배인 것처럼 말을 하고 만 것이었다. 갑자기 그녀가 나보다 10년은 어리다는 사실이 떠올랐고 내가 부주의하고 멍청하게 말실수를 하고 말았다는 것을 알아차렸다.

나는 최대한 정중히 사과 표시를 했다. 그런데 콜 양이 머뭇거리는 내 말을 자르며 말했다.

"아니, 아니에요. 전 그런 뜻이 아니었어요. 사과하지 마세요. 저는 그냥 말 그대로 모르겠다는 뜻이었어요. 저는 정말 그런 걸 모르니까요. 대위님이 '멋진 젊은 시절'이라고 말씀하신 그런 시절이 제게는 없었어요. 한 번도 이른바 '좋은 시절'이라는 걸 가져 본 적이 없거든요."

그녀의 목소리에서 어떤 비통함과 깊은 분노가 느껴졌고 나는 당황해서 어쩔 줄을 몰라 했다. 나는 서툴지만 진심을 담아 거듭 사과했다.

"미안합니다."

콜 양이 미소를 지었다.

"오, 아니에요. 괜찮아요. 그렇게 당황하실 건 없어요. 다른 얘기를 하도록 하죠."

나는 그녀의 뜻에 동조하며 화제를 돌렸다.

"이곳에 있는 다른 사람들에 대해서 얘기 좀 해주시죠. 그들에 대해 알고 계시다면요."

"저는 평생 러트렐 부부와 알고 지냈어요. 그분들이 이런 일을 해야 하는 게 가슴 아파요. 특히 러트렐 대령님의 경우에는 말예요. 그분은 아주 좋은 분이에요. 러트렐 부인도 대위님이 생각하시는 것보다는 좋은 분이고요. 평생 돈에 쪼들리고 궁핍한 생활을 하다 보니…… 그러다 보니까…… 돈벌이에 눈이 멀어 버린 거죠. 실례일지도 모르지만, 대위님도 늘 돈벌이에 매달려 살다 보면, 결국 말씨도 그렇게 변해 버릴걸요. 다만 부인에 대해 한 가지 마음에 들지 않는 건, 그런 점을 지나치게 과장해서 표현한다는 거죠."

"노턴에 대해서도 얘기해 줄 수 있을까요?"

"그에 대해서는 별로 할 말이 없어요. 그는 조금 소심하기는 하지만 아주 좋은 사람이에요. 또 좀 멍청한 것 같기도 해요. 그리고 늘 섬세하죠. 그는 어머니와 함께 살았는데, 그의 어머니는 걸핏하면 화를 내는 어리석은 여자였던가 봐요. 아들을 엄청나게 쥐고 흔들었던 거 같아요. 몇 년 전에 세상을 떠났죠. 노턴은 새와 꽃 같은 것에 열중해 있어요. 그는 아주 친절하답니다. 많은 것을 볼 줄 아는 그런 종류의 사람이에요."

"쌍안경을 통해서 말인가요?"

콜 양이 미소를 지었다.

"글쎄요, 글자 그대로 눈으로 뭘 본다는 뜻이 아니고요. 아시겠지만 제 말은, 관찰을 통해서 상당히 많은 걸 꿰뚫어 보는 능력, 말하자면 통찰력이 있다는 뜻이에요. 조용한 사람들이 종종 그렇듯. 그는 사리사욕 같은 것도 없고 남자치고는 이해심이 아주 많은 편이에요. 그렇지만 왠지 무력한 사람이죠. 제 말이 무슨 뜻이지 아시겠지요?"

나는 고개를 끄덕였다.

"오, 그래요. 알고 있습니다."

콜 양은 갑자기 아주 비통한 어조로 말하기 시작했다.

"이곳이 우울한 이유 가운데 하나가 바로 그거예요. 늙고 온순한 사람들이 운영하는 여관. 그 안은 실패한 사람들로 가득하죠. 딱히 갈 곳도 없고 앞으로 몸을 의탁할 곳도 없어 보이는 그런 사람들, 지금까지 좌절과 고통에 시달리며 살아온 사람들, 늙고 지치고 끝장난 사람들 말예요."

그녀의 목소리는 조금씩 잦아들었다. 깊고 고통스러운 슬픔이 내 안으로 밀려들었다. 그녀의 말은 사실이었다! 이곳에 있는 우리들은 황혼처럼 쇠락해 가는 한물간 무리에 지나지 않았으니까. 잿빛 머리, 잿빛 가슴, 잿빛 꿈. 나 자신도 슬프고 외로운 존재였고, 내 곁에 있는 이 여인도 인생의 쓰라린 고통에 환멸을 느끼고 있었다. 프랭클린 박사는 야망을 거세당하고 좌절한 사람이며, 그의 아내는 몹시 병약했다. 조용하고 몸집이 작은 노턴은 새를 관찰하며 절룩거리고 돌아다녔다. 한때 눈부시게 빛나는 존재였던 푸아로조차도 지금은 쇠약하고 다리를 저는 늙은이가 되어 있었다.

현재 상황은 내가 처음으로 스타일스 저택에 왔던 시절과 비교하자면, 완전히 달라져 있었다. 그런 생각이 밀려들자 나도 모르게 숨 막힐 듯한 고통과 후회의 절규가 내 입에서 흘러나왔다.

함께 있던 콜 양이 재빨리 물었다.

"왜 그러세요?"

"아무것도 아닙니다. 지금 상황이 예전과는 너무나 달라져 있어서 충격을 받았어요. 아시다시피 저는 오래전 젊었을 때 이곳에 있었죠. 그때와 지금의 차이점에 대해 생각하고 있었습니다."

"그러셨군요. 그때 이곳은 기분 좋은 곳이었나요? 여기 있던 사람들 모두 행복했어요?"

가끔 신기하게도, 주마등처럼 머릿속으로 어떤 생각이 스쳐 가는 것 같은 기분이 들 때가 있다. 지금이 바로 그런 순간이었다. 이런 저런 사건에 대한 기억의 자잘한 조각들이 뒤섞이더니, 모자이크처럼 정확한 질서를 갖춘 채 모양을 잡아 갔다.

내 후회는 지금 당장의 상황이 아니라 과거에 대한 것이었다. 예전에도 스타일스 저택에 행복 따위는 존재하지 않았다. 나는 실제로 일어났던 사실에 대해 냉정하게 회상해 보았다. 내 친구 존 캐번디시와 그의 아내는 둘 다 불행했고 억지로 삶에 이끌려 가는 동안 상처를 입었다. 로렌스 캐번디시는 늘 침울해 했다. 신시아는 예속적인 위치 때문에 풀이 죽어 있었고 소녀다운 명랑함을 잃어버렸다. 잉글소프는 오로지 돈 때문에 부유한 여자와 결혼했다. 그렇다, 그들 중 아무도 행복하지 않았다. 스타일스는 행운을 가져다 주는 저택이 아닌 것이다.

나는 콜 양을 향해 말문을 열었다.

"내가 쓸데없는 감상에 빠져 있었군요. 이 저택은 절대로 행복하고 웃음이 넘치는 곳이 아니었습니다. 지금도 그래요. 이곳에 있는 사람들은 누구나 불행하죠."

"아뇨, 그렇진 않아요. 따님께서는……."

"주디스도 행복하지 않습니다."

나는 갑자기 그런 확신이 들었다. 그래, 주디스는 행복하지 않아.

그리고 나는 자신없는 어투로 말했다.

"캐링턴은 얼마 전에 자신이 외로운 사람이라는 말을 하더군요. 그렇지만 내가 알고 있는 한 그는 아주 즐겁게 살고 있습니다. 자기 소유의 집과 그 밖에 많은 것들을 누리면서요."

내 말에 콜 양이 날카롭게 응수했다.

"오, 그래요. 하지만 윌리엄 경은 처지가 달라요. 우리들과는 달리 이곳에 속해 있지 않으니까요. 그는 외부 세계에서 온 사람이죠. 성공과 독립이라는 세계요. 그는 인생에서 성공을 거두었고 스스로도 그걸 알고 있어요. 그러니까 그는 결함 있는 사람들 가운데 하나가 아닌 거죠."

그녀가 '결함 있는 사람들'이라는 단어를 선택한 것이 내 흥미를 끌었다. 나는 고개를 돌려 그녀를 바라보며 물었다.

"왜 그런 표현을 사용했는지 말해 주겠습니까?"

그녀가 갑작스레 목소리에 힘을 주었다.

"왜냐하면, 그게 사실이니까요. 적어도 저에 관한 한은 사실이죠. 저는 결함 있는 사람이에요."

나는 부드러운 어조로 말했다.

"당신이 몹시 불행한 삶을 살아왔다는 것은 압니다."

그녀가 조용히 말했다.

"제가 누구인지 모르시죠, 그렇죠?"

"음, 이름은 알고 있습니다."

"콜은 원래 제 성이 아니에요. 말하자면 어머니 쪽 성이죠. 제가 그걸 가져다 쓴 거예요. 나중에요."

"나중이라고요?"

"제 원래 성은 리치필드랍니다."

아주 잠시 동안 방금 들은 말들이 뜻도 없이 머릿속을 맴돌았고, 희미하게 어디에선가 들어 본 이름이 떠올랐다. 그리고 마침내 기억이 났다.

"매튜 리치필드."

내 말에 그녀가 고개를 끄덕였다.

"그 이름을 알고 계실 줄 알았어요. 제가 하려는 말이 바로 그거예요. 아버지는 병자에 폭군이었죠. 우리가 정상적인 생활을 하지 못하게 했어요. 친구들을 집으로 불러올 수도 없었죠. 아버지는 우리에게 거의 돈을 주지 않았어요. 우린 감옥에 갇힌 것과 다름없었어요."

그녀가 잠시 말을 멈추었다. 그녀의 크고 아름다운 눈에 어두운 그림자가 어렸다.

"그리고 제 언니가…… 언니가……."

그러고는 더 이상 말을 이어 가지 못하는 것이었다.

"그만 해요. 더 이상 아무 말도 하지 말아요. 당신은 너무나 고통스러워하고 있어요. 나도 그 일에 대해서 알고 있습니다. 그러니까 설명할 필요 없어요."

"그렇지만 대위님은 모르세요. 절대 모르실 거예요. 매기*가 그런 짓을 했다니. 도저히 상상이 안 되고…… 믿을 수도 없어요. 언니가 경찰서로 가서 자수를 하고 범행을 자백했다는 건 알고 있어요. 그렇지만 저는 가끔 도저히 믿기지가 않아요! 때로는 진실이 아닐 거라는 생각이 들어요. 그랬을 리가 없어요……. 자기가 그런 짓을 했다고 언니가 말했을 리가 없어요."

나는 머뭇거리며 말했다.

"그러니까 사건에 관한 사실이…… 모순 되는 부분이 있다는 말이군요……."

그녀가 내 말을 가로막았다.

"아뇨, 아녜요. 그런 뜻이 아니라, 분명 매기 언니가 한 일 맞아요.

* 마거릿의 애칭.

그런데 그건 이상하게도 전혀 언니답지 않은 일이었어요. 절대, 절대로 매기답지 않았다고요!"

내 입술이 떨리며 몇 마디 말이 나오려고 했지만 나는 소리 내어 말하지 않았다. 그녀에게 이 말을 해 줄 수 있는 때가 아직 오지 않은 것이다.

'맞아요, 그건 매기가 한 짓이 아니었어요…….'

제9장

오후 6시쯤, 러트렐 대령이 오솔길을 따라서 우리가 있는 곳으로 다가왔다. 손에는 루크라이플 총과 죽은 산비둘기 두 마리가 들려 있었다.

내가 큰 소리로 부르자 대령이 깜짝 놀라서 우리를 바라보았다.

"여어, 거기 두 사람 뭐 하고 있어요? 알다시피 거기는 낡아서 무너질지도 모르고 안전하지가 않아요. 조금씩 부서져 내리고 있다고요. 어쩌면 부서지는 소리가 귀에 들릴걸요. 먼지 때문에 지저분해질지도 몰라요, 엘리자베스."

"오, 괜찮아요. 헤이스팅스 대위님이 제 옷이 더러워질까 봐 대위님의 손수건을 깔아 주셨거든요."

그러자 대령은 잘 안 들리는 소리로 웅얼거렸다.

"오, 그래요? 흠, 그럼 됐군요."

그는 입술을 잡아당기며 그곳에 서 있었고 우리는 자리에서 일어나 그에게로 다가갔다.

러트렐 대령은 오늘 저녁에 왠지 평소보다 더 넋을 놓고 있는 것 같았다. 그가 정신을 차리고는 이렇게 말했다.

"이 빌어먹을 산비둘기 놈들 좀 잡으러 다녔죠. 아시다시피 산비둘기는 손해를 많이 끼쳐서 말이죠."

내가 말했다.

"대령님이 명사수라는 말을 들었습니다."

"예? 누가 그래요? 오, 캐링턴 씨가 말했나 보군요. 전에는 그랬죠, 전에는요. 요즘은 솜씨가 좀 녹이 슬었어요. 아무래도 나이를 먹어서 그렇죠."

내가 거들었다.

"시력이 떨어지신 게로군요."

그러자 러트렐 대령이 즉시 내 말을 부정했다.

"전혀요. 시력은 예전과 마찬가지로 좋습니다. 그러니까 책을 읽을 때는 물론 안경을 써야 하지만, 원거리를 보는 데는 전혀 지장 없어요."

그는 잠시 후 같은 말을 되풀이해 중얼대며 말꼬리를 흐렸다.

"그래요, 별 문제 없어요. 아무 문제 없어요……."

콜 양이 주변을 둘러보며 말했다.

"오늘 저녁은 정말 아름다워요."

그녀의 말대로 우린 멋진 저녁 풍경을 볼 수 있었다. 태양이 서쪽으로 끌려가면서 풍성한 황금빛을 뿜어 내고 있었고, 뜨겁게 작열하는 일몰 속에서 숲의 녹음은 더욱 짙어 보였다. 고요하고 평온한 저녁이었다. 마치 아득히 먼 열대 지방에서 영국을 회상할 때 느껴지는 대단히 영국적인 분위기, 바로 그것이었다. 나는 그런 내 기분을 대령과 콜 양에게 이야기했다.

러트렐 대령이 맞장구를 쳤다.

"맞아요, 맞아. 인도에 있을 때, 이와 같은 저녁 풍경을 생각하곤 했죠. 은퇴해서 정착하고 싶은 생각이 들게 만들죠. 안 그래요?"

나는 고개를 끄덕였다. 러트렐 대령의 말이 계속되었다. 그런데 그의 목소리가 사뭇 달라져 있었다.

"그래요, 그렇지만 정착하고…… 집으로 오는 모습은…… 당신이 꿈꾸고 있는 것과는 많이 다르답니다. 다르죠……. 다르고말고요."

러트렐 대령의 경우 그 말이 딱 들어맞을 것 같다는 생각이 들었다. 대령도 자신이 여관 운영으로 돈벌이를 하며 살아가리라고 상상하지 못했으리라. 그것도 늘 모진 소리를 해 대고 불평을 늘어놓는 건 말할 것도 없고, 끊임없이 잔소리를 퍼부어 대는 아내와 함께 말이다.

우리는 천천히 저택 쪽으로 걸어갔다. 노턴과 캐링턴이 베란다에 나와 앉아 있었다. 나는 러트렐 대령과 함께 그들이 있는 쪽으로 걸어갔고, 콜 양은 저택 안으로 들어갔다. 우리 네 사람은 잠시 잡담을 나누었다. 러트렐 대령은 기분이 좋아진 것 같았다. 한두 마디 농담을 던지기도 하고 평상시보다 명랑하고 정신도 맑아 보였다.

노턴이 말했다.

"오늘은 날씨가 더웠어요. 목이 말라요."

그러자 러트렐 대령이 유쾌하고 활기찬 목소리로 제안했다.

"한잔씩 하죠, 여러분. 제가 낼게요, 어때요?"

우리는 고맙다는 말을 건네며 그의 제의를 받아들였다. 대령은 자리에서 일어나 저택 안으로 들어갔다.

우리가 앉아 있던 테라스는 바로 응접실 창문 바깥쪽에 위치하고 있었다. 그리고 창문은 열려 있었다.

대령이 집 안에서 찬장을 여는 소리가 들려왔다. 곧이어 코르크 마개뽑개가 끽끽 소리를 내며 빽빽하게 돌아가는 소리가 나더니 마개가 병에서 '퐁' 하고 부드럽게 빠지는 소리가 들려왔다.

바로 그때 러트렐 부인이 마구 질러 대는 날카로운 고성이 들려왔다!

"지금 뭐 하는 거예요, 조지?"

러트렐 대령은 점점 기어들어 가는 목소리로 말하더니 나중에는 거의 들리지도 않게 웅얼거렸다. 그래서 우린 단지 띄엄띄엄 중얼대는 소리만을 들을 수 있었다. 밖에 있는 친구들이랑…… 한잔하려고…….

그러자 러트렐 부인은 찢어질 듯한 짜증 섞인 목소리로 악을 써댔다.

"절대 안 돼요, 조지. 그런 생각일랑 집어치워요. 그렇게 모든 사람들한테 한잔씩 돌려 대다가 어떻게 이 집에서 돈을 벌겠어요? 여기서 음료수를 마시려면 돈을 내야 해요. 나는 당신과 달리 사업 쪽으로는 머리가 좀 돌아가는 사람인 거 아나 모르나. 내가 없으면 당신은 내일이라도 당장 길거리로 나앉을걸요! 내가 당신이란 사람을 마치 애처럼 돌봐야 하다니, 맙소사! 그래요, 당신은 정말 애처럼 굴고 있어요. 대체 아무 생각이 없으니, 원! 그 병 당장 내놔요. 이리 내요, 당장!"

대령이 괴로워하면서 낮은 소리로 항변하는 소리가 웅얼웅얼 들려왔다.

부인의 퉁명스러운 목소리가 이어졌다.

"손님들이 좋아하든 말든 난 상관없어요. 찬장에 그 병을 도로 갖다 넣을 거예요. 그리고 자물쇠로 찬장 문을 걸어 버려야겠어."

이어서 자물쇠에 열쇠를 넣어 돌리는 소리가 들렸다.

"이제 됐군요. 이렇게 해 두죠."

이번에는 대령의 목소리가 좀 더 분명하게 들려왔다.

"너무 심한 거 아냐, 데이지? 아니, 그렇게는 못하지."

"뭐라고요? 당신, 뭐라고 했어요? 당신이란 사람 대체 어떻게 되어 먹은 인간인지? 정말 궁금하다, 궁금해. 이 집을 경영하는 사람이 누구죠? 바로 나예요. 그 점 잊지 마요."

희미하게 치마가 바닥에 스치는 소리가 났고, 우리는 러트렐 부인이 방 밖으로 휙 나갔다는 것을 알 수 있었다.

잠시 후 러트렐 대령이 밖으로 나왔다. 짧은 순간이었지만 대령은 훨씬 늙고 쇠잔해진 것 같았다. 우리는 모두 대령에게 몹시 미안한 생각이 들었고 무슨 말이라도 해서 기분을 풀어 주고 싶었다.

대령이 말했다. 그의 목소리는 부자연스럽게 굳어 있었다.

"정말 미안하게 되었습니다, 여러분. 마침 위스키가 다 떨어진 것 같아요."

조금 전에 안에서 일어난 일에 대해 우리가 어쩌다가 듣게 되었다는 걸 대령은 모르고 있는 듯했다. 그걸 몰랐다고 하더라도 그가 우리의 태도를 보았다면 대번에 느낄 수 있었을 것이다. 우리는 모두 비참한 기분이었고 거북스러웠다. 노턴은 어쩔 줄 몰라 하면서, 곧 저녁을 먹어야 하니까 자기는 별로 술을 마시고 싶지 않았다는 식으로 서둘러 화제를 바꾸려고 애를 썼고 아무 상관도 없는 말을 떠들어 댔다. 정말이지 견디기 힘든 순간이었다. 나 또한 몹시 당황했는데, 캐링턴이라면 그런 분위기를 전환시킬 수 있을 것 같았으나 노턴이 쓸데없이 주절거리는 통에 말할 기회를 얻지 못하고 있었다.

곁눈질로 보니 러트렐 부인은 원예용 장갑과 민들레 제초기를 들고 오솔길을 따라 앞쪽으로 성큼성큼 걸어가고 있었다. 러트렐 부인이 사업 수완이 있는 사람이란 건 분명했지만, 그 순간 나는 그녀가 몹시 독한 사람이라는 생각이 들었다. 어느 누구도 다른 사람의 자존심을 그토록 상하게 할 권리는 없는 것이다.

노턴은 여전히 열을 올리며 떠들어 대고 있었다. 그는 산비둘기를 집어 들더니 예비 학교 시절에 죽은 토끼를 보고 구역질을 하는 바람에 비웃음을 산 이야기부터 시작해서 뇌조 사냥터에 대한 이야기와 스코틀랜드에서 몰이꾼이 총에 맞은 사고와 같은 장황하고 무의미한 말을 계속해서 이어 갔다. 그리고 우리는 여러 총기 사고에 대해 이야기하기 시작했다. 캐링턴이 헛기침을 하면서 입을 열었다.

"제 당번병에게 일어났던 재미있는 이야기 하나 해 드리죠. 아일랜드 친구였는데, 그는 휴가를 맞아 아일랜드로 떠났습니다. 그가 휴가에서 돌아왔을 때 나는 휴가 잘 보냈느냐고 물었죠.

'아, 물론입니다, 각하. 제 인생 최고의 휴가였습니다!'

나는 그가 흥분한 어조로 말을 하자 좀 놀라면서 말했죠.

'그랬다니 나도 기분이 좋군.'

'아, 예, 그렇습니다. 굉장한 휴가였습니다! 제가 동생을 총으로 쏘았습니다.'

나는 나도 모르게 소리를 질렀어요.

'자네가 동생을 쏘았다고!'

그러자 그는 이렇게 말하더군요.

'아, 예, 정말입니다. 벌써 수년째 그렇게 하고 싶다는 생각을 해 왔더랬습니다. 더블린에서였습니다. 저는 지붕 위에 올라가 있었고, 마침 저 아래 길을 따라 동생이 걸어가는 모습이 보였습니다. 그때 저는 라이플 총을 들고 있었습니다. 제 생각에도 정말 끝내 주는 한 방이었습니다. 새를 맞추듯 동생을 깨끗하게 쏘았습니다! 멋진 순간이었습니다. 앞으로도 영원히 잊지 못할 겁니다.'"

캐링턴은 연극 배우같이 과장된 몸짓을 섞어 가면서 그 이야기를 했고, 한바탕 웃고 나자 모두들 기분이 한결 가벼워졌다. 캐링턴은 저녁 식사 전에 목욕을 해야겠다고 말하고는 자리를 떴다. 노턴은 열을 올리며 자기 기분에 대해 떠들기 시작했다.

"캐링턴 경은 정말 멋진 분 아닙니까!"

나는 그의 말에 동의했다. 러트렐 대령도 맞장구를 쳤다.

"맞아요, 맞아. 정말 좋은 친구죠."

노턴이 말했다.

"제가 알기로는, 어디에서든지 늘 성공을 거둔 분이죠. 손대는 일마다 전부 성공했으니까요. 두뇌도 명석하고 자신의 마음 상태에 대해서도 잘 알고 있죠. 타고난 활동가라고나 할까. 진정 성공한 사람입니다."

그러자 러트렐이 느릿느릿 말했다.

"그런 사람들이 있어요. 하는 일마다 성공하는 사람들요. 실패하는 법이 없죠. 어떤 사람들은 행운을 몽땅 거머쥔답니다."

노턴이 가볍게 고개를 저으며 말했다.

"아뇨, 그렇진 않아요, 대령님, 그건 행운이라고 할 수 없죠."

그리고 의미심장하게 이런 말을 인용하는 것이었다.

"문제는 운명에 달린 일이 아니라네, 친애하는 브루투스…… 우리들 자신에게 달려 있지."

그러자 러트렐이 말했다.

"아마도 그 말이 맞는 것 같구려."

내가 재빨리 말했다.

"어쨌든 내턴 저택을 물려받았으니 그가 행운아인 건 맞죠. 내턴은 정말 멋진 곳이더군요! 그렇지만 캐링턴 경은 결혼을 해야 해요. 거기서 혼자 지내려면 외로울 겁니다."

노턴이 웃음을 터뜨리며 말했다.

"결혼해서 정착을 한다고요? 그러고 나서 마누라에게 구박을 당하면……."

지금 그런 말을 입 밖에 내다니, 억세게 운이 나빴다. 사실 그런 종류의 말은 누구라도 할 수 있는 것이지만 지금 상황에서는 적당하지 않은 말이었고, 그 말을 내뱉자마자 노턴도 그 사실을 깨달았다. 그는 자기가 한 말을 주워 담으려고, 우물쭈물하면서 더듬거리다가 어색하게 입을 다물고 말았다. 분위기는 더욱 썰렁해졌다.

노턴과 내가 동시에 입을 열었다. 나는 저녁 무렵의 햇살에 대해 허튼소리를 늘어놓았고, 노턴은 저녁 식사 후에 브리지 게임을 하자는 말을 꺼냈다.

러트렐 대령은 우리가 떠드는 말에는 관심이 없었다. 그는 뭔가에 정신이 팔린 듯, 건조한 목소리로 말했다.

"아뇨. 캐링턴은 마누라에게 구박이나 당하지는 않을 겁니다. 그는 괴롭힘을 당할 그런 종류의 사람은 아니죠. 그는 더할 나위 없이 훌륭한 사람이에요. 그는 사나이니까요!"

참으로 난감했다. 노턴은 또다시 브리지 게임에 대해 쓸데없는 소리를 지껄이기 시작했다. 그때 커다란 산비둘기 한 마리가 날개를 퍼덕이며 우리 머리 위를 날아 가까운 나뭇가지 위에 앉았다.

러트렐 대령이 총을 집어 들며 말했다.

"지긋지긋한 비둘기가 또 한 마리 있군."

그러나 대령이 조준을 하기도 전에 그 새는 쏘아 맞추기 힘든 숲 속으로 날아가 버렸다.

그때 멀리 떨어진 경사진 곳에서 무언가 움직이는 것이 보였다. 대령이 그곳을 주목했다.

"제길, 어린 과일나무 껍질을 갉아 먹는 토끼가 한 마리 있군요. 덫을 놓으려고 생각했는데."

러트렐 대령은 이렇게 말하고는 라이플 총을 들어 그곳을 향해 쏘았다. 그리고 그 순간, 여자의 찢어질 듯한 비명 소리가 들려왔다. 그러더니 비명 소리가 점차 잦아들고 숨이 목구멍에서 꼴깍거리는 소리가 들려왔다.

대령은 라이플 총을 바닥에 떨어뜨렸고, 몸에서 힘이 쑥 빠진 듯 휘청거렸다. 그는 입술을 깨물었다.

"세상에, 데이지잖아."

나는 곧 잔디밭을 가로질러 소리가 난 쪽으로 달려갔다. 노턴이 내 뒤를 따랐다. 그곳에 도착해 무릎을 구부리고 보니, 총에 맞은 사람은 바로 러트렐 부인이었다. 부인은 작은 과일 나무에 받쳐 놓은 막대기를 붙든 채 무릎을 구부리고 있었다. 그곳에는 풀이 너무 길게 자라 있어서 분명 대령이 그녀를 보지 못하고 그저 풀 속에서 무언가 움직이는 것으로만 여겼을 것이라는 생각이 들었다. 게다가 저녁 햇살로 그의 시야가 더욱 가려졌을 것이다. 총알은 러트렐 부인의 어깨를 관통했고, 총상을 입은 부위에서 피가 분수처럼 솟아 나왔다.

나는 몸을 구부리고 상처를 살펴본 다음 노턴을 쳐다보았다. 그는 나무에 기대어 서 있었는데 얼굴이 창백하고 구역질이라도 할 것 같은 표정이었다. 노턴이 사과를 하며 변명하듯 말했다.

"제가 피를 보는 걸 못 견뎌 하거든요."

나는 다급한 목소리로 날카롭게 소리쳤다.

"프랭클린 박사를 데려와요, 당장. 아니면 간호사라도."

노턴이 고개를 끄덕이고 곧바로 달려갔다.

먼저 모습을 나타낸 것은 간호사 크레이븐 양이었다. 그녀는 믿을 수 없을 만큼 재빠르게 부상자가 있는 곳에 도착했고, 익숙하게 지혈을 하기 시작했다. 곧 프랭클린 박사가 달려왔다. 그들은 양쪽에서 부인을 부축해 저택 안으로 데려가 침대에 눕혔다. 박사는 상처 부위에 붕대를 감고 러트렐 부인의 주치의에게 전화로 와 달라고 요청했다. 크레이븐 양은 러트렐 부인의 곁을 지키고 있었다.

내가 프랭클린 박사에게 다가갔을 때 그는 막 수화기를 내려놓고 있었다. 내가 그에게 물었다.

"러트렐 부인은 어떻습니까?"

"오! 괜찮을 겁니다. 다행히도 총알이 치명적인 부분을 비껴갔어요. 대체 어찌 된 일입니까?"

나는 그에게 자초지종을 설명했다.

"그랬군요. 대령은 어디에 있습니까? 충격으로 쓰러질 것 같던데요, 분명 그럴 겁니다. 부인보다도 대령에게 좀 더 주의를 기울여야 할 필요가 있어요. 대령은 심장이 그다지 좋지가 않습니다."

러트렐 대령은 흡연실에 있었다. 그는 입술 주위가 퍼렇게 되었고 완전히 넋이 나간 것처럼 보였다. 대령이 더듬더듬 물었다.

"데이지는요? 아내는, 아내는 지금 어떻습니까?"

프랭클린 박사가 서둘러 대답했다.

"괜찮을 겁니다, 대령님. 걱정하실 필요 없어요."

"저는…… 그냥, 토끼가…… 껍질을 갉아 먹고 있는 줄로만, 그렇게만 생각했습니다……. 제가 어떻게 그런 실수를 저지르게 된 건지 모르겠어요. 제가 가장 사랑하는 사람한테……."

박사는 무미건조하게 말했다.

"그런 일이야, 뭐……. 지금까지 살면서 그런 경우를 한두 번 봤죠. 저기요, 대령님. 제가 기운이 날 만한 약을 좀 드리겠습니다. 대령님 상태가 지금 별로 좋지가 않아요."

"전 괜찮습니다. 제, 제가 아내를 보러 가도 되는지……?"

"지금 당장은 안 됩니다. 크레이븐 양이 부인 곁에 있으니까. 걱정하실 필요 없습니다. 부인은 괜찮아요. 올리버 박사도 곧 이곳에 올 거고, 그분도 저와 똑같은 말씀을 하실 겁니다."

나는 그 두 사람을 뒤로하고 다시 저녁 햇살 속으로 나왔다. 주디스와 앨러턴이 오솔길을 따라서 내가 있는 곳으로 걸어오고 있었다. 앨러턴은 주디스 쪽을 향해 머리를 기울이고 있었고 두 사람은 웃고 있었다.

막 비극적인 사건이 일어났던 터라, 그들의 모습을 보자 나는 부아가 치밀어 올랐다. 나는 날카로운 소리로 주디스를 불렀다. 깜짝 놀란 주디스가 나를 쳐다보았다. 나는 그들에게 방금 일어난 일에 대해 간단하게 설명해 주었다.

내 말을 듣고 주디스는 그 사건에 대해 이렇게 평했다.

"참 별스러운 일도 다 있네요."

이런 경우 사람들은 대개 놀라기 마련인데 주디스는 별로 그런 것 같지 않았다.

그런데 앨러턴의 태도는 나를 몹시 화나게 만들었다. 그는 그 일을 송두리째 농담거리로 삼는 것이었다.

"늙은 마녀가 아주 꼴좋게 되었네. 제 생각에는 노인네가 일부러 그런 거 같은데요."

나는 날카롭게 언성을 높였다.

"분명히 말하겠는데 그렇지 않아요. 사고였을 뿐입니다."

"그래요, 그렇지만 전 이런 식의 사고에 대해 잘 알고 있죠. 가끔은 아주 편리한 방법이기도 합니다. 제 말은, 그 노인이 일부러 마누라를 쏜 것이라면, 저는 모자를 벗어서 그에게 경의라도 표하겠다는 뜻입니다."

내가 화를 내며 그에게 말했다.

"이건 그런 사건이 아니에요."

"그렇게 자신하지 마시죠. 저는 자기 아내에게 총을 쏜 남자 두 명을 알고 있습니다. 한 명은 연발권총을 청소하다가 그랬다고 하고, 또 다른 한 명은 장난삼아서 아내에게 정면으로 조준해 총을 쏘았다더군요. 총에 장전이 되어 있는 줄 몰랐다고 말했죠. 그리고 둘 다 무죄로 석방됐어요. 아주 운 좋게 자유를 얻은 셈이죠, 제 생각에는 그래요."

나는 차갑게 말했다.

"러트렐 대령은 그런 사람이 아닙니다."

앨러턴은 자기가 한 이야기를 러트렐 대령 사건과 관련지으며 말했다.

"글쎄요, 그 일이 축복받은 해방이라고 말할 수는 없다, 이건가요, 그래요? 사건이 일어나기 전에 그분들은 종종 말다툼 같은 걸 했겠죠, 안 그래요?"

나는 잔뜩 화가 난 채 발걸음을 돌렸는데, 그것은 한편으로 내 마음속에 일어난 동요를 감추기 위해서이기도 했다. 앨러턴은 사건의 핵심에 너무 가까이 다가갔던 것이다. 그때 슬며시 뭔가 미심쩍다는 생각이 들었다.

그런 기분은 캐링턴을 만나서도 달라지지 않았다. 캐링턴은 호수 쪽으로 산책을 하러 갔었다고 말했다. 나는 그에게 조금 전에 일어난 사건에 대한 이야기를 해 주었다. 캐링턴이 그 얘기를 듣자마자 이렇게 말했다.

"대령이 일부러 자기 아내를 쏘았다는 생각은 들지 않습니까? 안 그래요, 헤이스팅스?"

"세상에, 그럴 리가요."

"이런, 미안합니다. 그런 말을 해서는 안 되는 건데. 아시다시피 아까, 러트렐 부인이 남편을 좀 화나게 했으니까…… 그런 생각이 든 것뿐입니다."

사건이 일어나기 전에 어쩌다 엿듣게 된 대화를 떠올리며, 우리는 잠시 아무 말도 하지 않았다.

나는 우울하고 걱정스런 기분으로 계단을 올라와 푸아로의 방문을 두드렸다.

푸아로는 이미 커티스를 통해 조금 전에 일어난 사건에 대해 들어 알고 있었다. 그렇지만 그는 자세한 얘기를 듣고 싶어 했다. 나는 스타일스 저택에 도착한 이후 매일 일어나는 일과 마주치는 사람들과의 대화를 푸아로에게 상세히 보고해 왔다. 그렇게 하면 푸아로가 소외되었다는 느낌을 덜 받을 것이라는 생각에서였다. 모든 일을 그대로 전해 들으면 그가 실제로 모든 상황에 참여하는 것 같은 느낌을 받을 테니까 말이다. 나는 기억력이 좋고 정확한 편이었기 때문에 대화를 있는 그대로 되풀이해서 푸아로에게 들려주는 것은 쉬운 일이었다.

그는 주의 깊게 내 말을 경청했다. 나는 지금 내 마음을 어지럽히고 있는 무시무시한 가설에 대해 푸아로가 대 놓고 조롱해 주기를 바라고 있었다. 그렇지만 그가 말을 꺼내기도 전에 누군가 방문을 가볍게 노크하는 소리가 났다.

간호사인 크레이븐 양이었다. 그녀는 방해해서 미안하다는 뜻을 표했다.

"죄송합니다. 박사님이 여기 계신 줄 알았어요. 러트렐 부인이 지금 정신을 차리셨는데, 남편분에 대해 걱정하고 계시거든요. 남편을 보고 싶어 하세요. 그분이 어디 계신지 아세요, 헤이스팅스 대위님? 저는 지금 환자 곁을 떠날 수가 없거든요."

나는 자진해서 대령을 찾으러 가 보겠노라고 말했다. 푸아로도 고개를 끄덕이며 그렇게 하라고 했고, 크레이븐 양은 매우 고마워 했다.

거의 사용되지 않고 있는 작은 모닝룸*에서 러트렐 대령을 찾을 수 있었다. 그는 창가에 서서 창 밖을 내다보고 있었다.

내가 방 안에 들어서자 대령이 재빨리 돌아보았다. 그는 눈으로 내게 묻고 있었다. 그의 마음은 근심으로 가득 차 있었다.

"부인의 의식이 돌아왔습니다, 러트렐 대령님. 부인께서 지금 대령님을 찾고 있어요."

"오."

그 순간 대령의 뺨에 다시 핏기가 돌았다. 그때 비로소 나는 대령의 낯빛이 얼마나 창백했는지 알 수 있었다. 대령은 여느 노인들처럼 느릿느릿 더듬거리며 말했다.

"아내…… 아내가…… 저를 찾는다고요? 제, 제가 당장…… 가 봐야겠군요."

그는 몹시 비틀거리며 문 쪽으로 급히 발걸음을 옮겼고, 나는 그에게로 다가가 부축을 해 주었다. 대령은 내게 거의 몸을 기대다시

---

* 주부가 아침 시간을 보내는 공간. 손님을 맞고 편지 쓰는 용도로 사용됨.

피 한 채로 계단을 올라갔다. 그는 점점 숨쉬는 것을 힘들어 했다. 프랭클린 박사가 예상한 대로 충격이 몹시 컸던 모양이었다.

우리는 러트렐 부인이 누워 있는 방문 앞까지 왔다. 내가 문을 두드리자 크레이븐 양의, 무뚝뚝하면서도 유능한 말투의 목소리가 들려왔다.

"들어오세요."

나는 연로한 대령을 부축해서 방 안으로 들어섰다. 침대 주변에 휘장이 쳐 있었다. 우리는 휘장을 돌아서 환자에게 다가갔다.

러트렐 부인의 상태는 아주 좋지 않아 보였다. 그녀는 창백했고 기운이 하나도 없는 듯했으며 눈을 감고 있었다. 우리가 가까이 다가가자 그녀가 눈을 떴다.

러트렐 부인이 자그맣고 숨 가쁜 목소리로 말했다.

"조지, 조지……."

"데이지, 여보……."

러트렐 부인은 한쪽 팔을 목 쪽에 붕대로 고정시켜 맨 모습이었다. 그녀는 붕대를 감지 않은 다른 팔을 힘없이 남편에게 내밀었다. 대령은 한 발자국 앞으로 다가가서 아내의 작고 힘없는 손을 꼭 쥐며 다시 한 번 아내의 이름을 불렀다.

"데이지……."

그리고 그가 쉰 목소리로 말했다.

"하느님 감사합니다, 당신이 무사하다니."

대령의 눈에는 눈물이 어려 있었고, 그 안에 깊은 사랑과 염려가

깃들어 있었다. 나는 조금 전에 머릿속으로 한 끔찍한 상상들이 몹시 부끄러웠다.

나는 그 방에서 조용히 걸어 나왔다. 거의 감쪽같이 살인을 할 수 있었던 사건 아닌가! 그렇지만 저렇게 마음에서 우러나오는 감사의 표현은 절대 꾸며 낼 수가 없는 것이었다. 나는 크게 안도했다.

나는 복도를 따라 걸어가다가 시계 종소리를 듣고 깜짝 놀랐다. 시간이 벌써 그렇게 흘렀는지도 모르고 있었다. 사고 때문에 온통 혼란스러웠다. 오직 요리사만이 여느 때처럼 식사 준비를 했고 평소와 같은 시간에 저녁 식사를 내놓았다.

손님들은 변함없이 식사를 하러 왔고, 러트렐 대령의 모습만 보이지 않았다. 프랭클린 부인이 엷은 분홍빛 이브닝 드레스를 입은 매혹적인 모습으로 이번만은 아래층에 내려와 있었는데, 대단히 건강하고 활기차 보였다. 프랭클린 박사는 시무룩하고 뭔가에 정신이 팔려 있는 듯했다.

저녁 식사를 마친 후, 앨러턴과 주디스는 함께 정원으로 나가더니 모습을 감추었고 그로 인해 나는 또다시 몹시 화가 치밀어 올랐다. 나는 잠시 그 자리에 앉아서 프랭클린 박사와 노턴이 열대병에 대해 이야기를 나누는 것에 조용히 귀를 기울였다. 그 주제에 대해 노턴은 아는 것이 거의 없었지만 공감을 표시하면서 흥미를 갖고 듣고 있었다.

프랭클린 부인과 캐링턴은 방의 다른 쪽 구석에서 대화를 나누고 있었는데, 캐링턴이 그녀에게 커튼 및 크레톤 사라사의 양식을 보여 주고 있었다.

콜 양은 책을 손에 들고 있었고 완전히 그 내용에 몰입해 있는 듯했다. 콜 양이 나와 함께 있는 것을 창피해 하고 불편해 하는 것은 아닐까 하는 생각이 들었다. 요 며칠 전 오후에 자신의 비밀을 내게 털어놓았으니 그럴 법도 했다. 나는 그 점에 대해 그녀에게 미안한 마음이 들었고, 동시에 내게 그런 이야기를 한 것에 대해 그녀가 후회하지 않기를 바랐다. 나에게 비밀을 털어놓은 것에 대해, 나는 그녀를 존중하는 마음을 갖고 있으며 따라서 아무에게도 누설하지 않겠다는 말을 그녀에게 분명히 전해야겠다는 생각이 들었다. 그렇지만 콜 양은 내가 그런 말을 할 기회를 주지 않았다.

잠시 후 나는 푸아로의 방으로 올라갔다.

켜 놓은 작은 전기 등불이 동그랗게 조명을 비추는 방의 한가운데에 러트렐 대령이 앉아 있었다.

대령은 이야기를 하고 푸아로는 듣고 있었다. 내 생각에 대령은 푸아로에게 이야기를 한다기보다 혼잣말을 하고 있는 것 같았다.

"저는 아주 생생하게 기억하고 있어요. 그래요, 여우 사냥꾼들의 무도회에서였죠. 그녀는 툴레라고 하는 흰색의 얇은 명주로 된 옷을 입고 있었던 거 같아요. 사람들이 다들 그녀의 주위에 모여들었죠. 정말 아름다운 아가씨였어요. 그때 그곳에서 그녀는 제 마음을 완전히 사로잡았죠. 저는 제 자신에게 이렇게 말했습니다. '나는 저 아가씨와 결혼할 거야.'라고요. 그리고 마침내 저는 그 꿈을 이루었습니다. 아시다시피 그녀는 재치가 넘쳤고 말을 참 잘 받아쳤죠. 언제나 받은 만큼 재치 있게 응수를 했어요, 젠장."

대령은 빙그레 웃음을 지었다.

그가 말한 장면이 내 마음속에 떠올랐다. 젊고 재기발랄하고 신랄한 혀를 가진 데이지 러트렐의 모습 말이다. 젊었을 때 그토록 매력적이던 여인이 세월이 지나면서 시도 때도 없이 투덜거리며 바가지를 박박 긁어 대는 여자가 된 것이었다.

오늘 밤 대령의 아내는 대령이 난생 처음 진심으로 사랑하게 되었던 바로 그 젊은 아가씨였다. 그의 데이지.

나는 다시 한 번 몇 시간 전에 사람들과 했던 말이 떠올라 이내 부끄러워지고 말았다.

그래서 러트렐 대령이 잠자리에 들기 위해 방을 나선 후, 나는 곧 푸아로에게 모든 것을 털어놓았다.

푸아로는 아무 말 없이 내 말을 경청했다. 나는 그의 얼굴 표정에서 아무것도 알아낼 수가 없었다.

"그러니까 대령이 고의적으로 총을 쏘았을지도 모른다는 건 자네 생각인가, 헤이스팅스?"

"예. 그래서 난 지금 너무나 부끄럽습니다."

푸아로는 손을 내저으면서 나의 그런 생각을 부정했다.

"그건 자네의 생각인가, 아니면 누군가 자네에게 그런 말을 한 건가?"

나는 분개하며 말했다.

"앨러턴이 그런 식으로 말을 하긴 했어요. 그 작자라면 그러고도 남죠."

"그 밖에 다른 사람은?"

"캐링턴도 그런 뜻을 비쳤죠."

"아! 캐링턴."

"결국 캐링턴은 세상 돌아가는 일을 잘 알고 그런 일에 대해 경험도 있는 사람이니까요."

"아, 그래, 그렇겠지. 그런데 캐링턴은 사건을 직접 목격하지는 못했잖나?"

"예, 그는 산책을 하러 갔었대요. 저녁 식사를 위해 옷을 갈아입기 전 운동을 좀 한다고 하더군요."

"알겠네."

나는 불안한 어조로 말했다.

"그런 식의 가설을 진심으로 믿었던 건 아니에요. 그저……."

푸아로가 내 말을 가로 막았다.

"자네가 의심을 품었다는 점에 대해 후회할 필요는 없네, 헤이스팅스. 누구라도 그 상황에서는 그렇게 생각할 수 있지. 아, 그래, 그건 아주 자연스러운 현상이야."

푸아로의 태도에는 내가 이해할 수 없는 무언가가 있었다. 뭔가를 감추고 있는 듯한 분위기였다. 그는 기묘한 눈빛으로 나를 관찰하고 있었다.

나는 천천히 말했다.

"그렇지만 지금 와서 보니 대령은 아내에게 너무나도 헌신적이던

걸요."

그는 고개를 끄덕였다.

"그래. 흔히 일어날 수 있는 일이야. 일상적인 말다툼과 오해, 적개심의 이면에는 진실되고 참된 애정이 존재할 수도 있는 법이지."

나는 그의 말에 동의했다. 침대 위로 몸을 굽힌 남편을 쳐다보던 러트렐 부인의 눈에 어린 부드럽고 상냥한 표정이 기억 났다. 모진 소리를 하거나 안달복달하며 심술궂게 구는 모습은 그녀에게서 더 이상 찾아볼 수 없었다.

잠자리에 들면서, 결혼 생활이란 참으로 묘한 것이구나라는 생각을 했다.

그런데 조금 전 푸아로의 태도에는 석연찮은 구석이 있었다.

호기심에 차서 나를 유심히 지켜보던 그의 눈빛, 내가 알아차리기만을 기다리고 있는 듯한 그 눈빛, 대체 뭐지?

침대에 누우려던 순간, 그게 무엇인지 깨달았다. 미간 사이로 퍼뜩 이런 생각이 떠올랐던 것이다.

러트렐 부인이 죽었다면, 지난번 사건들과 같은 경우가 되었을 것이다. 외관상 러트렐 대령은 아내를 살인한 것으로 보일 테니 말이다. 설령 사고로 간주된다 하더라도, 그것이 진짜 사고였는지 아니면 고의적인 것이었는지는 어느 누구도 확신을 갖고 말하지 못했을 것이다. 살인이라고 보기에는 증거가 부족하지만 살인으로 의심할 만한 증거는 충분했다.

그렇다면 그것은…… 그것은…….

대체 무슨 뜻이란 말인가?

앞뒤가 들어맞으려면, 러트렐 부인을 쏜 것은 대령이 아니라 X라는 얘기가 되는데.

그것은 분명 불가능했다. 나는 사건을 처음부터 끝까지 다 목격했다. 총을 쏜 것은 분명 러트렐 대령이었다. 다른 총이 발사된 적은 없었다.

그렇지 않은 경우…… 아니, 절대 있을 수 없는 일이었다. 아니, 혹시 가능한 일일지도 모르지……. 비록 도저히 있을 법하지 않기는 하지만. 그렇지만 가능해, 그래…… 누군가 기회를 엿보면서 기다렸다가 러트렐 대령이 '토끼를 향해' 총을 쏘는 순간 딱 맞춰서, 그 X가 러트렐 부인을 쏘았을 수도 있다. 그렇지만 그 순간에 총성은 단 한 번밖에 울리지 않았는데. 총을 쏜 순간이 약간 어긋났다고 해도 메아리로 여겨졌을 것이다.(이제야 생각이 났지만, 분명 메아리가 들렸었다.)

아니, 그건 있을 수도 없는 일이었다. 총알이 어떤 총에서 나간 것인지 분명하게 알아낼 수 있는 방법이 있다. 총알에 남아 있는 자국은 총신의 강선과 딱 맞아떨어지는 법이니까 말이다.

내가 기억하기로는 사용된 총기가 어떤 것인지를 밝히려고 경찰이 애를 쓰는 경우에만 총알에 대해 그와 같은 조사를 하는 것이 가능했다. 이번 같은 경우는 따로 조사를 하지도 않을 것이었다. 누가 보아도 치명적인 한 방을 날린 것은 분명 러트렐 대령이었으니까. 그와 같은 상황은 의문의 여지도 없이 사실로 받아들여질 것이고, 감식을 해 볼 필요도 전혀 없을 것이다. 유일하게 미심쩍은 점은 실수로 총을 쏜 것이냐 아니면 범행 의도를 갖고 쏜 것이냐인데, 그 문제에 대해서는 아무도 확실한 답을 알 수 없을 것이다.

따라서 이번 사건은 앞서 일어났던 다른 사건들과 정확히 같은 선상에 놓이는 경우였다. 즉 자신이 살인을 저질렀는지는 기억이 나지 않지만 분명 자기가 했을 거라고 생각한 농부 릭스 사건, 제정신이 아닌 상태에서 자기가 저지르지도 않은 사건에 대해 자수를 한 매기 리치필드 사건과 일맥상통했다.

그렇다, 이번 사건은 앞서 일어났던 사건들과 분명한 연관성을 드러냈고, 나는 왜 푸아로가 나를 그런 눈으로 쳐다보았는지 그 뜻을 이해할 수 있었다. 그는 내가 그 사실을 깨닫기를 기다리고 있었던 것이다.

제10장

I

다음 날 아침, 나는 푸아로를 만나 그 주제에 대해 말문을 열었다. 안색이 밝아지더니 그는 내 말을 주의 깊게 들으며 연달아 고개를 끄덕였다.

"훌륭하군, 헤이스팅스. 자네가 그 유사점을 알아낼 수 있을 거라고 생각했지. 나는 자네를 재촉하고 싶지는 않았어. 자네도 이해할 테지."

"그렇다면 내 말이 맞는 거군요. 이번 사건도 역시 X 사건인 거죠?"

"물론."

"그런데 대체 이유가 뭐죠, 푸아로? 범행 동기는요?"

푸아로는 고개를 저었다.

"모르겠나? 정말 모르겠어?"

그가 천천히 말을 이었다.

"나는 짐작이 가네만."

"이 여러 사건들 사이의 연관성이 무엇인지 안다는 뜻인가요?"

"그런 것 같네."

나는 조바심을 쳤다.

"흠, 그렇다면."

"그건 안 돼, 헤이스팅스."

"그렇지만 난 알아야겠습니다."

"모르는 것이 훨씬 나을 걸세."

"왜죠?"

"그냥 그렇게만 알고 있게."

"정말 마음대로군요. 관절염으로 다리가 뒤틀려서 여기에 꼼짝도 못하고 앉아 있으면서도, 여전히 혼자서만 일을 처리하려 하고 있으니."

"나 혼자서 일을 처리하고 있다고 생각하지 말게. 전혀 그렇지 않으니까. 자네는 굉장히 중요한 역할을 하고 있어, 헤이스팅스. 내 눈과 귀가 되어 주고 있잖나. 난 그저 위험할 것 같은 정보를 자네에게 주지 않으려는 것뿐일세."

"내가 위험해진다고요?"

"살인자에게 말이야."

"그자가 당신이 자기 뒤를 쫓고 있다는 의심을 하지 않도록 하려는 거군요? 내 생각엔 그래요. 만일 그게 아니라면 당신은 내가 나 자신도 돌보지 못할 거라고 생각하는 거겠죠."

"적어도 이것 한 가지만 알아주게, 헤이스팅스. 한 번 살인을 한 사람은 또다시 살인을 하려 한다는 걸 말이야. 그 뒤로도 계속해서 말일세."

내가 툴툴대며 말했다.

"어쨌든 이번에는 살인이 일어나지는 않았어요. 총알이 빗나갔으니까요."

"그래, 정말 운이 좋았어. 엄청나게 운이 좋았지. 전에도 말했지만, 이런 일은 예측하기가 어렵다네."

그는 한숨을 쉬었다. 그의 얼굴에 걱정스러운 빛이 떠올랐다.

나는 조용히 물러 나왔다. 그리고 푸아로가 계속해서 일을 하는 것이 얼마나 힘든 것인지 느껴져서 마음이 아파 왔다. 그의 두뇌는 여전히 예리했으나, 육체는 병들고 지쳐 있었다.

푸아로는 X의 정체를 밝히려 애쓰지 말라고 내게 경고했다. 그런데 나는 내가 X의 정체를 알아냈다는 생각을 떨쳐 버릴 수가 없었다. 스타일스에서 나쁜 짓을 할 만한 사람으로 생각되는 사람은 딱 한 사람밖에 없었다. 간단한 질문을 하나 던져 보면 확실하게 알 수 있을 것 같았다. 그런 식의 테스트는 부정적인 결과를 가져올 수도 있지만 나름대로 시도해 볼 만한 가치는 있었다.

아침 식사를 한 후 나는 주디스를 붙들고 물었다.

"어젯밤에 내가 너희들, 그러니까 너와 앨러턴과 마주쳤을 때 너희는 어디에 다녀왔던 게냐?"

한 가지 부분에만 신경을 쓰면 다른 부분에 대해서는 무심하게 되어 버려 문제가 발생하는 법. 내게 발끈하고 화를 내는 주디스를 보며 나는 나대로 깜짝 놀라고 말았다.

"정말이지, 아버지, 그게 아버지랑 무슨 상관인지 모르겠어요."

나는 당황해서 주디스를 쳐다보며 말했다.

"나, 나는 그냥 물어본 것뿐이란다."

"그래요, 그런데 왜죠? 왜 계속해서 물어봐야만 하는 건데요? 뭘 했느냐고요? 어디에 갔었느냐고요? 누구와 있었느냐고요? 이젠 정말 못 참겠어요!"

그런데 여기서 좀 웃기는 점은, 내가 물어본 것은 주디스가 어디에 있었는지가 아니었다는 것이다. 내가 알고 싶은 것은 앨러턴에 대해서였다.

나는 주디스를 달래고자 애를 썼다.

"아니, 주디스. 내가 간단한 것도 물어서는 안 될 이유가 뭔지 모르겠다."

"저는 아버지가 왜 알고 싶어 하시는지 모르겠어요."

"별 뜻은 없어. 그저, 너희가 둘 다, 어떻게 그 사건에 대해서 알고 있었는지 궁금한 것뿐이란다."

"그 사건에 대해서라고요? 굳이 아셔야 하겠다면 말씀드리죠. 저는 우표를 좀 사러 마을에 내려갔었어요."

나는 갑작스럽게 그 작자의 이름을 직접 입에 올렸다.

"앨러턴은 그때 너랑 같이 안 있었지?"

주디스는 일부러 과장해서 숨이 막힌다는 시늉을 했다.

"네, 저하고 같이 있지 않았어요."

그리고 그 애는 냉랭하고 화가 난 어조로 말했다.

"그 사람과는 저택 근처에서 우연히 만났고 2분쯤 후에 아버지랑 마주친 거예요. 이젠 됐죠? 하지만 제가 하루 종일 앨러턴 소령과 돌아다녔다고 해도, 아버지가 상관하실 일이 아니라는 말씀을 드리고 싶어요. 저는 이제 스물한 살이고 제 힘으로 돈을 벌면서 살고 있어요. 그러니까 제 시간을 어떻게 쓰든 그건 전적으로 제가 알아서 할 일이에요."

"그래, 네 말이 맞다."

나는 재빨리 주디스의 말을 가로막으며 말했다.

"아버지도 저와 같은 생각이라고 하시니 기뻐요."

주디스는 얼마간 진정이 된 것 같았다. 그 애는 슬픈 얼굴로 옅은 미소를 지으며 말했다.

"오, 제발, 그렇게 숨 막히는 아버지처럼 대하지 마세요. 그게 사람을 얼마나 미치게 만드는지 모르실 거예요. 그렇게 공연히 소란을 피우지 않으셨으면 좋겠어요."

"안 그러마. 앞으로 다시는 안 그러마."

나는 주디스에게 약속했다.

바로 그때 프랭클린 박사가 성큼성큼 걸어오는 것이 보였다.

"여어, 주디스. 따라와. 우린 평소보다 늦었어."

그의 태도는 무뚝뚝했고 정중한 면이라고는 거의 찾아볼 수가 없었다. 나도 모르게 화가 치밀었다. 나는 프랭클린 박사가 주디스의 고용주라는 것도 알고 있었고, 그가 그 애의 시간을 마음대로 쓸 수 있다는 것도 알고 있었다. 그가 돈을 지불하기 때문에 주디스에게 명령을 내릴 수 있는 입장이라는 사실도 이해했다. 그렇지만 왜 박사가 주디스에게 일반적인 예의도 갖추지 않고 행동하는지 그 이유를 알 수가 없었다. 다른 사람을 대할 때에도 그의 태도는 마찬가지로 썩 세련되었다고 볼 수는 없었지만 적어도 일상적인 예의는 지켰다. 그런데 유독 주디스에 대해서만큼은 늘 무뚝뚝하고 심하다 싶을 정도로 명령조로 말하는 것이었다. 그런 태도는 최근 들어서 더욱 두드러졌다. 말할 때조차도 주디스를 제대로 쳐다보지 않았고 그저 퉁명스럽게 명령을 하는 것이었다. 이런 점에 대해서 주디스는 전혀 기분 나빠하지 않는 것 같았지만, 나는 화가 났다. 박사의 태도는 앨러턴이 느끼할 정도로 친절하게 구는 것과 심한 대조를 이루었고, 그래서 나는 더욱 부아가 치밀어 올랐다. 존 프랭클린은 분명 앨러턴과는 비교도 안 될 정도로 열 배는 훌륭한 사람이지만, 매력을 기준으로 놓고 볼 때에는 앨러턴에 비하면 너무나 보잘것없었다.

나는 프랭클린 박사가 실험실을 향해 길을 따라서 성큼성큼 걸어가는 모습을 지켜보았다. 볼품없는 걸음걸이, 앙상하게 마른 체격, 튀어나온 광대뼈와 두상, 빨간 머리털과 기미. 못생기고 꼴사납게 보이는 사내였다. 그의 외모는 온통 내 눈에 거슬렸다. 그는 두뇌 하나만은 명석했다. 그래, 하지만 여자들은 남자가 머리가 좋다는 이유만으로 그를 사랑하지는 않는다. 주디스가 직업이 그렇다 보니 다른 남자들과 접촉할 기회가 없다는 점이 또다시 마음에 걸렸다. 그 애는 매력적인 남자들을 여러 명 놓고 살펴볼 기회를 얻지 못하고 있는 것이었다. 퉁명스럽고 매력이라고는 눈곱만큼도 없는 프랭클린 박사 때문에, 앨러턴의 저속한 매력이 더욱 두드러져 보였을 것이다. 이런 상황에서 내 가엾은 딸은 앨러턴이 어떤 작자인지 제대로 평가할 수 없겠지.

주디스가 앨러턴에게 심각하게 빠져 든다면? 조금 전 주디스가 내게 화를 냈던 것도 왠지 나를 불안하게 만들었다. 내가 알기로 앨러턴은 정말이지 돼 먹지 않은 작자였다. 앨러턴에게는 그 밖에도 구린 구석이 얼마나 더 있을지 모르는 일이었다. 만약 앨러턴이 X라면?

그럴 수도 있었다. 총이 발사되었을 당시, 앨러턴은 주디스와 같이 있지 않았으니까.

그렇다면 겉으로 보기에 아무런 목적도 없어 보이는 사건들에 대한 범인의 범행 동기는 무엇이었을까? 앨러턴에게는 정신병자 같은 구석은 전혀 없었다. 그는 지극히, 아주아주 정상이었고 단지 매우 파렴치하다는 것뿐이었다.

그리고 주디스는, 내 딸 주디스는, 앨러턴에게 완전히 정신이 팔려 있었다.

II

그때까지 나는 내 딸에 대해 미미할 정도로만 걱정을 하고 있었다. X에 대해 완전히 골몰하여 언제라도 범죄가 일어날 수 있다는 가능성을 생각하느라 개인적인 문제들은 마음 한구석으로 밀쳐 놓을 수가 있었다.

이미 사건이 한차례 벌어진 지금, 범죄가 시도되기는 했으나 다행히 실패로 끝났으니, 이제 마음 놓고 주디스에 관한 문제를 곱씹어 볼 수 있었다. 생각하면 생각할수록 걱정이 되었다. 그러던 어느 날 나는 우연히 앨러턴이 유부남이라는 이야기를 들었다.

모든 사람들에 대해 잘 알고 있는 캐링턴을 통해 좀 더 자세한 내용을 들을 수 있었다. 캐링턴의 말에 따르면, 앨러턴의 아내는 독실한 가톨릭 교인이라고 했다. 그런데 결혼한 지 얼마 지나지 않아서 그녀는 앨러턴의 곁을 떠났다. 그녀가 가톨릭 교인이라는 것을 감안할 때 그 원인이 무엇이었는지에 대해서는 의문의 여지가 없었다.

캐링턴은 솔직하게 말했다.

"물어보니까 드리는 말씀인데, 그런 결혼은 녀석에게는 아주 안성맞춤이었겠죠. 그의 의도는 늘 비열하기 짝이 없는 것일 테니까요. 그런 배경을 가진 아내가 자기한테는 딱 맞았을 겁니다."

아버지로서 이런 말을 듣는 것보다 더 유쾌한 순간은 없을 것이다!

총기 사고가 일어난 후 며칠 동안 겉으로는 아무 일도 일어나지 않았지만, 어쩐지 이유를 알 수 없는 불안한 기류가 점차 커져 가는 느낌이었다.

러트렐 대령은 아내의 침실에서 대부분의 시간을 보냈다. 러트렐 부인을 위해 다른 간호사 한 명이 왔기 때문에, 크레이븐 양은 다시 프랭클린 부인을 전담으로 돌볼 수 있게 되었다.

삐딱하게 보고 싶은 마음은 없지만, 나는 프랭클린 부인이 자기가 이 저택에서 앙 쉐프(주목 받는) 병자가 아니라는 사실에 짜증을 내고 있음을 알아차렸다. 러트렐 부인을 둘러싸고 사람들이 야단법석을 떨고 관심을 갖는 것이, 늘 자기의 건강 문제를 하루의 중심 화제로 삼는 것에 익숙해져 있는 이 자그마한 프랭클린 부인에게는 분명 기분이 몹시 상하는 일이었을 것이다.

프랭클린 부인은 손을 옆으로 받치고 해먹 의자에 드러누워 가슴이 두근거리는 증상이 느껴진다며 투덜댔다. 그러면서 음식도 입맛에 맞지 않고 온갖 부당한 일투성이지만, 참고 있는 것이라고 말하기도 했다.

그녀는 푸아로에게 푸념조로 중얼거리듯 말했다.

"괜한 소동을 일으키고 싶은 생각은 없지만, 제가 건강이 좋지 않아서 저는 늘 창피하답니다. 그러니까 늘 다른 사람들에게 저를 위해서 뭔가를 해 달라고 요구해야만 하니까 면목이 없어요. 건강이 나쁘다는 건 정말이지 죄악이라는 생각이 가끔 들어요. 건강하지 못하고 머리도 둔한 사람이라면, 이 세상에서 사는 데 적합하지 않은 거니까 조용히 사라져 줘야 마땅한 노릇이죠."

푸아로는 여느 때처럼 정중하게 말했다.

"아, 그렇지 않습니다, 부인. 섬세한 외래종 꽃은 온실의 안전한 곳에 두어야만 하는 법입니다. 차가운 바람을 견디지 못할 테니까요. 겨울처럼 추운 날씨에도 잘 자라는 건 흔한 잡초뿐입니다. 그렇게 잘 자란다고 해서 잡초가 외래종 꽃보다 귀중하지는 않죠. 내 경우를 한번 생각해 보십시오. 경련이 일고 몸이 비틀려 움직일 수조차 없습니다. 그렇지만 나는, 나는 삶을 포기하겠다는 생각은 하지 않아요. 나는 아직도 내가 할 수 있는 일들을 하면서 삶을 즐기고 있어요. 음식, 술, 지적 사고의 기쁨을 누리면서요."

프랭클린 부인이 한숨을 쉬며 중얼거렸다.

"아, 그건 다른 경우예요. 선생님은 자신에 대해서만 신경 쓰면 되지만, 제게는 가엾은 존이 있는걸요. 제가 그 사람에게 얼마나 짐이 되고 있는지 뼛속 깊이 느껴져요. 전 병약하고 쓸모없는 아내죠. 그의 목에 매달린 맷돌 같은 존재예요."

"박사는 그런 식으로 말한 적이 한 번도 없습니다, 내가 보장드리지요."

"오, 그런 식으로 말을 하지는 않겠죠. 물론 그렇지는 않을 거예요. 하지만 가엾게도, 남자들이란 속이 금방 들여다보이거든요. 존은 감정을 잘 숨기지 못해요. 물론 불친절하게 굴지는 않죠. 하지만 뭐랄까, 그 사람 자신에게는 잘된 것인지도 모르겠지만, 존은 아주 무신경한 사람이에요. 감정도 없고, 다른 사람들이 감정을 갖고 있으리라는 생각조차 못 하죠. 그렇게 무신경하게 태어나다니 정말이지 운이 좋은 거예요."

"프랭클린 박사가 무신경하다고 생각되지는 않는데요."

"그래요? 오, 하지만 저보다는 남편을 잘 모르니까 하시는 말씀이에요. 저도 물론 제가 없으면 남편이 훨씬 자유로워질 거라는 걸 알고 있어요. 가끔 기분이 너무 가라앉아서 차라리 제가 죽는 게 낫겠다는 생각이 들곤 해요."

"오, 이런, 부인."

그녀가 고개를 저으며 말했다.

"결국 제가 다른 사람들에게 무슨 쓸모가 있나요? 차라리 저 같은 건 죽어 버리는 것이…… 그러면 존은 자유로워질 거고."

그 후 나는 이런 식의 대화에 대해 크레이븐 양과 얘기할 기회가 있었다. 크레이븐 양은 그 이야기를 듣더니 한마디로 이렇게 말했다.

"당치도 않은 소리예요."

그녀가 계속 말을 이었다.

"프랭클린 부인은 절대로 그렇게 하지 않을걸요. 걱정 마세요, 헤이스팅스 대위님. 다 죽어 가는 오리 같은 목소리로 '죽어 버려야지.' 하고 말하는 사람들치고 실제로 죽고 싶어 하는 사람은 없거든요."

러트렐 부인이 사고를 당하면서 일어났던 흥분이 차차 가라앉으면서, 프랭클린 부인은 다시 크레이븐 양에게 간호를 받게 되었고, 그러자 프랭클린 부인의 기분이 한결 좋아졌다는 것을 밝혀 둬야겠다.

어느 화창한 날 아침, 커티스는 푸아로를 실험실 근처에 있는 너도밤나무 아래 한쪽 구석에 데려다 놓았다. 그 장소는 푸아로가 마음에 들어 하는 곳이었다. 거기에는 동풍이 들지도 않았고 미풍조차 느껴지지 않았다. 외풍을 끔찍이 싫어하는 데다 신선한 공기에 대해서도 늘 미심쩍게 생각하는 푸아로에게는 아주 꼭 맞는 장소였다. 사실 내 생각에 그는 실내에 머무는 것을 훨씬 좋아했지만 무릎 덮개로 몸을 덮고 있으면 어느 정도 바깥 공기를 이겨 낼 수 있는 것 같았다.

나는 푸아로가 있는 데로 한가하게 발걸음을 옮겼다. 내가 거기에 가까이 다가갔을 때, 프랭클린 부인이 실험실에서 나오는 모습이 눈에 들어왔다.

프랭클린 부인은 썩 잘 어울리는 옷차림을 하고 있었고 아주 즐거워하는 듯했다. 그녀는 집을 보고서 크레톤 사라사 선택 문제에 대해 전문가 입장에서 조언을 해 주기 위해 곧 캐링턴과 차를 타고 나갈 것이라고 말했다.

그녀가 말했다.

"어제 존에게 얘기를 하러 갔다가 실험실에 핸드백을 두고 왔지 뭐예요. 가엾은 존은 주디스와 타드캐스터로 차를 타고 나갔어요. 화학 약품 시약 등이 부족하다나요."

그녀는 푸아로의 옆자리에 풀썩 주저앉더니 익살스러운 표정으로 고개를 절레절레 흔들며 말했다.

"가엾은 사람들이에요…… 제가 과학 같은 걸 좋아하지 않아서 다행이지요. 이렇게 멋진 날에 그런 일을 하는 건 너무나 바보 같아 보여요."

"과학자들이 그런 말을 듣지 않게 하셔야 할 겁니다, 부인."

그녀가 심각한 표정을 지으며 나지막이 말했다.

"오, 물론 그래야죠. 제가 남편을 존경하지 않는다고 생각하지는 마세요, 푸아로 씨. 전 남편을 존경해요. 남편이 연구에만 목을 매고 사는 거, 사실 정말 대단한 거죠."

이렇게 말하는 그녀의 목소리가 약간 떨리고 있었다.

순간 프랭클린 부인이 여러 가지 다양한 역할을 하는 걸 즐기는 것이 아닐까 하는 의구심이 들었다. 지금 이 순간 그녀는 영웅적인 남편을 숭배하는 충실한 아내 역할을 하고 있는 중이었다.

그녀는 몸을 앞으로 기울이고 푸아로의 무릎에 진지하게 손을 올려놓으며 말했다.

"존은, 정말 성자와도 같은 사람이에요. 그래서 전 가끔 아주 기겁을 하죠."

프랭클린 박사를 성자라고 부르는 것은 좀 과장된 표현이라는 생각이 들었다. 그렇지만 부인은 눈을 반짝이며 계속해서 말을 이어갔다.

"그는 인류의 지식을 진보시키기 위한 일이라면, 뭐든지…… 위험을 감수하면서까지도 하려고 해요. 그건 너무도 대단한 일이죠, 그렇게 생각하지 않으세요?"

푸아로가 재빨리 대답했다.

"물론이죠, 그렇고말고요."

"그렇지만 저는 가끔 너무너무 걱정이 돼요. 그가 심하게 깊이 빠져 버리기 때문이죠. 존이 지금 실험하고 있는 그 무시무시한 콩에 대해서도 마찬가지예요. 남편이 자신을 실험대상으로 쓰기 시작할까 봐 걱정이에요."

내가 말했다.

"물론, 박사가 알아서 조심하겠죠."

그녀는 희미하게 슬픈 미소를 지으며 고개를 저었다.

"존이 어떤 사람인지 모르는군요. 새로운 가스를 두고 그가 어떻게 했는지 못 들으셨나 봐요?"

나는 고개를 저었다. 그녀가 말을 이었다.

"사람들은 그 새로운 가스의 성질을 알아내고 싶어 했어요. 존은 자진해서 실험 대상이 되었죠. 그는 서른여섯 시간 동안 탱크에 갇혀 있으면서 맥박, 체온, 호흡을 측정하고, 어떤 후유증이 있는지 인간에게도 동물과 마찬가지로 그 가스가 영향을 미치는지에 대한 실험을 했어요. 끔찍하게 위험한 일이었는데, 그 실험에 참가했던 교수들 중 한 분이 나중에 그 얘기를 해 주더라고요. 존은 그때 어쩌면 죽을 수도 있었어요. 존은 그런 사람이에요. 자신의 안전 따위는 전혀 염두에 두지 않죠. 그건 정말 대단한 일 같아요, 그렇게 생각하지 않으세요? 저 같으면 그렇게 용감하지 못할 거예요."

푸아로가 맞장구를 쳤다.

"그런 일을 예사로 하려면 정말 대단한 용기가 필요하죠."

"맞아요. 그런 점에서 저는 남편을 아주 자랑스럽게 생각하는데, 한편 걱정스럽기도 하고요. 왜, 어떤 면에서 보면 기니피그나 개구리로 실험하는 게 그다지 효과적이지는 않잖아요. 결국 인간의 반응이 필요한 거니까요. 존이 나서서 끔찍한 시죄법용 콩에 대해 자기 자신을 실험 대상으로 쓸까 봐, 그런 무시무시한 일이 일어날까 봐 저는 몹시 걱정이 되지요."

그녀가 한숨을 쉬고 고개를 저으며 말을 계속했다.

"그런데 존은 내가 이렇게 걱정을 하는데도 그저 웃기만 해요. 그런 면에서 그는 정말 성자 같죠."

바로 그때 캐링턴이 우리 쪽으로 다가왔다.

"여어, 밥스, 준비됐어?"

"예, 빌. 당신을 기다리고 있던 참이에요."

"외출 때문에 당신이 너무 피곤해지지 않았으면 좋겠는데."

"물론 그렇지는 않을 거예요. 오늘은 오랜만에 기분이 아주 좋은 걸요."

그녀가 자리에서 일어서더니 우리에게 귀엽게 미소 지어 보이고는 키 큰 캐링턴의 보호를 받으며 잔디 위를 걸어갔다.

푸아로가 말했다.

"프랭클린 박사가 현대의 성자라, 흠."

내가 말했다.

"태도가 좀 바뀌었는데요. 내 생각에 저 여자 분은 좀 그런 부류인 것 같아요."

"그런 부류라니?"

"여러 가지 역할을 하면서 사는 여자 말예요. 어떤 날은 진가를 인정받지 못하고 무시당하는 아내였다가, 또 다른 날은 사랑하는 남자에게 짐이 되고 싶어 하지 않는 자기 희생적이고 고통 받는 여인 역할을 하죠. 오늘은 남편을 떠받드는 내조자 역할이고요. 문제는 그런 역할들을 좀 과장스럽게 한다는 거예요."

푸아로가 신중하게 말했다.

"자네는 프랭클린 부인이 바보 같다고 생각하나?"

"글쎄요, 그렇게 말하고 싶지는 않지만, 그다지 영리하고 지적인 여자는 아닌 거 같아요."

"아, 그녀는 자네가 좋아하는 부류가 아니니까."

그의 말에 내가 날카롭게 물었다.

"내가 좋아하는 부류가 어떤 건데요?"

푸아로는 뜻밖의 대답을 했다.

"입을 벌리고 눈을 감고서 요정이 자네에게 무엇을 보냈는지 보게나."

바로 그때 크레이븐 양이 경쾌하고 빠른 발걸음으로 풀밭을 가로질러 다가오고 있었기 때문에 나는 그만 말문이 막혀 버렸다. 그녀는 우리를 향해 아름다운 이를 살짝 드러내며 미소 짓고는 실험실의 자물쇠를 열고 안으로 들어갔다가 장갑 두 짝을 들고 다시 나타났다.

"처음에는 수건이고 이번엔 장갑이에요. 늘 뭔가를 뒤에 남겨 두고 다니죠."

크레이븐 양은 이렇게 말을 하고는 장갑을 들고 프랭클린 부인과 캐링턴이 기다리고 있는 곳으로 서둘러 뛰어갔다.

내 생각을 말하자면, 프랭클린 부인은 늘 물건을 뒤에 흘리고 다니는 얼마간 무책임한 여자로 보였다. 자기 소지품을 흘리고 다니면서 다른 사람들이 그것을 다시 찾아다 주는 걸 당연하게 생각하고, 그런 대접을 받는 자기 자신에 대해서 자랑스럽게 여기는 그런 여자 말이다. 나는 프랭클린 부인이 다분히 자기 만족적으로 여러 번 이런 말을 하는 것을 들은 적이 있었다.

"저는 기억력이 나쁜 편이에요."

크레이븐 양이 잔디밭을 가로지르며 달려가 시야에서 사라질 때까지 나는 그 뒷모습을 지켜보며 앉아 있었다. 그녀는 달리기도 잘했고, 몸에는 활력이 넘쳤으며, 균형 잡힌 몸매를 갖고 있었다. 나는 충동적으로 말했다.

"젊은 여자가 저렇게 살다니 진절머리가 나지 않을까 싶어요. 간호할 일도 별로 없고 그저 따라다니면서 물건을 가져다 주는 일뿐이잖아요. 프랭클린 부인은 사려가 깊다거나 인정 많은 사람인 것 같지는 않아요."

그런데 푸아로의 대답은 나를 화나게 만들었다. 뚜렷한 이유도 없이 그는 눈을 감고 이렇게 중얼거렸던 것이다.

"적갈색 머리카락이라."

분명 크레이븐 양의 머리카락은 적갈색이었다. 그렇지만 푸아로가 왜 바로 이 순간 그런 말을 하는지 이해할 수 없었다.

나는 입을 다물어 버렸다.

제11장

다음 날 아침 점심 식사를 하기 전에 사람들과 대화를 하면서 나는 막연한 불안감에 휩싸였다.

그 자리에서 대화를 나눈 사람들은 모두 네 명으로, 주디스와 나, 캐링턴, 노턴이었다.

어떻게 그런 주제를 가지고 이야기를 시작하게 됐는지 분명하게 알 수 없지만, 어쨌든 우리는 안락사에 대해 찬반으로 나뉘어 논쟁을 벌였다.

캐링턴은 언제나 그렇듯 주로 말을 하는 편이었고, 노턴은 사이사이에 한두 마디 했으며, 주디스는 말없이 앉아서 경청하고 있었다. 나는 안락사를 지지하는 의견에 대해서 표면적으로는 수긍하는 편이지만, 실제로는 그런 일에 대해 감정적으로 위축되는 느낌이라고 내 의견을 말했다. 그리고 친인척들의 손에 너무 많은 권한을 쥐어 주는 것이 아닌가 하는 생각이 든다고 덧붙였다.

노턴은 내 의견에 동의했다. 그는 환자가 장기간 고통을 받다가 죽게 될 것이 분명한 경우, 당사자인 환자의 소망과 동의에 따라 안락사가 이루어져야 한다고 말했다.

그러자 캐링턴이 말했다.

"아, 그렇지만 그건 상당히 미묘한 문제예요. 우리가 말하는 것처럼, 당사자인 환자가 '그런 식으로 고통에서 벗어나는 것'을 과연 원할까요?"

캐링턴은 수술이 불가능한 암에 걸려 끔찍한 고통을 받고 있던 한 남자에 대한 실화를 들려주었다. 이 남자는 담당 의사에게 이렇게 말하며 애원했다고 한다.

"제가 고통을 끝낼 수 있게 해 주세요."

의사는 이렇게 대답했다.

"그럴 수는 없습니다, 어르신."

잠시 후 의사는 환자 곁에 모르핀 알약을 놓아 두고 병실을 나가면서 그중 몇 알을 먹으면 안전하고 몇 알을 더 먹으면 위험한지 환자에게 차분히 일러 주었다. 어떻게 하든 결국 환자가 알아서 결정할 일이었고, 치사량을 먹을 수도 있었지만 결국 환자는 죽음을 선택하지 않았다.

캐링턴이 말했다.

"이 이야기를 통해서 알 수 있는 건, 환자가 말은 그렇게 하면서도 신속하고 고통 없이 죽기보다 고통을 받으면서도 사는 쪽을 원한다는 거죠."

그때 주디스가 처음으로 입을 열었는데, 난데없이 열을 올리며 이렇게 말했다.

"물론 그렇겠죠. 그러니까 환자가 결정하도록 내버려 두면 안 돼요."

캐링턴이 주디스에게 무슨 뜻이냐고 물었다.

"그러니까 제 말은, 몸이 허약한 사람, 그러니까 고통 받고 몸이 아픈 사람은 판단을 할 수 있는 능력이 없다는 거예요. 그들은 판단을 하지 못해요. 누군가 그들을 위해 결단을 내려 줘야 하죠. 안락사 여부를 결정해 주는 건 환자를 사랑하는 사람의 의무인거예요."

내가 의문을 제기했다.

"의무라고?"

주디스가 나를 돌아보며 말했다.

"그래요, 의무. 맑은 정신을 갖고 기꺼이 책임을 지는 것."

캐링턴이 고개를 저으며 말했다.

"그러고 나서 결국 살인 혐의로 피고석에 앉는 건가?"

"반드시 그렇다고 볼 수는 없어요. 누군가를 사랑한다면 위험을 감수해야 하니까요."

그때 노턴이 끼어들었다.

"그렇지만 이봐요, 주디스. 당신이 말하고 있는 그 책임이라는 거 너무 무시무시하군요, 안 그래요?"

"전 그렇게 생각하지 않아요. 사람들은 책임지는 걸 너무 두려워

해요. 개에 관련된 문제라면 책임을 지면서…… 왜 사람에 대해서는 그렇게 하지 못하는 거죠?"

"글쎄, 그건 좀 다른 문제인 거 같은데, 안 그런가요?"

"예, 훨씬 중요한 문제죠."

그러자 노턴이 낮은 목소리로 말했다.

"너무 놀라서 숨이 막힐 지경입니다."

캐링턴이 흥미를 갖고 주디스에게 질문을 던졌다.

"그럼 당신이라면 그런 일을 기꺼이 책임지고 하겠어요?"

"저라면요. 위험을 감수하는 건 두렵지 않아요."

캐링턴이 고개를 저었다.

"그렇게 할 수는 없죠. 어느 누구도 삶과 죽음이라는 문제에 대해 결정권을 가질 수는 없으니까."

그러자 노턴이 말했다.

"사실 말이죠, 캐링턴 씨, 사람들은 대부분 그런 책임을 질 만한 배짱이 없습니다."

노턴은 주디스를 향해 희미한 미소를 지어 보였다.

"그런 상황이 닥쳤을 때 당신이 그렇게 할 수 있다고 자신하지는 마세요."

주디스가 태연하게 대꾸했다.

"물론 다른 사람이라면 그렇게 못하겠죠. 하지만 전 그렇게 할 수 있어요."

노턴이 눈이 잠깐 반짝였다.

"당신이 따로 누군가를 죽이려는 꿍꿍이가 있지 않은 다음에야, 그렇게 말할 수는 없을 겁니다."

그러자 주디스가 순식간에 얼굴을 붉히며 날카롭게 응수했다.

"당신은 제 말을 전혀 이해하지 못하고 있어요. 개인적인 동기 때문이라면, 아마 전 그렇게 하지 못하겠죠. 모르시겠어요?"

주디스가 우리 모두를 쳐다보며 호소했다.

"그런 종류의 일에 관한 한 전적으로 객관적이어야만 해요. 자신이 하는 일의 동기에 확신을 갖고 있어야 생명을 끝맺음 하는 일에 대해서도 책임을 질 수 있게 되죠. 그건 개인 감정이 완전히 배제된 성질의 것이에요."

그러자 노턴이 반박했다.

"어쨌든 당신은 그런 일을 하지는 못해요."

그러나 주디스는 끝까지 자신의 의견을 밀어붙였다.

"전 그렇게 할 거예요. 먼저 다른 사람들처럼 생명이란 전부 신성한 것이라고 생각하지 않아요. 부적합하고, 불필요한 생명들, 그런 생명들은 방해가 되지 않도록 제거해야 해요. 세상이 온통 뒤죽박죽이잖아요. 공동체에 상당한 공헌을 할 수 있는 사람에게만 살 수 있는 자격을 줘야 합니다. 나머지 사람들은 고통 없이 제거하는 거죠."

주디스는 갑자기 캐링턴에게 동의를 구했다.

"선생님도 저와 같은 생각이시죠, 그렇지 않아요?"

캐링턴이 천천히 대답했다.

"원칙적으로는 그렇다고 해야겠죠, 살아갈 가치가 있는 자만이 살아남으니까요."

"선생님 같으면 필요한 경우, 자기 손으로 그와 같이 일 처리를 하시겠죠?"

캐링턴이 느릿느릿 대답했다.

"아마도 그렇게 할 겁니다. 하지만 잘 모르겠군……."

노턴이 조용히 입을 열었다.

"많은 사람들이 이론적으로는 당신의 생각에 동의할 겁니다. 그렇지만 현실은 그렇지가 않죠."

"그 말은 논리적이지 못해요."

노턴이 성급하게 끼어들었다.

"물론 논리적이지는 않죠. 그건 용기의 문제니까. 사람들은 보통 그렇게 간덩이가 부어 있지는 않거든요. 속된 말로 표현하자면요."

주디스는 아무 대꾸도 하지 않았다. 노턴이 말을 이었다.

"솔직히 말하자면, 주디스. 당신도 마찬가지예요. 막상 그런 일이 본인에게 닥치면 그렇게 할 용기를 내지는 못할 거란 말이죠."

"그 반대일 거라고는 생각하지 않고요?"

"전 분명히 그렇다고 봅니다."

이때 캐링턴이 끼어들었다.

"제 생각에는 당신이 틀린 것 같군요, 노턴. 주디스는 아주 배짱이 대단한 사람입니다. 그런 류의 문제가 생기지 않아서 그나마 다행인 거죠."

저택 안쪽에서 시계 종소리가 들려왔다.

주디스가 자리에서 일어났다.

그리고 노턴을 향해 분명한 어조로 말했다.

"당신이 틀렸어요, 아시겠지만요. 저는 당신이 생각하는 것보다 훨씬 더 강심장이에요."

그러고는 서둘러 저택 쪽으로 걸어갔다. 캐링턴이 주디스의 뒤를 따라갔다.

"저기, 기다려요, 주디스."

나도 왠지 모르게 어쩔 줄 몰라 하다가 그 뒤를 따라갔다. 분위기를 언제나 금방 파악하는 노턴이 나를 위로하려고 애쓰며 말했다.

"아시겠지만, 따님이 어떤 의도를 가지고 그런 말을 한 건 아닙니다. 젊었을 때 누구나 한 번쯤 가져 보는 미숙한 생각일 뿐이에요. 다행히 사람들은 그런 생각을 행동에 옮기지는 않아요. 말로만 그러는 거죠."

주디스가 그 말을 들었는지 어깨 너머로 성난 시선을 던졌다.

노턴이 목소리를 낮추었다.

"이론에 불과한 거니까 걱정할 필요 없어요. 그렇지만 저기 말이죠, 헤이스팅스 씨."

"예?"

노턴은 다소 당황한 듯한 어조로 말했다.

"참견하고 싶지는 않지만, 앨러턴에 대해서 뭘 좀 알고 계신가 해서요."

"앨러턴요?"

"예. 제가 쓸데없이 간섭하는 거라면 죄송합니다만, 솔직히 말씀드려서…… 제가 대위님 입장이라면 따님이 그런 자에게 깊이 빠지도록 내버려 두지는 않을 겁니다. 그 사람은 평판이 그다지 좋지가 않아요."

나는 이내 씁쓸한 기분이 되고 말았다.

"나도 그 작자가 건달이라고 생각합니다만, 요즘엔 자식을 말리는 일이 쉽지가 않아요."

"오, 맞습니다. 여자애들은 자기 앞가림은 스스로 알아서 할 수 있다고 말하죠. 대부분의 경우는 그렇게 할 수 있다고 봅니다. 하지만…… 글쎄요……. 앨러턴은 그런 면에서 특별한 기술을 갖고 있어요."

그는 잠시 머뭇거렸다.

"저기, 이 말을 꼭 해 드려야겠다는 생각이 들어요. 그냥 넘어가시면 안 돼요. 제가 우연히 그자에 대해 아주 좋지 않은 이야기를 들었거든요."

그때 그곳에서 노턴이 내게 이야기를 해 주었고…… 나는 훗날 그가 말해 준 내용을 상세히 확인할 수 있었다. 그건 정말이지 메스껍기 짝이 없는 이야기였다. 자신만만하고 현대적이며 독립적인 한 아가씨에 대한 얘기였는데, 앨러턴은 그 아가씨에게 온갖 '기술'을 다 동원해서 작업을 걸었다고 했다. 그런데 나중에 앨러턴의 숨겨진 모습이 드러나자, 자포자기 상태에 빠진 그 아가씨가 베로날이라는 수면제를 과다 복용하고 자살을 해 버렸다는 것이다.

그 얘기를 들으면서 가장 소름끼친 부분은 문제의 그 아가씨가 주디스와 아주 흡사한 유형의 여자였다는 점이다. 독립적이고 지적인 부류의 여자. 그런 여자들은 누군가에게 마음을 주었다가 사랑을 잃게 되면, 어리석고 싸구려인 여자들과 달리 크게 절망하면서 바로 삶을 포기해 버린다.

나는 막연히 불길한 예감이 들었고 끔찍한 느낌에 휩싸인 상태로 점심을 먹기 위해 저택 안으로 들어갔다.

제12장

I

"무슨 걱정 있나, 몬 아미?"

그날 오후 푸아로가 내게 물었다.

나는 아무 대답도 하지 않고 그저 고개를 저었다. 순전히 내 개인적인 문제로 푸아로에게 부담을 지우는 것은 옳지 않다는 생각이 들었다. 게다가 그가 도와줄 수 있는 문제도 아니었다.

푸아로가 충고를 한다 해도 주디스는 초연한 듯 미소를 지으며 한쪽 귀로 흘려 버릴 것이다. 늙은이의 지루한 조언에 대해 젊은이들이 흔히 그렇게 하듯이 말이다.

주디스, 내 딸 주디스.

지금 생각해도 그날 하루가 어떻게 지나갔는지 말로 표현하기가 쉽지 않다. 나중에 곰곰이 생각해 보니 그때 나는 스타일스 저택의 분위기에 빨려들어 가고 있었던 것 같았다. 그곳에서는 사악한 상상력이 마음속으로 쉽게 파고들어 왔다. 과거에도 그랬지만 여전히 그곳에는 불길한 기운이 감돌았다. 살인의 환영과 살인자가 늘 그 저택을 배회했다.

내 생각에 살인자는 앨러턴이 분명할 것 같은데, 주디스는 하필이면 그자에게 마음을 빼앗긴 것이다! 정말이지 믿을 수 없을 정도로 끔찍한 일이라 나는 어찌 해야 좋을지 갈피를 잡을 수 없었다.

점심을 먹은 후 캐링턴이 잠깐 얘기 좀 하자며 나를 따로 불렀다. 그는 헛기침을 하고 약간 망설이더니, 더듬거리며 말문을 열었다.

"쓸데없이 간섭하는 거라고는 생각하지 말아 주십시오. 대위님이 따님께 한마디 하셔야 될 거 같다는 생각이 들어서요. 경고의 말이라도 하셔야 되지 않겠습니까, 예? 아시다시피 앨러턴이라는 친구는…… 평판이 아주 좋지 않습니다, 그리고 따님은…… 글쎄요, 예전 다른 여자들과 마찬가지 경우가 될 거 같아요."

자식이 없는 사람들은 그런 말을 쉽게 할 수 있겠지! 그 애한테 경고의 말을 해 주라고?

그게 무슨 소용이 있겠는가? 상황을 더 악화시키기나 할 뿐이지.

신더스만 이곳에 있다면. 아내라면 어떻게 해야 할지, 무슨 말을 해야 할지 잘 알 텐데.

고백하건대, 그냥 조용히 입 다물고 아무 말도 하지 않는 것이 낫지 않을까 하는 생각도 들었다. 그렇지만 잠시 후 다시 생각해 보니 침묵을 지키는 것은 그저 비겁한 짓일 뿐이었다. 주디스와 얘기를 나누다가 서로 기분이 나빠질까 봐 주춤하고 있는 것이었다. 나는 키 크고 아름다운 내 딸을 두려워하고 있었다.

나는 점점 불안해지는 마음으로 정원을 이리저리 돌아다녔다. 그러다가 발길이 닿는 대로 장미 정원까지 걸어갔고, 그곳에서 순간적으로 마음의 결심을 하게 되었다. 주디스가 혼자 자리에 앉아서 내가 그때까지 살면서 어떤 여자의 얼굴에서도 본 적이 없는 가장 불행한 표정을 짓고 있었던 것이다.

주디스의 솔직한 심정이 표정에 드러나 있었는데, 결단을 내리지 못하고 마음속으로 비참해 하고 있는 것이 틀림없었다.

나는 용기를 내어 주디스 곁으로 걸어갔다. 내가 바로 옆에 설 때까지 주디스는 내가 걸어오는 소리를 듣지 못했다.

내가 말을 걸었다.

"주디스, 제발 부탁이니, 얘야, 그렇게 상심하지 마라."

주디스가 깜짝 놀라며 나를 향해 고개를 돌렸다.

"아버지? 오시는 소리 못 들었어요."

주디스가 평소처럼 대화를 이끌어 가면 낭패를 볼 것이 뻔했으므로 나는 그 애에게 말할 기회를 주지 않으려고 계속 말을 이어 나갔다.

"아, 소중한 내 딸. 내가 아무것도 모를 거라고 생각하지는 마라. 그는 그럴 만한 가치가 없어. 자, 넌 내 말을 믿어야 해, 그는 정말 그럴 가치도 없는 작자야."

주디스는 수심이 가득한 얼굴에 놀란 표정을 지었다. 그러더니 내 쪽으로 고개를 돌리며 조용히 말했다.

"아버지가 지금 무슨 말씀을 하고 있는지 알고나 계세요?"

"물론 알다마다. 넌 그자를 좋아하지. 그렇지만 얘야, 그래서는 안 된단다."

주디스는 침울하게 미소 지었다. 그 미소를 보니 내 가슴이 찢어질 것만 같았다.

"아버지가 아시는 만큼은 저도 알고 있을 거예요."

"아니, 넌 모르고 있어. 알 리가 없지. 오, 주디스, 대체 어쩌려고 그러니? 그자는 유부남이야. 너하고의 미래는 있을 수도 없어. 오직 슬픔과 수치스러움이 남을 뿐이지. 결국 비참한 자기 혐오로 끝나게 될 거야."

주디스는 커다랗게 미소를 지었고, 그래서 더욱 슬퍼 보였다.

"말씀을 참 구구절절 잘도 하시네요, 안 그래요?"

"포기해라, 주디스. 전부 포기해."

"싫어요!"

"그는 그럴 만한 가치가 없는 자란다, 얘야."

주디스는 조용히 느릿느릿 말했다.

"제게는 세상 모든 것과 맞먹는 가치를 지닌 사람이에요."

"아냐, 그렇지 않아, 주디스. 내가 이렇게 부탁하마."

주디스의 얼굴에서 미소가 싹 가셨다. 그 애는 복수의 여신처럼 나를 돌아보며 말했다.

"아버지가 뭔데요? 아버지가 뭔데 제 일에 간섭하시는 거죠? 참을 수가 없어요. 이 문제에 대해서 다시는 한마디도 언급하지 마세요. 아버지가 미워요. 증오해요. 아버지가 상관하실 일이 아니잖아요. 이건 제 인생이에요. 제 비밀스러운 사생활이라고요!"

주디스가 자리에서 일어섰다. 그리고 한 손으로 나를 옆으로 홱 밀치고는 걸어가 버렸다. 복수의 여신처럼. 나는 그 애의 뒷모습을 바라보았다. 어쩔 줄 모른 채.

II

그렇게 15분쯤, 당황한 나는 그 자리에 멍하니 서 있었다. 앞으로 어떤 조처를 취해야 할지 아무 생각도 나지 않았다.

콜 양과 노턴이 그러고 있는 내 모습을 보았다.

나중에야 느꼈지만, 그들은 내게 매우 친절하게 대해 주었다. 그들은 내가 몹시 당황스러워 하고 있는 상태였다는 것을 분명 알아챘을 것이다. 그런데도 눈치 빠르게 그들은 내 마음 상태에 대해 한마디도 하지 않았다. 그 대신 나를 한가로운 산책에 끼워 주었다. 그들은 둘 다 자연을 사랑하는 사람들이었다. 콜 양은 내게 야생화를 보여 주었고, 노턴은 쌍안경으로 새를 보여 주었다.

그들의 대화는 온화하여 내게 위안이 되었고, 날개 달린 동물과 숲속 식물을 주로 화제로 삼아 이야기를 나누었다. 비록 내 마음은 여전히 극도로 불안정한 상태였지만, 조금씩 다시 평소의 기분으로 돌아올 수 있었다.

당시 나는 다른 사람들과 마찬가지로, 주변에서 일어나는 모든 사건이 내가 품고 있는 불안한 생각과 연결되어 있다고 확신하고 있었다.

그런데 그때, 쌍안경에 눈을 대고 있던 노턴의 목소리가 들려왔다.

"여어, 만일 저게 얼룩덜룩한 반점이 있는 딱따구리가 아니라면, 나는 절대로……."

그렇게 말을 하다가 갑자기 입을 다물었다. 그 순간 뭔가 의구심이 들었다. 나는 그의 쌍안경을 잡으려고 손을 내밀며 단호하게 말했다.

"어디 좀 봅시다."

노턴은 쌍안경을 만지작거리면서 이상스럽게도 머뭇거렸다.

"제, 제가 실수를 했어요……. 그 새는 날아가 버렸어요……. 아무튼 사실 그건 그냥 평범한 새였어요."

그는 얼굴이 창백해졌고 곤란해 하는 기색이 뚜렷했다. 그리고 우리 쪽을 쳐다보지 않으려고 했다. 매우 당황해 하고 괴로워하는 것 같았다.

지금 생각해 봐도 당시 노턴은 쌍안경을 통해 뭔가를 봤고, 내가 그걸 보지 못하게 하려고 작정한 것 같았는데, 나는 다분히 상식적인 생각으로 그런 결론을 내렸던 것이다.

노턴이 본 것이 무엇이었든지 간에 그는 정말로 기겁을 했고, 나와 콜 양은 그것을 단박에 눈치 챌 수 있었다.

그의 쌍안경은 숲 저 멀리로 방향이 맞춰져 있었다. 그곳에서 대체 무엇을 봤던 것일까?

내가 다시 단호한 어조로 말했다.

"좀 봅시다."

나는 그의 손에서 쌍안경을 빼앗아 들었다. 내 기억에 노턴은 쌍안경을 넘겨 주지 않으려고 어설프게 애를 썼고, 나는 거칠게 쌍안경을 잡아챘던 것 같다.

그가 힘없이 말했다.

"정말로 아니라니까요……. 제 말은, 그러니까 그 새는 날아가 버렸어요……. 저기로……."

나는 약간 떨리는 손으로 쌍안경을 눈에 대고 초점을 맞추었다. 그 쌍안경은 성능이 아주 탁월한 것이었다. 나는 조금 전에 노턴이 보고 있었던 지점으로 최대한 가깝게 방향을 조절했다.

그렇지만 정말 아무것도 보이지 않았다. 그저 어슴푸레한 흰색 물체(여자의 흰색 드레스였나?)가 숲으로 사라진 것 외에는 아무것도 없었다.

나는 눈에서 쌍안경을 떼고 아래쪽으로 떨구었다. 그러고는 아무 말 없이 노턴에게 그걸 건네주었다. 그는 내 눈을 마주 보려고 하지 않았다. 그저 걱정스럽고 당황한 표정을 하고 있었다.

우리는 말없이 저택으로 걸어서 돌아왔고, 내 기억으로는, 노턴은 오는 동안 줄곧 침묵을 지켰던 것 같다.

III

우리가 저택으로 돌아온 후 얼마 지나지 않아서 프랭클린 부인과 캐링턴이 돌아왔다. 캐링턴은 프랭클린 부인이 쇼핑을 좀 하고 싶어 해서 차를 몰고 타드민스터에 갔었다고 했다.

내가 보기에, 프랭클린 부인은 아주 충분히 쇼핑을 한 것 같았다. 차에서 꾸러미를 한가득 꺼내는 동안, 그녀는 활력이 넘쳤고 뺨에 홍조를 띤 채 웃고 떠들어 댔다.

그녀는 캐링턴에게 깨지기 쉬운 물건들을 들려서 올려 보냈다. 나머지 다른 짐은 내가 정중하게 받아 들었다.

그녀는 평소보다 빠른 흥분한 말투로 말했다.

"몹시 더운 날씨예요, 그렇죠? 곧 폭풍우가 몰려올 거 같아요. 이런 날씨는 곧 끝나요. 사람들이 그러는데 물이 엄청 부족하대요. 몇 년 만에 닥친 최악의 가뭄이라나요."

그녀는 콜 양을 돌아보며 말을 이었다.

"다들 여기서 뭐 하고 계셨어요? 존은 어디 있죠? 머리가 아프다며 두통 때문에 산책을 하러 나간다고 했는데요. 두통이 있다니, 전혀 그 사람답지 않아요. 내 생각에 존은 실험 때문에 걱정하고 있는 거 같아요. 실험이 제대로 되지 않거나 뭐 그런 거겠죠. 그가 좀 더 자세히 말해 주면 좋으련만."

그녀는 잠시 말을 멈추었다가 노턴에게 말했다.

"말수가 참 적네요, 노턴 씨. 무슨 문제라도 있어요? 지금 겁에 질린 것 같은 표정을 하고…… 혹시 노부인의 유령 같은 거라도 보셨나요?"

노턴이 움찔하며 말했다.

"아뇨, 아닙니다. 유령을 본 게 아니라, 저, 저는 그냥 뭘 좀 생각하고 있었어요."

바로 그때, 커티스가 푸아로를 태운 휠체어를 밀면서 현관으로 들어섰다.

그가 홀에서 걸음을 멈추고 주인을 휠체어에서 들어 계단으로 막 올라가려고 하는 참이었다.

갑자기 푸아로가 눈을 빛내며 우리를 차례로 돌아보았다.

그리고 날카로운 어조로 물었다.

"무슨 일이죠? 무슨 일 있었습니까?"

잠시 동안 아무도 그 질문에 대답을 하는 이가 없었는데, 프랭클린 부인이 조금 억지스럽게 웃음을 터뜨리며 말했다.

"아뇨, 물론 아무 일도 없었어요. 문제랄 게 뭐 있나요? 그냥…… 아마도 천둥이 칠 것 같다는 것 정도? 전, 오, 이런…… 전 지금 너무너무 피곤해요. 헤이스팅스 대위님, 이걸 좀 위로 올려다 주시겠어요. 정말 고마워요."

나는 프랭클린 부인을 따라서 계단을 올라가 건물 왼쪽으로 돌았다. 부인의 방은 그쪽 맨 끝에 위치하고 있었다.

프랭클린 부인이 방문을 열었다. 나는 팔에 짐 꾸러미를 잔뜩 들고 부인의 뒤에 서 있었다.

그런데 그녀가 문간에서 갑자기 걸음을 딱 멈추었다. 창가에서 크레이븐 양이 캐링턴의 손바닥을 들여다보고 있었던 것이다.

캐링턴이 우리 쪽을 쳐다보더니 조금 부끄러운 듯 웃어 보였다.

"여어, 지금 제 미래에 대해 듣고 있는 중이랍니다. 간호사가 손금을 아주 잘 보는데요."

그러자 프랭클린 부인이 날카롭게 쏘아붙였다.

"그래요? 전 전혀 몰랐는데요."

내 생각에 프랭클린 부인은 크레이븐 양에게 화가 난 것 같았다.

"이 물건들 좀 받아서 들어 주겠어, 간호사? 그리고 에그노그 좀 만들어 줘, 난 지금 몹시 피곤하거든. 뜨거운 물병도 부탁해. 가능한 한 빨리 잠자리에 들어야겠어."

"알겠습니다. 프랭클린 부인."

크레이븐 양이 이렇게 말하며 앞쪽으로 걸어왔다. 그녀는 프랭클린 부인에 대해 직업적인 관심만을 보일 뿐이었다.

프랭클린 부인이 말했다.

"이제 가 주세요, 빌. 너무 피곤해서요."

캐링턴은 몹시 걱정하는 얼굴빛이 되었다.

"오, 그래, 밥스. 당신한테는 너무 무리였나? 미안해. 난 아무 생각 없는 바보라니까. 당신을 무리하게 만들면 안 되는 거였는데."

프랭클린 부인은 그에게 순교자의 천사 같은 미소를 지어 보이며 말했다.

"아무 말도 하고 싶지 않아요. 성가신 존재가 되기는 싫거든요."

우리 두 남자는 겸연쩍은 기분이 되어 그녀들을 뒤로하고 방을 나왔다.

캐링턴이 스스로를 책망하며 말했다.

“저는 어쩌면 이렇게 멍청한지요. 바버라가 너무 고조되고 즐거운 듯 보여서 무리하게 만들면 안 된다는 걸 까맣게 잊고 있었지 뭡니까. 그녀가 완전히 기진맥진해 버리지는 말아야 할 텐데요.”

나는 무미건조하게 말했다.

“오, 하룻밤 푹 쉬고 나면 괜찮을 겁니다.”

캐링턴은 계단을 내려갔다. 나는 잠시 망설이다가 건물의 반대편 쪽, 즉 내 방과 푸아로의 방이 있는 쪽을 향해 발걸음을 옮겼다. 자그마한 몸집의 푸아로가 나를 기다리고 있을 것이었다. 그에게 가는 것이 처음으로 망설여졌다. 내 마음은 온갖 생각들로 가득했고 위장은 계속해서 둔탁하게 쓰려 왔다.

나는 천천히 복도를 따라 걸었다.

앨러턴의 방 안쪽에서 말소리가 들려왔다. 일부러 엿들으려고 한 것은 아니었는데, 나도 모르게 그의 방문 앞에서 잠시 발걸음을 멈췄다. 그때, 갑자기 문이 열리며 내 딸 주디스가 방 밖으로 나왔다.

주디스는 나를 보자 그 자리에 죽은 듯이 멈춰 섰다. 나는 주디스의 팔을 붙들고 거칠게 내 방 안으로 끌고 들어왔다. 나는 갑자기 몹시 화가 치밀었다.

“넌 대체 무슨 생각으로 그 작자의 방에 들어갔던 게냐?”

주디스는 꿈짝도 않고 나를 쳐다보았다. 그 애는 전혀 화가 난 기색도 아니었고, 그저 얼음장처럼 냉랭한 모습이었다. 잠시 동안 주디스는 아무 대답도 하지 않고 가만히 있었다.

나는 주디스의 팔을 잡고 흔들었다.

"분명히 말하겠는데, 이런 건 용납할 수 없어. 넌 네가 지금 무슨 짓을 하고 있는지 모르는 거로구나."

그러자 주디스는 나지막하고 쌀쌀맞은 목소리로 대꾸했다.

"아버지는 아주 지저분한 쪽으로 상상을 하시는 것 같은데요."

"그래, 너희 세대는 수치스러워서 도저히 우리 세대와 눈높이를 못 맞추겠지만 말이다, 우리에게는 적어도 기준이라는 게 있었어. 내 말뜻 분명히 알아들어라, 주디스. 앞으로 네가 저 작자와 교제하는 걸 완전히 금하겠다."

주디스는 빤히 날 쳐다보다가 조용히 입을 열었다.

"알겠어요. 결국 그런 얘기군요."

"네가 그자와 사랑에 빠졌다는 걸 부인하는 거냐?"

"아뇨."

"하지만 넌 그가 어떤 자인지 모르고 있어. 알 수도 없겠지만."

나는 앨러턴에 대해서 들었던 얘기를 일부러 직설적인 말투로 주디스에게 해 주었다.

그리고 이런 말로 마무리를 했다.

"너도 보면 알겠지만, 그는 비열하고 짐승 같은 놈이야."

주디스는 전혀 감정적으로 동요하지 않는 듯했다. 그러더니 입술 끝을 위로 올리며 조롱하는 듯한 표정으로 말했다.

“분명히 말씀드리지만, 전 한 번도 그가 성자라고 생각했던 적은 없어요.”

“그렇게 얘기를 해 줬는데도 아무 생각이 없는 거냐? 주디스, 넌 그렇게 마구 타락해서는 안 돼.”

“어떻게 말씀하시든 상관없어요.”

“주디스, 넌 지금까지 타락한 적도 없었고, 지금도 안 그렇잖니.”

그때 나는 내 심정을 도저히 말로 표현할 수가 없었다. 주디스는 팔을 흔들어 내 손에서 벗어났다.

“잘 들으세요, 아버지. 저는 제가 선택한 대로 행동해요. 그런 식으로 저한테 겁주려고 하지 마세요. 설교도 하지 마시고요. 제 인생이니까 제가 하고 싶은 대로 할 거예요. 아버지는 절 막을 수 없어요.”

그러고는 곧장 주디스는 방 밖으로 나가 버렸다.

무릎이 후들후들 떨렸다.

나는 그대로 의자에 털썩 주저앉고 말았다. 생각했던 것보다 상황이 훨씬 좋지 않았다. 내 딸은 놈에게 완전히 빠져 버린 것이었다. 내 하소연을 들어줄 사람은 아무도 없었다. 내 얘기를 들어줄 수 있는 유일한 사람인 아내는 이 세상에 없었다. 모든 것을 나 혼자 감당해야만 했다.

지금 생각해 보면, 그때가 내 생에서 가장 고통스러웠던 순간이었다.

IV

나는 이윽고 자리에서 일어났다. 세수를 하고 면도를 한 다음, 옷을 갈아입고 저녁 식사를 하러 내려갔다. 나는 아무 일도 없었다는 듯 평소처럼 행동했다. 덕분에 특별히 이상한 낌새를 눈치 챈 사람은 아무도 없었다.

주디스는 한두 번 정도 흘끗거리며 나를 묘한 눈초리로 쳐다보았다. 내가 평소와 다름없이 행동하는 것을 보고 그 애는 분명 당황했을 것이다.

그동안 나는 점차 결심을 굳혀 가고 있었다.

내게 필요한 것은 오직 용기, 오직 용기와 두뇌뿐이었다.

저녁 식사를 한 후 다들 밖으로 나와서 하늘을 올려다보며, 후텁지근한 공기에 대해 한마디씩 하고, 비, 천둥, 폭풍이 올 것 같다는 등의 얘기를 나눴다.

곁눈질로 보니, 주디스가 저택의 모퉁이를 돌아서 사라지는 것이 보였다. 곧 앨러턴이 주디스가 간 방향으로 어슬렁거리며 걸어갔다.

나는 캐링턴에게 하던 말을 마무리하고 그들의 뒤를 따라갔다.

지금 생각해 보면 그때 노턴이 나를 저지하려고 했던 것 같다. 그가 내 팔을 붙잡고, 장미 정원으로 함께 걸어가 보자고 제안했다. 하지만 나는 그의 말을 무시했다.

내가 저택의 모퉁이를 따라 돌아갈 때에도 노턴은 내 곁에 있었다.

그들은 그곳에 있었다. 주디스의 치켜든 얼굴 위로 앨러턴이 몸을 굽히는 것이 보였다. 앨러턴은 주디스를 껴안고 키스를 했다.

그리고 그들은 재빨리 서로에게서 떨어졌다. 내가 한 발짝 앞으로 내딛자, 노턴은 온 힘을 다해 나를 잡아당겨 모퉁이를 돌아 나오게 만들었다. 노턴이 말했다.

“저기요, 이러시면 안 돼요.”

나는 그의 말을 가로막으며 우격다짐하듯 말했다.

“그래도 돼. 난 그렇게 할 걸세.”

“그래 봤자 소용없어요, 대위님. 기분만 더욱 비참해질 뿐이고, 결국 할 수 있는 건 아무것도 없다구요.”

나는 입을 다물었다. 그는 그렇게 생각하는 모양이었지만 내 생각은 달랐다.

노턴이 계속해서 나를 설득했다.

“지금 얼마나 무력한 기분이고, 화가 나셨는지 이해가 갑니다. 그렇지만 결국 패배를 받아들이실 수밖에 없어요. 남자답게 인정하세요!”

나는 그의 말에 아무런 반박도 하지 않았다. 그저 그가 계속해서 말하도록 내버려 두었다. 그러다가 나는 다시 확고한 발걸음으로 저택의 모퉁이를 돌아 다시 그곳으로 걸어 들어갔다.

주디스와 앨러턴은 이미 그곳에 없었다. 하지만 나는 그들이 지금 어디쯤에 있을지 금방 알 수 있었다. 멀리 떨어지지 않은 라일락나무 숲속에 눈에 잘 띄지 않는 여름 별장이 한 채 있었다.

나는 그쪽으로 걸음을 옮겼다. 노턴은 여전히 내 뒤를 따라오고 있었던 것 같은데, 확실하게는 알 수 없었다.

그곳에 가까이 다가가자 목소리가 들려왔고, 나는 걸음을 멈추었다. 앨러턴의 목소리가 들렸다.

"그러니까, 자기, 이제 다 해결됐어. 더 이상 반대하지 마. 당신은 내일 런던으로 올라가. 나는 하루나 이틀 정도 친구네 집에 있을 거라고 하고 입스위치로 갈게. 당신은 돌아갈 수 없게 되었다고 런던에서 전보를 쳐. 그러면 내 아파트에서 우리가 멋진 저녁 식사를 할 거라는 걸 누가 알 수 있겠어? 정말 후회하지 않을 거야, 내가 약속할게."

그때 갑자기 노턴이 나를 부드럽게 잡아당기는 기척이 느껴졌고, 나는 뒤를 돌아보았다. 근심이 가득하고 불안해 하는 노턴의 얼굴을 보자 나는 웃음이 터져 나올 뻔했다. 나는 그가 나를 끌고 다시 저택 쪽으로 데려가도록 내버려 두었다. 그에게 순순히 끌려가는 척했던 건, 그 순간 내가 어떻게 해야 좋을지 판단이 서지 않았기 때문이었다.

나는 노턴에게 분명한 어조로 말했다.

"걱정 안 해도 됩니다, 친구. 다 소용 없죠. 이제 알겠어요. 자식들의 삶을 이래라저래라 할 수는 없으니까. 아주 두 손 들었습니다."

노턴은 바보처럼 안도하는 표정을 지었다.

나는 그에게 일찍 잠자리에 들어야겠다고 말했다. 그리고 두통기가 좀 느껴진다고도 말했다.

내가 앞으로 어쩔 작정인지에 대해 노턴은 조금도 미심쩍어하지 않는 눈치였다.

V

나는 복도에서 잠시 걸음을 멈추었다. 사방이 쥐 죽은 듯 조용했다. 주변에는 아무도 없었다. 침실에는 취침용으로 조명이 모두 낮춰져 있었다. 노턴의 방은 내 방과 같은 쪽에 있었고 나는 막 그가 아래층에 있는 걸 보고 올라온 참이었다. 콜 양은 브리지 게임을 하고 있었고, 커티스는 내가 알기로는 아래층에서 저녁을 먹고 있었다. 2층에는 지금 나 혼자뿐이었다.

지금도 나는 내가 오랜 세월 동안 푸아로와 함께 일한 것이 결코 헛된 일이 아니었다고 자부한다. 어떤 점을 조심해야 하는지 잘 알게 되었으니까.

앨러턴은 내일 런던에서 주디스를 만나지 못할 것이다.

그는 내일 아무 데도 갈 수 없을 테니까…….

우스울 정도로 모든 것이 너무나 간단했다.

나는 내 방으로 가서 아스피린 병을 집어 들었다. 그리고 앨러턴의 방으로 들어가 욕실 문을 열었다. 슬럼베릴 알약 병이 수납장 속에 들어 있었다. 여덟 알 정도면 목적을 달성할 수 있겠다는 생각이 들었다. 한두 알이 정량이니까, 여덟 알이면 충분할 테지. 그렇게 많은 양을 투약하지 않아도 충분히 위험한 약이라고 앨러턴이 직접 말했었다. 나는 약병에 붙어 있는 라벨을 읽어 보았다. '정해진 양이상을 복용하면 위험'이라고 씌어 있었다.

나는 미소 지었다.

나는 비단 손수건으로 손을 감싼 다음 조심스럽게 약병 마개를 돌려서 뚜껑을 열었다. 그렇게 하면 약병에 내 지문이 남지 않을 것이었다.

그 약병에서 알약을 모두 꺼냈다. 생각한 대로 그 알약은 아스피린과 완전히 크기가 똑같았다. 나는 그 약병에 아스피린 여덟 알을 넣은 다음, 먼저 들어 있던 슬럼베릴 중 여덟 알을 빼고 난 나머지를 그 병에 도로 집어넣었다. 약병은 완전히 이전 상태와 똑같아 보였다. 앨러턴은 그 차이를 눈치 채지 못할 것이다.

나는 내 방으로 돌아왔다. 내 방에는 위스키 한 병이 있었는데, 스타일스에 머무는 사람들 대부분이 갖고 있는 술이었다. 나는 잔 두 개와 탄산수 병을 꺼냈다. 나는 앨러턴이 지금까지 한잔하자는 제의를 거절한 적이 한 번도 없었다는 것을 알고 있었다. 그가 올라오면 자기 전에 같이 한잔하자고 말할 참이었다.

술을 약간 따르고 그 안에 알약을 넣어 보았다. 알약은 아주 쉽게 잘 녹았다. 혼합액을 조심스럽게 맛보았다. 약간 쓴맛이 도는 것 같았지만 거의 알아챌 수 없을 정도였다. 내게는 계획이 있었다. 앨러턴이 올라오면 먼저 술을 한 잔 따르고 있다가 그걸 그에게 건네주고, 다른 잔에 술을 따라 내 것으로 하는 것이다. 모든 상황이 편안하고 자연스럽게 전개될 것이다.

앨러턴이 내 기분을 알 리가 없었다. 주디스가 그에게 말해 주지 않은 이상은 말이다. 나는 그 점에 대해 잠시 동안 생각해 보았는데, 곧바로 안전할 거라는 확신을 갖게 되었다. 주디스는 사람들에게 아무 말이나 하는 편이 아니니까 말이다.

앨러턴은 그의 밀회 계획에 대해, 내가 의심을 품고 있을 거라고는 전혀 생각하지 못할 것이다.

이제 내가 할 일은 그저 기다리는 것뿐이었다. 앨러턴이 위층으로 올라와서 잠자리에 들기까지는 좀 오래 걸릴지도 몰랐다. 한두 시간 정도 기다려야 될지도 몰랐다. 그는 언제나 늦게 잠자리에 들었다.

나는 잠자코 내 방에 앉아서 기다렸다.

그런데 갑자기 방문을 노크하는 소리가 들렸고 나는 깜짝 놀라고 말았다. 노크한 사람은 커티스였다. 푸아로가 나를 찾고 있다는 것이었다.

나는 움찔하면서 정신이 번쩍 들었다. 푸아로! 오늘 저녁 내내 그에 대해서는 단 한 순간도 생각하지 못했다. 푸아로는 내게 무슨 일이 일어났는지 궁금했을 것이다. 나는 조금 걱정이 되었다. 가장 큰 이유는 내가 유감스럽게도 그의 곁에 있어 주지 못했다는 것 때문이었고, 두 번째 이유는 내가 그릇된 일을 계획했다는 것을 그에게 들키고 싶지 않아서였다.

나는 커티스를 따라 복도를 가로질러 푸아로의 방으로 갔다.

푸아로가 소리쳤다.

"에 비엥(그래), 자네 나를 버려둘 셈인가, 엥(응?)?"

나는 억지로 하품을 하면서 미안해 하는 듯한 미소를 지었다.

"정말 미안해요, 푸아로. 그렇지만 사실 두통으로 눈이 어지러워서 앞이 잘 안 보일 지경이에요. 천둥이라도 칠 것 같은 날씨 때문인가. 기분도 몽롱하고, 사실 좀 그래서, 당신한테 잘 자라는 인사를 하는 것도 까맣게 잊어버리고 있었어요."

내가 바랐던 대로, 푸아로는 곧 나에 대해 걱정을 하기 시작했다. 그는 내게 치료법을 일러 주며 야단법석을 떨었다. 내가 외풍이 부는데 밖에 나가 앉아 있어서 그런 거라며 나무라기도 했다.(뜨거운 여름의 한낮이었는데도 말이다!) 그는 내게 아스피린을 권했는데, 나는 조금 전에 먹었다며 거절했다. 그렇지만 그가 내미는 달짝지근하고 메스꺼운 초콜릿 차까지 거절할 수는 없었다!

푸아로가 말했다.

"자네도 알겠지만, 이걸 마시면 기운이 좀 날 걸세."

이런 저런 소리 하고 싶지 않아서 나는 그냥 초콜릿 차를 받아 마셨다. 푸아로가 나를 염려하며 애정을 담아 외치는 소리를 뒤로하고, 나는 그에게 잘 자라는 인사를 한 다음 그의 방을 나왔다.

나는 내 방으로 돌아와서 일부러 보란 듯이 방문을 소리 내어 닫았다. 잠시 후 나는 극도로 조심하며 방문을 살짝 열어 두었다. 그렇게 해 두면 앨러턴이 계단을 올라올 때 그의 발걸음 소리를 들을 수 있을 것이었다. 그런데 아직은 좀 더 기다려야 했다.

나는 의자에 앉아서 앨러턴이 올라오기만을 기다렸다. 세상을 떠난 아내에 대한 생각이 떠올랐다. 나는 작은 목소리로 문득 이렇게 중얼거렸다.

"이해해 줘, 여보, 난 그 애를 지킬 거야."

아내는 내 손에 주디스를 맡겼다. 나는 아내를 결코 실망시키지 않을 것이다.

미동도 없이 정적 속에 앉아 있자니 갑자기 신더스가 바로 내 곁에 있는 것 같은 기분이 들었다.

마치 아내가 나와 함께 그 방 안에 있는 듯했다.

나는 자리에 앉은 채 꼼짝 않고 앨러턴을 기다렸다.

제13장

I

용두사미가 되어 버린 일에 대해 아무렇지도 않은 듯 글을 쓰는 것은 자존심 상하는 일이다.

그렇지만 사실대로 말하자면, 여러분도 아시다시피, 나는 내 방에서 앨러턴을 기다리며 앉아 있다가 그대로 잠이 들어 버렸다!

그렇게 놀랄 일도 아닌 것이, 전날 밤에 나는 잠을 제대로 자지 못했고, 낮에는 하루 종일 바깥에 나가 있었다. 결심을 실행에 옮기느라 걱정하고 긴장한 탓인지 그야말로 녹초가 되어 버렸다. 무엇보다도, 가장 큰 이유는 갑갑하고 천둥이 칠 것 같은 날씨 때문이었다. 그렇지만 한편 생각해 보면, 정신을 차리려고 맹렬하게 애를 썼더라면 잠들지 않았을 수도 있었을 것이다.

어쨌든 이미 지나간 일이었다. 나는 의자에 앉은 채로 잠이 들었고, 잠이 깨었을 때는 이미 밖에서 새들이 지저귀고 해는 훤하게 떠 있었다. 야회복 차림으로 그대로 의자에서 곯아떨어져서 그런지 몸에 경련이 일고 몸이 온통 찌뿌드드했다. 입에서는 악취가 나고 머리는 쪼개질 듯이 아팠다.

얼떨떨하고 그 상황이 도저히 믿기지 않는 데다가 속까지 울렁거렸지만, 말할 수 없이 큰 안도감이 느껴졌다.

'아무리 암울한 날이라도 내일까지 살아만 있다면, 결국 그날은 지나간다.'고 말한 사람이 누구였더라? 그 말은 참으로 맞는 말이다. 맑은 정신으로 다시 생각해 보니, 지난밤 내가 너무 흥분해서 완전히 그릇된 생각을 했었다는 것을 알 수 있었다. 멜로드라마에서처럼 이성을 잃고 타인을 살해하려고 결심했던 것이다.

눈앞에 위스키 잔이 놓여 있는 것이 보였다. 나는 몸서리를 치며 자리에서 일어나 커튼을 걷어붙이고 잔에 든 내용물을 창 밖으로 쏟아 버렸다. 전날 밤에 나는 단단히 돌았던 것이 틀림없다!

면도를 하고 목욕을 한 다음 옷을 갈아입었다. 그리고 한결 기분이 좋아진 상태로 푸아로의 방으로 건너갔다. 내가 알기로는, 그는 새벽같이 일어나는 편이었다. 나는 자리에 앉아 그에게 모든 것을 털어놓았다.

그러고 나자 마음이 훨씬 편해졌다.

푸아로가 나를 물끄러미 바라보더니 천천히 고개를 가로저었다.

"하, 그런 생각을 하다니 자네도 참 어리석군. 내게 와서 죄를 고백하니 기쁘기는 하네만. 이 친구야, 왜 어젯밤에 와서 자네 마음속에 있는 생각을 내게 털어놓지 않았나?"

나는 부끄러워하며 말했다.

"당신이 나를 말릴까 봐 그랬죠."

"말리고말고. 분명 그랬을 거야. 앨러턴 소령이라는 그 역겨운 건달 놈 때문에 자네가 교수형을 당하는 꼴을 내가 보고 싶어 할 것 같나?"

"나는 잡히지 않았을 겁니다. 아주 조심했으니까요."

"모든 살인범들이 그런 식으로 생각을 하지. 자네 역시 그런 심리 상태였어! 하지만 몬 아미, 자네는 본인 생각처럼 그렇게 영리하지 못했다네."

"정말 조심했는데요. 약병에서 내 지문도 지웠고요."

"그랬지. 그런데 자네는 앨러턴의 지문도 같이 지워 버렸지 뭔가. 앨러턴이 죽은 채로 발견되면, 어떻게 되겠나? 경찰에서는 부검을 할 테고 앨러턴이 슬럼베릴 과다 복용으로 사망한 것이 밝혀지겠지. 경찰은 그가 우연히 과다 복용을 한 것인지 아니면 누군가에 의해 고의적으로 그렇게 된 것인지를 궁금해 하겠지? 티엥(그런데) 약병에는 앨러턴의 지문이 묻어 있지 않단 말이야. 대체 왜 그런 걸까? 사고였든 자살이었든 간에 앨러턴이 약병에서 자기 지문을 지울 이유가 어디 있겠나. 경찰은 남아 있는 알약을 조사할 테고, 알약 중에서 거의 절반가량이 아스피린으로 대체되어 있다는 사실을 알게 되겠지."

나는 힘없는 목소리로 중얼거리듯 말했다.

"글쎄요, 사실 누구나 아스피린을 갖고 있잖습니까."

"그래, 하지만 누구나 오래된 멜로드라마 같은 구절을 나불대면서 비열한 의도를 갖고서 자기 딸을 쫓아다니는 앨러턴 같은 작자와 얽혀 있는 건 아냐. 그리고 자네는 어제 그 문제를 가지고 자네 딸과 말다툼을 벌이지 않았나. 캐링턴과 노턴이라면 자네가 앨러턴의 일로 격분해 있었다는 증언을 할 수 있겠고. 헤이스팅스, 자네 입장은 그렇게 좋게 보이지 않을 걸세. 즉시 자네에게 관심이 쏠릴 것이고, 그러면 자네는 두려움에 떨며 후회할 테지. 실력 있는 경감이라면 곧 자네가 범인이라는 심증을 굳히게 될 걸세. 게다가 자네가 그 약병에 손을 대는 걸 본 사람이 있을 수도 있어."

"그렇지는 않을 겁니다. 주변엔 아무도 없었어요."

"그 방의 창문 밖에 발코니가 있지 않나. 누군가 거기서 들여다봤을 수도 있지. 아니면 열쇠 구멍으로 들여다본 사람이 있었는지 누가 알겠나."

"당신은 언제나 열쇠 구멍을 염두에 두고 있군요, 푸아로. 사람들은 당신이 생각하는 것처럼 열쇠 구멍이나 들여다보며 시간을 보내지는 않아요."

푸아로는 눈을 반쯤 감고는 내가 사람을 지나치게 믿는 경향이 있다고 말했다.

"자네에게 이 저택의 열쇠에 대한 재미있는 이야기를 해 주지. 충성스러운 커티스가 옆방에 있기는 해도 나는 늘 내 방문을 안쪽에서 잠근다네. 내가 이 방에 온 후 얼마 지나지 않아서, 내 방 열쇠가 사라질 수도 있어……. 감쪽같이! 그럼 나는 열쇠 하나를 또 만들어 달라고 부탁하겠지."

근심 걱정으로 여전히 마음은 무거웠지만, 나는 깊은 안도의 한숨을 내쉬며 말했다.

"글쎄요, 어쨌든, 계획은 실패로 돌아갔어요. 사람이 그런 짓까지 할 수도 있다고 생각하니 정말 섬뜩해요."

그리고 나는 음성을 낮추며 말했다.

"푸아로, 당신은 오래전에 일어났던 살인 사건 때문에 이곳의 공기가 오염되어 있다는 생각은 들지 않습니까?"

"살인 바이러스를 말하는 건가? 글쎄, 재미있는 생각이야."

나는 신중하게 말했다.

"집마다 나름대로 분위기가 있잖아요. 이 저택은 좋지 않은 내력을 갖고 있죠."

푸아로가 고개를 끄덕였다.

"그래. 이곳에 있던 사람들, 그들 중 일부는 누군가가 죽기를 간절히 바랐었지. 그건 사실이야."

"내 생각엔 그런 분위기가 이곳 사람들한테 들러붙는 것 같아요. 어쨌든 말이죠, 푸아로, 내가 어떻게 하면 좋을지 말해 줘요. 주디스와 앨러턴 문제 말입니다, 아시죠? 그들의 관계를 끊어 놓아야 해요. 난 어떡하면 좋을까요?"

푸아로가 힘주어 말했다.

"아무것도 하지 말게."

"오, 그렇지만……."

"내 말을 믿어. 자네가 간섭하지 않아야 피해를 최소한으로 줄일 수가 있네."

"만일 내가 앨러턴을 처리한다면……."

"자네가 무슨 말로 어떻게 처리를 할 수 있겠나? 주디스는 스물한 살이고 이제 다 컸어."

"내 생각엔 내가 나서서……."

푸아로가 내 말을 가로막았다.

"아니야, 헤이스팅스. 그 두 사람에게 자네 생각을 강요할 수 있을 정도로, 자네 스스로가 똑똑하고 강하고 노련하다고 착각하지 말게. 앨러턴은 화만 버럭버럭 낼 뿐 무력하기만 한 아버지를 다루는 데 능수능란한 작자이고, 아마 그런 일이 생기면 오히려 재미있는 건수 만난 듯할 걸세. 게다가 주디스는 을러대고 호통을 쳐서 말을 듣게 할 수 있는 그런 아가씨가 아니야. 굳이 충고 한마디 하자면, 자네는 다른 방법으로 대처해야 하네. 내가 자네라면 그냥 주디스를 믿겠어."

나는 그를 빤히 쳐다보았다.

푸아로가 계속해서 말을 이었다.

"주디스는 아주 훌륭한 아가씨야. 나는 자네 딸을 아주 높이 평가하고 있네."

나는 떨리는 목소리로 말했다.

"나도 그 애를 대단한 아이라고 생각하고는 있습니다. 하지만 그 애가 두렵기도 해요."

푸아로가 갑자기 기운차게 고개를 끄덕였다.

"나도 주디스가 두렵기는 마찬가지일세. 그렇지만 자네가 갖고 있는 두려움과는 다른 종류의 것이지. 나는 몹시 두렵다네. 난 힘이 없어. 거의 그렇다고 할 수 있지. 시간은 계속 흘러가고. 지금 아주 가까운 곳에 위험이 도사리고 있다네, 헤이스팅스."

II

나 또한 위험이 아주 가까이까지 닥쳐왔다는 것을 알고 있었다. 전날 밤에 엿들었던 대화 때문에 푸아로보다도 오히려 내가 더 분명하게 알았을 것이다.

그렇지만 나는 아침을 먹으러 내려가면서 푸아로가 했던 말을 곰곰이 되씹어 보았다. 그는 '내가 자네라면 그냥 주디스를 믿겠어.'라고 말했다.

그건 전혀 예상 밖의 말이었지만 내게 묘한 안도감을 주었다. 그리고 곧바로 그 말이 맞았다는 것이 입증되었다. 주디스가 그날 런던으로 가기로 한 생각을 바꾼 것이 틀림없어 보였기 때문이다.

주디스는 런던으로 가는 대신 아침을 먹자마자 평소대로 프랭클린 박사와 함께 실험실로 들어갔다. 박사와 주디스는 그곳에서 고되고 바쁜 하루를 보내게 될 것이 틀림없었다.

갑자기 너무나 감사한 마음이 물밀듯이 밀려왔다. 전날 밤 나는 완전히 정신이 나갈 정도로 자포자기했었다. 주디스가 앨러턴의 그럴듯한 제의에 넘어갔을 거라고 확신했었으니 말이다. 그렇지만 지금 생각해 보니, 앨러턴의 제안에 주디스가 동의하는 말을 듣지는 못했었다. 아니다, 주디스는 그 따위 제안을 수락하기에는 너무나 참하고 본질적으로 착한 데다 진실한 아이였다. 주디스는 앨러턴과의 밀회를 거절한 것이다.

나는 앨러턴이 아침 일찍 식사를 하고 입스위치로 떠났다는 것을 알았다. 그는 계획대로 움직이면서 주디스가 런던으로 올라올 거라고 생각할 것이다.

흠, 놈은 실망하겠지. 쌤통이다. 나는 그런 생각을 하며 아주 고소해 했다.

캐링턴이 내게 다가와 오늘 아침에 내가 너무 기분 좋아 보인다며 툴툴거렸다.

"맞아요, 아주 기분 좋은 소식을 들었거든요."

그는 자신은 너무 힘이 든다고 말했다. 건축 기사에게 작업에 어려움이 있다는 내용의 진절머리 나는 전화를 받았는데, 지역 신축 건물 검사관이 설쳐 대고 있는 통에 그렇게 됐다는 것이었다. 걱정스러운 편지도 받았다고 했다. 게다가 그는 전날 자기가 프랭클린 부인을 너무 피곤하게 만든 것은 아닌지 안절부절못했다.

프랭클린 부인은 분명 얼마간 발작적으로 건강 상태와 기분이 모두 좋아 보였는데, 지금은 그때 써 버린 기운을 벌충하고 있는 중이었다. 간호사인 크레이븐 양은 프랭클린 부인 때문에 이제는 도저히 참을 수 없는 지경이라고 했다.

크레이븐 양은 원래 그날 비번이라 나가서 친구들을 만나기로 약속했는데, 프랭클린 부인 때문에 약속을 포기해야 했고 그래서 몹시 기분이 나쁜 상태였다. 아침 일찍부터 프랭클린 부인이 탄산 암모니아수 가져와라, 뜨거운 물병 가져와라, 특별식과 음료수를 가져와라, 이런 저런 요구를 하면서 간호사가 방 밖으로 한 발짝도 못 나가게 만들고 있었다. 프랭클린 부인은 신경통과 심장 부위의 통증을 비롯해서 발과 다리에 쥐가 나고 오한이 난다는 등 일일이 열거할 수도 없는 증세들을 쏟아 냈다.

지금 여기서 밝혀 두는데, 프랭클린 부인의 증세에 대해 진심으로 불안해 하는 사람은 아무도 없었다. 우리는 모두 그녀의 말을 심기증 환자의 병증 정도로나 여겼다.

크레이븐 양과 프랭클린 박사도 마찬가지였다.

프랭클린 박사의 경우 실험실에서 불려 와서 아내의 온갖 불만을 경청한 끝에, 그 지역 의사를 불러다 주면 되겠느냐고 아내에게 한마디 했다.(프랭클린 부인은 화를 내며 남편의 제안을 거절했다.) 박사는 아내에게 진정제를 놓아 주고 최선을 다해 위로해 준 다음 일을 하러 다시 실험실로 돌아갔다.

크레이븐 양이 내게 말했다.

"박사님도 부인이 그저 꾀병을 부리고 있는 거라는 걸 알고 계시는 거죠."

"당신도 그녀의 상태가 심각하다고는 생각하지 않는 모양이죠?"

"부인의 체온은 정상이고, 맥박도 아주 좋아요. 대위님이 물으시니 드리는 말씀이지만, 그냥 호들갑일 뿐인 거죠."

크레이븐 양은 화가 나서 평소보다 경솔하게 말을 내뱉는 듯 보였다.

"프랭클린 부인은 다른 사람들이 즐겁게 있는 꼴을 못 봐요. 방해하고 싶어 하죠. 그녀는 남편이 자기 때문에 전전긍긍하게 만들고, 나한테는 온갖 뒤치다꺼리를 다 하게 하는 데다, 캐링턴 경에게도 '어제 내가 그녀를 과로하게 만든 건가.'라는 생각을 하도록 만들어 스스로를 자책하게 만들면서 즐기고 있어요. 부인은 그런 여자라고요."

오늘따라 크레이븐 양은 자기 환자를 못 참아 하는 기색을 숨김없이 드러냈다. 프랭클린 부인이 크레이븐 양에게 몹시 함부로 대하고 있는 것 같았다. 그녀는 간호사나 하인들이 본능적으로 싫어하는 그런 부류의 여자였는데, 특별히 사람들을 성가시게 해서가 아니라 그들에게 함부로 대하는 태도 때문이었다.

어쨌거나 그래서 우리들 중 아무도 프랭클린 부인이 토로하는 병증을 심각하게 생각하지 않고 있었다.

캐링턴만이 유일한 예외였는데, 그는 야단을 맞은 어린 소년처럼 애절한 표정으로 서성거렸다.

나는 그 후 그날 있었던 여러 가지 일에 대해 수없이 곱씹으며, 무시하고 지나갔던 일들, 아주 작은 사건까지도 기억해 내려고 애를 썼고, 당시 모든 사람들의 태도를 정확하게 기억해 내려고 머리를 쥐어뜯었다. 정상에서 벗어나서 흥분한 사람은 없었는지에 대해서도.

나는 모든 이들에 대해 내가 기억하고 있는 것들을 여기에 다시 한 번 정확하게 기록하고자 한다.

앞서 말했듯이 마음이 편치 않아 하던 캐링턴은 무슨 죄라도 지은 사람처럼 보였다. 그는 전날 자기가 너무 심하게 들떠서, 같이 드라이브 갔던 프랭클린 부인의 병약한 건강 상태를 미처 염두에 두지 못하고 이기적으로 굴었다고 생각하는 것 같았다. 그는 한두 번 정도 프랭클린 부인의 안부를 물으러 위층으로 올라갔는데, 기분이 그다지 좋지 않던 크레이븐 양은 그에게 딱딱거리며 쏘아붙이거나 할 뿐이었다. 캐링턴은 마을로 가서 프랭클린 부인을 위해 초콜릿 한 상자를 사오기까지 했다. 그러나 부인은 초콜릿을 도로 아래층으로 내려 보냈다. '프랭클린 부인께서 초콜릿을 못 드시겠다고 합니다.'라는 말과 함께.

캐링턴은 슬픈 표정으로 흡연실에서 초콜릿 박스를 열었다. 나와 노턴은 캐링턴과 함께 걱정스러운 표정으로 초콜릿을 집어먹었다.

지금 생각해 보면 노턴은 그날 아침 뭔가를 골똘히 생각하고 있었던 것 같다. 그는 넋이 나간 것 같기도 했는데, 어떤 문제 때문에 골머리를 앓는 듯 한두 번 정도 눈살을 찌푸리기도 했다.

평소 초콜릿을 좋아하던 노턴은 캐링턴이 사온 초콜릿을 멍한 표정을 한 채 엄청나게 먹어 치웠다.

바깥 날씨가 점차 궂어지고 있었다. 오전 10시부터 비가 쏟아지기 시작했다. 이렇게 축축한 날이라고 해서 늘 우울한 기분이 드는 건 아니었다. 오히려 이런 날씨가 우리에게는 위안이 되었다.

정오 즈음에, 커티스는 푸아로를 아래층 응접실로 옮겨 놓았다. 그곳에서 콜 양은 푸아로 곁에서 피아노를 쳐 주었다. 콜 양은 경쾌한 손짓으로 바흐와 모차르트의 곡을 연주했는데, 둘 다 내 친구 푸아로가 좋아하는 작곡가였다.

오후 12시 45분경, 프랭클린 박사와 주디스가 정원에서 집 안으로 들어왔다. 주디스는 얼굴빛이 창백한 것이 긴장을 한 것처럼 보였다. 그 애는 꿈이라도 꾸고 있는 듯 멍한 표정으로 아무 말도 안 하고 있다가 다시 밖으로 나가 버렸다. 프랭클린 박사는 우리와 함께 자리를 잡고 앉았다. 그는 피곤해 하면서 깊은 생각에 잠겨 있는 것 같은 표정을 지었는데, 몹시 초조해 하는 것 같기도 했다.

지금 기억하기로는, 그때 나는 비가 위안이 된다는 등의 말을 했던 것 같다. 그러자 프랭클린 박사가 재빨리 맞장구를 쳤다.

"맞습니다. 그럴 때가 있죠. 무언가 박차고 나와야 할 때죠."

무언가 그가 말하려는 내용이 단순히 날씨에 관한 것만은 아니라는 느낌이 들었다. 늘 그렇듯이 거북살스럽게 움직이던 박사가 테이블을 휙 밀쳤고 그 바람에 초콜릿이 절반쯤 상자 밖으로 쏟아지고 말았다. 박사는 평소처럼 놀란 기색으로 사과를 했다. 그것도 초콜릿 상자에다 대고 말이다.

"오, 죄송합니다."

그것은 분명 웃기는 장면이었지만, 웬지 우습지가 않았다. 박사가 재빨리 몸을 구부리더니 떨어진 초콜릿 조각들을 집어 들었다.

노턴이 박사에게 오전에 무리한 것 아니냐고 물었다.

바로 그 순간 박사의 얼굴에 미소가 떠올랐다가 사라졌다. 열정적이고 순진한, 활기찬 미소였다.

"아뇨, 아닙니다. 내가 잘못된 길로 가고 있었다는 것을 바로 조금 전 막 알게 됐어요. 훨씬 단순한 과정으로도 충분히 가능합니다. 이제 지름길로 갈 수 있어요."

박사는 선 자세로 앞뒤로 발을 흔들고 있었는데, 멍한 그의 눈빛에는 무언가를 결심한 듯한 표정이 어려 있었다.

"그래요, 지름길. 최상의 방법이죠."

III

오전에는 우리 모두 신경과민인 데다 멍한 기분이었는데, 오후가 되자 날씨가 뜻밖에 쾌청하게 바뀌었다. 해가 나왔고, 기온이 선선하여 상쾌한 기분이 들었다. 러트렐 부인은 다른 사람의 도움을 받아 아래층으로 내려와 베란다에 앉았다. 그녀는 평소처럼 과장된 언행이나 신랄한 말투를 사용하지 않아 훨씬 괜찮은 사람처럼 보였다. 여전히 남편인 러트렐 대령을 놀리기는 했지만 그 태도는 부드럽고 애정이 어려 있었다. 러트렐 대령 역시 아내를 바라보며 밝은 미소를 지었다. 그렇게 원만한 모습의 러트렐 부부를 보고 있자니 기분이 아주 좋아졌다.

혼자서 휠체어를 밀고 나온 푸아로도 유쾌해 보였다. 그 또한 서로에게 다정하게 대하고 있는 러트렐 부부를 보고 마음이 가벼워진 것 같았다. 러트렐 대령은 몇 년은 더 젊어진 것 같았다. 머뭇거리는 기색이 덜해졌고 콧수염을 잡아당기는 횟수도 줄었다. 대령은 심지어 그날 저녁 브리지 게임을 하자는 제안을 하기도 했다.

"데이지가 브리지 게임을 못 해서 아쉬워하고 있어요."

러트렐 부인이 남편의 말에 맞장구를 쳤다.

"정말 그렇답니다."

브리지 게임을 하면 부인이 너무 피곤하지 않겠느냐고 노턴이 물었다.

그러자 러트렐 부인이 말했다.

"나는 딱 한 판만 할 거예요."

그리고 그녀는 장난스럽게 눈을 반짝이며 덧붙였다.

"난 얌전하게 처신할 거고 불쌍한 조지를 족치지도 않을 거예요."

대령이 그녀의 말을 가로막으며 말했다.

"여보, 나도 내가 게임을 형편없이 못한다는 거 알고 있어."

그의 말에 러트렐 부인이 말했다.

"그게 뭐 어때서요? 그걸로 당신을 집적거리면서 약 올리는 게 나한테는 큰 재미잖아요?"

그녀의 말에 우리 모두 웃음을 터뜨렸다. 그녀가 말을 계속했다.

"오, 나도 내 잘못을 알고 있지만, 사는 동안에는 계속 그럴걸요.

조지는 그런 나를 잘 참아 줘야 할 거고."

러트렐 대령은 얼간이 같은 표정으로 아내를 바라보았다.

지금 생각해 보면, 그날 러트렐 부부의 사이 좋은 모습은 나중에 결혼과 이혼에 대한 토론을 할 때까지도 이어졌던 것 같다.

이혼이라는 편리한 수단으로 인해 남녀가 실제로 더 행복해질까, 아니면 일시적으로 서로 짜증이 나고 불화를 겪는 기간, 혹은 제삼자에 관한 문제로 힘든 시기가 지나고 나면, 얼마 후에는 서로에 대한 애정과 우정이 무사히 회복될까?

개인적으로 어떤 경험을 해 왔는지에 따라 사람마다 그 문제에 대해 의견을 달리하는 것을 보고 있자니 아주 묘한 기분이 들었다.

나의 결혼 생활이 대단히 행복하고 성공적이었던 데다 내가 본래 보수적인 사람이기는 하지만, 나는 이혼에 대해 찬성하는 쪽이었다. 손실을 줄이고 인생을 새로 시작한다는 의미에서. 불행한 결혼 생활을 했던 캐링턴은 결혼이란 영원한 결속이라는 의견에 찬성하는 쪽이었다. 그는 결혼이라는 제도에 대해 매우 큰 경외감을 갖고 있다고 말했다. 결혼은 국가의 근간이라는 것이었다.

개인적으로 별다른 연고나 생각을 갖고 있지 않았던 노턴은 나와 비슷한 입장이었다. 현대적이고 과학적인 사상가인 프랭클린 박사는 의외로 이혼에 대해 단호하게 반대 입장을 취했다. 그것은 명쾌한 사고방식과 행동을 이상으로 삼고 있는 박사의 생활과는 사뭇 다른 것이었다. 각자 나름대로 책임을 져야 할 일에 대해서는 평생 그 소임을 다해야 마땅하며, 결코 피하거나 제쳐 둬서는 안 된다는 것이었다. 그는 '계약은 계약이니까요.'라고 말했다. 자유 의지로 계약에 서명을 한 이상, 반드시 지켜야 한다는 것이었다. 그렇지 않으면, 혼란스러운 일이 발생하고 만다. 즉 끝맺음이 헐겁게 반쯤 풀려버린 계약이 되고 만다는 것이었다.

프랭클린 박사는 의자에 등을 기대고 앉아서 긴 다리로 테이블을 툭툭 치면서 말을 이어 갔다.

"남자는 아내를 선택하죠. 그리고 아내가 죽는 날까지, 혹은 자기 자신이 죽는 날까지 남편은 아내를 책임져야 하는 겁니다."

노턴이 다소 익살스럽게 말했다.

"그리고 가끔은 오, 축복받은 죽음이 되기도 하겠죠, 네?"

우리는 웃음을 터뜨렸다. 캐링턴이 한마디 했다.

"자네는 말할 필요 없소, 젊은이. 아직 결혼도 안 해 봤잖소."

노턴이 고개를 저었다.

"그리고 이젠 너무 늦은 거겠죠."

캐링턴이 짓궂은 표정으로 말했다.

"늦었다고? 정말 그렇게 생각하나?"

바로 그때 콜 양이 들어와 대화에 동참했다. 그녀는 프랭클린 부인과 함께 나타났다.

내가 잘못 본 것일 수도 있겠지만, 그때 캐링턴이 콜 양에게서 노턴에게로 의미 있게 시선을 돌린 탓이었는지는 몰라도, 그 순간 노턴의 얼굴이 붉어지지 않았던가?

내 머릿속에 새로운 생각이 떠올랐고, 나는 콜 양을 날카로운 시선으로 건너다보았다. 그녀는 분명 아직은 꽤 젊은 여자였다. 게다가 아주 매력적이기까지 했다. 그녀는 어떤 남자라도 행복하게 해 줄 수 있는 멋있고 인정이 넘치는 사람이었다. 게다가 최근 그녀와 노턴은 많은 시간을 함께 보내고 있었다. 야생화와 새를 찾아다니는 동안 그들은 친구가 된 것이었다. 노턴이 아주 친절한 사람이라고 그녀가 말했던 기억이 났다.

글쎄, 그렇다면 콜 양을 위해서 아주 잘된 일이었다. 메마르고 황량한 소녀 시절을 보낸 그녀의 삶에서 그와 같은 과거가 그녀의 미래의 행복을 가로막아서는 안 되니까. 그녀의 인생을 산산조각 내버린 비극적인 사건도 결코 전적으로 헛된 일은 아닐 것이다. 나는 콜 양을 바라보며, 그녀가 전보다 훨씬 행복하게 보인다는 생각을 했다. 그랬다, 내가 처음 스타일스 저택에 왔을 때보다 한결 유쾌해진 모습이었다.

엘리자베스 콜과 노턴이라, 그래, 맺어질 수도 있겠어.

갑자기 막연하지만 불안하고 걱정스러운 느낌이 내 마음속으로 몰려왔다. 그곳은 행복한 미래를 꿈꾸기에는 안전하지도, 적당하지도 않은 곳이었다. 스타일스 저택에는 불길한 기운이 감돌고 있었으니까 말이다. 나는 그때 그것을 느꼈다. 바로 그 순간에. 갑작스레 낡고 케케묵은 감정이 밀려왔다. 그랬다, 나는 두려웠다.

얼마 후 그런 느낌은 조금씩 사라졌다. 캐링턴 이외에는 아무도 내 생각을 눈치 채지 못한 것 같았다. 캐링턴은 잠시 후 목소리를 낮추고 내게 물었다.

"무슨 일 있어요, 헤이스팅스?"

"아뇨, 왜요?"

"글쎄요……. 당신 표정이 좀…… 분명히 꼬집어 말할 수는 없습니다만."

"그냥 느낌일 뿐입니다. 불안감이죠."

"불길한 예감인가요?"

"예, 그렇게 말할 수도 있고, 그런 느낌입니다. 뭔가 일어날 것만 같은 느낌."

"재미있군요. 나도 한두 번 정도 그런 느낌이 들었었습니다. 당신 생각은 어때요?"

그는 주의 깊게 내 표정을 살폈다.

나는 고개를 저었다. 그 느낌이 무엇에 대한 것인지 분명하게 말할 수가 없었기 때문이다. 아득한 우울함과 두려움이 한차례 파도처럼 밀려왔던 것 같았다.

바로 그때 주디스가 저택 밖으로 나왔다. 고개를 꼿꼿이 들고 입술을 꽉 다문 채 천천히 걸어오고 있는 그 애의 얼굴은 엄숙하고도 아름다웠다.

주디스가 나와 내 아내 중 어느 쪽도 닮지 않았다는 사실을 새삼스럽게 느끼게 해 주었다. 그 애는 마치 젊은 여사제처럼 보였다. 노턴도 그것을 느낀 모양이었다.

노턴이 주디스에게 말했다.

"당신은 마치 그 옛날 홀로페르네스의 목을 자르기 직전의 주디스* 같은 모습이군요."

주디스가 미소를 띠고 눈썹을 살짝 치켜뜨며 말했다.

"그녀가 왜 그렇게 하려고 했는지 지금은 기억이 나지를 않아요."

"오, 엄격히 말하자면 공동체를 위해서라는 숭고하고 도덕적인 이유에서였죠!"

노턴의 어조에서 풍기는 약간의 장난기가 주디스를 화나게 했다. 주디스는 얼굴을 붉히며 노턴 곁을 지나쳐서 프랭클린 박사 곁에 앉았다. 그리고 입을 열었다.

"프랭클린 부인께서 기분이 훨씬 좋아지셨어요. 오늘 저녁에 다들 올라오셔서 함께 커피를 마시자고 청했어요."

IV

저녁 식사를 마치고 사람들과 함께 위층으로 올라가면서 나는 프랭클린 부인이 기분파임에 틀림없다고 생각하게 되었다. 하루 종일 다른 사람들의 기분을 못 견딜 정도로까지 만들어 놓더니 지금은 모두에게 아주 친절하게 굴고 있지 않은가 말이다.

프랭클린 부인은 나일 강 같은 옅은 물빛의 평상복을 입고 뒤로 젖히는 긴 의자에 누워 있었다. 곁에 놓인 작은 회전 책장 테이블 위에는 커피 만드는 도구가 놓여 있었다. 그녀는 크레이븐 양의 도

* 주디스 혹은 유딧이라고 함. 구약 외경 「유딧서」에 기록된 여걸. 아시리아 군의 진지로 들어가 적장 홀로페르네스의 침소에서 그의 목을 잘라 죽였다.

움을 얼마간 받으며 하얗고 날렵한 손가락으로 커피를 만들었다. 저녁 식사 후에는 늘 방으로 물러가서 쉬는 푸아로, 아직 입스위치에서 돌아오지 않은 앨러턴, 아래층에 남아 있는 러트렐 대령 부부를 제외하고 나머지 사람들이 모두 그 방에 모여 있었다.

커피 향기가 코에 전해졌다. 좋은 냄새. 스타일스 저택의 커피는 맛도 없고 흐릿하기만 해서 우리 모두는 새로 원두를 갈아서 끓이는 프랭클린 부인의 커피 맛을 기대하며 기다렸다.

프랭클린 박사는 테이블의 맞은편에 앉아서 그의 아내에게 커피잔을 건네주고 있었다. 캐링턴은 소파의 발치 쪽에 서 있었다. 콜 양과 노턴은 창가에 자리를 잡았다. 크레이븐 양은 침대 머리 쪽 눈에 띄지 않는 곳에 물러나 쉬고 있었다. 나는 안락의자에 앉아 《타임스》의 십자말풀이를 붙들고 씨름을 하던 중에 힌트를 소리 내어 읽었다.

"한결같은 사랑(even love), 혹은 제삼자의 위험? 여덟 글자."

프랭클린 박사가 대답했다.

"철자 바꾸기 문제 같군요."

우리는 잠시 동안 생각을 굴렸다.

나는 계속해서 읽어 나갔다.

"언덕 사이의 갈라진 틈은 몰인정하다."

그 말을 듣고 캐링턴이 재빨리 말했다.

"남을 괴롭히는 사람(tormentor)."

"인용 문구, '그리고 질문을 받을 때마다 메아리는…… ○○○○

○'라고 대답한다. 테니슨*. 다섯 글자."

"어디에(where). 분명 맞을 거예요. '그리고 메아리는 어디에라고 대답한다.'일걸요?"

프랭클린 부인의 말에 나는 망설이며 힌트를 주었다.

"'w'로 끝나는 단어를 만들 수 있어야 해요."

"흠, 'w'로 끝나는 단어는 많은데요. 어떻게(how), 지금(now), 그리고 눈(snow)도 있고요."

창가에서 콜 양이 말했다.

"테니슨의 시 구절은 이거예요. '그리고 질문을 받을 때마다 메아리는 죽음(death)이라고 대답한다.'"

뒤에서 빠르고 날카롭게 숨을 들이쉬는 소리가 났다. 고개를 들어 쳐다보니, 바로 주디스였다. 주디스는 우리가 있는 곳을 지나쳐 창문 쪽으로 가더니 발코니로 나갔다.

나는 마지막 힌트를 적어 넣으면서 말했다.

"한결같은 사랑은 철자 바꾸기 문제가 될 수 없어요. 두 번째 철자가 'a'여야 하거든요."

"힌트가 뭐였죠?"

"한결같은 사랑 혹은 제삼자의 위험. a 앞에 빈칸 하나, a 뒤에 빈칸 여섯 개예요(○a○○○○○○)."

캐링턴이 말했다.

---

* 영국의 계관 시인.

"기혼자의 애인(paramour)."

그 순간 프랭클린 부인의 받침접시에서 찻숟가락이 달그락거리는 소리가 들려왔다. 나는 계속해서 다음 힌트를 소리 내어 읽었다.

"'질투는 녹색 눈을 가진 괴물이다.'라고 이 사람이 말했다."

캐링턴이 대답했다.

"셰익스피어(Shakespeare)."

그러자 프랭클린 부인이 물었다.

"그것이 오셀로(Othello)였나, 아니면 에밀리아(Emilia)였나?"

"전부 너무 긴 단어예요. 다섯 글자여야 하거든요."

"그럼 이아고(Iago)."

"내 생각엔 오셀로가 분명한데."

"『오셀로』에 나온 말은 절대 아니에요. 로미오가 줄리엣에게 했던 말이죠."

우리는 각자 의견을 내놓았다. 그때 갑자기 발코니에서 주디스가 소리쳤다.

"보세요, 유성이에요. 오, 저기 또 하나 있네."

그러자 캐링턴이 말했다.

"어디? 우리 소원 빕시다."

캐링턴은 이렇게 말하며, 콜 양과 노턴, 주디스가 있는 발코니로 나갔다. 크레이븐 양도 밖으로 나갔다. 프랭클린 박사도 자리에서 일어서서 그들이 있는 곳으로 다가갔다. 그들은 발코니에 서서 저마다 환호성을 지르며 밤하늘을 올려다보았다.

나는 여전히 십자말풀이를 들여다보며 고개를 숙인 채 자리에 앉아 있었다.

나에게 유성을 바라보고 싶어 할 이유가 있나? 빌고 싶은 소원도 없는데…….

캐링턴이 불쑥 방으로 들어왔다.

"바바라, 당신도 밖으로 나와. 나가서 봐야 해."

그러자 프랭클린 부인이 날카로운 어조로 말했다.

"아뇨, 못 하겠어요. 너무 피곤해요."

"말도 안 되는 소리야, 밥스. 나와서 소원을 빌라구!"

캐링턴이 웃음을 터뜨리며 계속해서 재촉했다.

"자, 싫다고 하지 마. 내가 데려다 줄 테니까."

그는 갑자기 등을 굽히더니 프랭클린 부인을 번쩍 들어 안았다. 그녀는 웃으며 앙탈을 부렸다.

"빌, 내려놔요. 바보처럼 굴지 말란 말이에요."

"어린 아가씨들은 밖에 나와서 소원을 빌어야지."

캐링턴은 부인을 창문으로 데려가 발코니에 내려놓았다.

나는 《타임스》 위로 더욱 몸을 구부렸다. 나는 기억하고 있었다……. 맑고 투명한 열대의 밤…… 개구리가 개굴개굴 우는 소리…… 그리고 유성. 나는 그곳 창가에 서 있었다. 그리고 몸을 돌려 신더스를 번쩍 들어 내 팔에 안고 밖으로 나가 별을 바라보며 소원을 빌었지…….

십자말풀이의 선이 흔들리며 눈앞이 흐릿해져 왔다.

발코니 쪽에서 누군가 움직이더니 방 안으로 들어왔다. 내 딸 주디스였다.

주디스에게 눈물이 글썽한 내 모습을 보이고 싶지 않았다. 절대로 안 될 일이었다. 나는 서둘러 회전 책장을 휙 돌리며 책을 찾는 척했다. 거기에서 오래된 셰익스피어 책을 봤던 기억이 떠올랐다. 그래, 여기 있군. 나는『오셀로』를 집어 들고 이리저리 뒤적였다.

"뭐 하세요, 아버지?"

나는 힌트에 대한 구절을 웅얼거리며 손가락으로 책 페이지를 넘겼다. 그래, 이아고였다.

> 예, 장군님, 질투를 경계하셔야 합니다.
> 자고로 질투란 놈은 녹색 눈을 가진 괴물이죠.
> 사람의 마음을 먹이로 해서 진탕 즐기는 놈입니다.

주디스가 계속해서 다른 구절을 읽었다.

> 양귀비도 만다라케도
> 이 세상의 그 어떤 마법의 약을 들이켠다 해도
> 어제까지의 달콤한 잠은 두 번 다시 그대들의 것이 되지 못하리.

주디스의 아름답고 그윽한 목소리가 울려 퍼졌다.

다른 이들이 웃고 떠들며 방으로 들어왔다. 프랭클린 부인은 다시

긴 의자로 돌아와 앉았다. 프랭클린 박사도 자기 자리로 돌아와 앉아서 커피를 저었다. 노턴과 콜 양은 커피를 다 마신 다음, 러트렐 부부와 브리지 게임을 하기로 약속했다며 양해를 구하고 자리를 떴다.

프랭클린 부인은 커피를 마시고 나서 자기가 마시는 '물약'을 가져다 달라고 했다. 크레이븐 양이 방금 전에 방에서 나갔기 때문에 주디스가 욕실에서 그 물약을 가져다 부인에게 주었다.

방 안을 이리저리 돌아다니던 프랭클린 박사는 작은 테이블에 그만 발부리가 걸려 비틀거렸다. 그의 아내가 날카롭게 말했다.

"덤벙거리지 좀 마요, 존."

"미안해, 바버라. 뭘 좀 생각하느라고."

프랭클린 부인은 다소 꾸민 듯한 말투로 말했다.

"덩치 큰 곰 같다니까요, 안 그래요, 여보?"

박사는 그녀를 멍한 표정으로 바라보았다.

"멋진 밤이야. 산책 좀 해야겠어."

그러고는 밖으로 나갔다.

그러자 프랭클린 부인이 말했다.

"잘 아시겠지만, 저 사람은 천재예요. 태도만 봐도 알 수 있죠. 나는 남편을 아주 존경해요. 일에 관한 한 열정이 넘치는 사람이죠."

캐링턴은 거의 마지못해 맞장구를 쳤다.

"그래, 맞아, 똑똑한 친구지."

주디스는 급하게 방에서 나가려다 문간에서 크레이븐 양과 부딪칠 뻔했다.

캐링턴이 말했다.

"피켓 게임* 한판 할까, 밥스?"

"오, 좋죠. 카드 좀 갖다 주겠어, 간호사?"

크레이븐 양은 카드를 가지러 갔고, 나는 프랭클린 부인에게 잘 자라고 인사한 다음 커피 잘 마셨다고 고마움을 표했다.

방 밖으로 나와서 걷다 보니 프랭클린 박사와 주디스가 보였다. 그들은 복도에서 창 밖을 내다보며 서 있었다. 그들은 아무 말도 하지 않았다. 그저 나란히 서 있을 뿐.

내가 가까이 다가가자 박사가 어깨 너머로 건너다보았다. 그는 한두 걸음 정도 발걸음을 옮기더니 망설이듯 말했다.

"나가서 산책 좀 할까, 주디스?"

주디스는 고개를 저었다.

"오늘 밤은 그러고 싶지 않아요."

그리고 그 애는 생각난 듯이 이렇게 덧붙였다.

"좀 자러 가야겠어요. 안녕히 주무세요."

나는 프랭클린 박사와 함께 아래층으로 내려왔다. 그는 나지막하게 휘파람을 불며 미소를 지었다.

기분이 별로였던 탓에 나는 박사에게 다소 뿌루퉁하게 말을 건넸다.

"오늘 밤 기분이 좋아 보이는군요."

---

* 둘이서 하는 카드 놀이.

그는 내 말에 수긍하며 대답했다.

"예. 오랫동안 작정했던 일을 해냈거든요. 그래서 아주 만족스럽습니다."

아래층에서 그와 헤어진 나는 브리지 게임판을 잠시 들여다보았다. 러트렐 부인이 보지 않는 틈에 노턴은 내게 눈을 찡긋해 보였다. 게임은 보기 드물게 매끄럽게 진행되고 있는 듯했다.

앨러턴은 아직 돌아오지 않고 있었다. 그 작자가 없으니 이 집 분위기가 좀 더 밝아져서 무언가 짓누르는 듯한 느낌도 덜한 것 같았다.

나는 푸아로의 방으로 올라갔다. 푸아로의 곁에 주디스가 앉아 있는 모습이 보였다. 주디스는 내가 방에 들어서자 미소를 지어 보였을 뿐 아무 말도 하지 않았다.

푸아로는 대놓고 기분 나쁘게 말했다.

"주디스는 이제 자네를 용서하기로 했다네, 몬 아미."

내가 퉁명스럽게 내뱉었다.

"사실, 난 거의 그렇지 않을 거라고 생각합니다만……."

주디스가 자리에서 일어섰다. 그리고 내 목에 팔을 두르고 키스를 하며 말했다.

"가엾은 아버지. 에르퀼 아저씨가 아버지의 위엄을 훼손하려고 그렇게 말씀하신 게 아니에요. 저도 용서를 받아야 하는걸요. 제 잘못을 용서해 주시고 잘 자라고 말씀해 주세요."

나는 어찌 된 영문인지 알 수가 없었다.

"미안하다, 주디스. 정말 미안하구나. 내가 그럴 의도가 아니었는데……."

주디스가 내 말을 가로막았다.

"괜찮아요. 우리 이제 그 일에 대해서는 잊어버려요. 이제 다 괜찮아요."

주디스는 나를 향해 아름답고 꿈꾸는 듯한 미소를 지어 보였다.

"이제 다 괜찮아요……."

그러고는 아무 말 없이 방에서 나갔다.

주디스가 나가자 푸아로가 나를 쳐다보며 물었다.

"그래, 오늘 밤 무슨 일이 벌어졌던 겐가?"

나는 두 손을 펴 보이며 대답했다.

"아직 아무 일도 일어나지 않았거나 아니면 뭔가 일어날 수도 있겠죠."

실제로 내 말은 완전히 틀린 것이었다. 바로 그날 밤 사건이 발생했기 때문이다. 프랭클린 부인의 몸 상태가 극도로 나빠졌던 것이다. 의사가 둘씩이나 불려 왔으나 아무 소용이 없었다. 그녀는 다음 날 아침 숨을 거두고 말았다.

그리고 24시간이 지난 후 우리는 프랭클린 부인이 피소스티그민 중독으로 사망했다는 것을 알게 되었다.

제14장

I

이틀 후 사건 심리가 열렸다. 내가 이쪽 분야에서 일을 하면서 심리에 참여한 것은 이번이 두 번째였다.

검시관은 날카로운 눈빛으로 무뚝뚝한 말투를 구사하는 유능한 중년 남자였다.

먼저 의사의 증언이 있었다. 의사는 프랭클린 부인의 사망이 피소스티그민 중독으로 인한 것이며 시신에서 칼라바르 콩에 함유된 알칼로이드 성분이 검출되었다고 증언했다. 사망하기 전날 저녁 7시에서 자정 사이에 그 독을 마셨다는 이야기였다. 경찰공의와 그 일행은 보다 상세한 증언을 하는 것을 거부했다.

다음 증인은 프랭클린 박사였다. 그는 전체적으로 좋은 인상을 남겼다. 그의 증언은 분명하고 간결했다. 아내가 사망한 후 프랭클린 박사는 실험실에 있는 실험 용액을 점검했다. 그리고 지금까지 실험을 진행하면서 사용했던 칼라바르 콩의 알칼로이드 성분으로 만든 강한 용액이 담겨 있어야 할 병에 맹물이 들어 있고 원래 들어 있던 성분은 흔적만 남아 있다는 사실을 알아냈다. 박사는 요 며칠 동안 그 병에 담겨 있는 특정 약품을 사용하지 않고 있었기 때문에 누군가 이처럼 병에 맹물을 대신 담아 놓은 것이 정확히 언제였는지 확실하게 말할 수 없었다.

그 다음으로 실험실에 어떻게 접근했느냐가 조사 대상이 되었다. 프랭클린 박사는 실험실 문은 늘 자물쇠로 잠겨 있는 상태이고, 항상 자기 주머니에 열쇠를 넣어 둔다는 점을 인정했다. 박사의 조수인 헤이스팅스 양도 복사한 열쇠를 갖고 있었다. 누구든지 실험실에 들어가려면 헤이스팅스 양이나 프랭클린 박사에게 열쇠를 받아 가야만 했다. 프랭클린 부인은 실험실에 자기 소지품을 놔두고 나올 경우 가끔 그 열쇠를 빌려 가곤 했다. 박사 자신이 저택 내부 혹은 아내의 방으로 피소스티그민 용액을 들여간 일은 단 한번도 없었으며, 또한 그는 아내가 우연으로라도 그 용액을 손에 넣었을 가능성은 없을 것으로 보았다.

검시관이 계속해서 깊이 파고들자, 박사는 아내가 한동안 기분이 우울하고 신경질적인 상태였다고 증언했다. 박사의 아내는 뚜렷한 병을 앓고 있지는 않았다. 그녀는 우울증 증세가 있었고 감정 기복이 심한 편이었다.

프랭클린 박사는 최근 아내가 쾌활하게 지냈기 때문에 건강과 기분이 한결 나아진 것으로 생각했다고 말했다. 부부 싸움은 없었고 오히려 원만하게 잘 지냈다. 사망하기 전날 저녁에도 아내는 기분이 아주 좋아 보였고 우울해 하는 기색은 없었다고 말했다.

프랭클린 박사는 아내가 가끔씩 그만 죽고 싶다는 말을 하기는 했어도 그 말을 심각하게 생각해 본 적은 없다고 증언했다. 그 부분에 대해서 명확한 답변을 해 줄 것을 요구받자, 박사는 자신이 생각하기에 아내는 자살을 할 부류는 아니었다고 대답했다. 그것은 그의 개인적인 의견이기도 하고 의사로서의 소견이기도 했다.

그리고 간호사 크레이븐 양의 증언이 이어졌다. 그녀는 깔끔하게 손질한 유니폼을 입고 있어서 그런지 똑똑하고 야무진 인상을 주었으며, 분명하고 전문직 종사자 같은 어조로 답변했다. 크레이븐 양은 두 달 넘게 프랭클린 부인을 돌보고 있었다. 프랭클린 부인은 심각한 우울증에 시달리고 있었다. 다른 증인들도 프랭클린 부인이 '죽고 싶다.', '나는 쓸모없는 인간이다.', '나는 남편 목에 매달린 맷돌 같은 존재다.'라고 하는 말을 최소한 세 번 정도는 들었다고 증언했다.

"프랭클린 부인이 왜 그런 말을 했을까요? 부부 싸움을 하지는 않았나요?"

"오, 부부 싸움은 없었습니다만, 부인께서는 남편이 최근에 해외 근무 제안을 받은 적이 있다는 것을 알고 있었습니다. 프랭클린 박사님은 아내와 떨어져 있고 싶지 않았기 때문에 그 제안을 거절하셨죠."

"부인은 가끔 그 사실로 인해 감정적으로 우울해 했습니까?"

"예. 프랭클린 부인은 본인의 건강이 좋지 못한 것을 탓하며 속을 태웠습니다."

"프랭클린 박사도 그 점에 대해 알고 있었습니까?"

"부인께서 남편에게 그런 말을 자주 했을 것 같지는 않습니다."

"그렇지만 프랭클린 부인은 발작적으로 우울증 증세를 보이지 않았습니까?"

"오, 물론 그렇고말고요."

"그녀가 자살에 대해 구체적으로 언급한 적이 있었습니까?"

"'죽고 싶어요.'라는 말을 늘 입에 달고 살았습니다."

"구체적으로 자살 방법을 거론한 적은 없었다는 말인가요?"

"예, 그런 적은 없었습니다. 그저 막연하게 하는 소리였죠."

"최근에 부인을 특히 우울하게 만든 일이 있었습니까?"

"아뇨. 오히려 상당히 기분이 좋은 편이었습니다."

"사망하던 날 밤 부인의 기분이 매우 좋았다고 한 프랭클린 박사의 증언에 동의하십니까?"

크레이븐 양은 머뭇거리며 대답했다.

"글쎄요. 부인은 흥분한 상태였어요. 낮 동안에는 기분이 별로였는데, 몸이 아프고 현기증이 난다고 투덜거렸죠. 그러다가 저녁에는 상태가 많이 좋아진 것 같았지만, 기분 좋아하는 모습이 약간 부자연스럽게 느껴졌습니다. 다소 들뜬 것 같아 보였는데 왠지 일부러 꾸민 듯한 태도였습니다."

"독이 들어 있는 병 같은 것을 보았습니까?"

"아뇨."

"프랭클린 부인은 어떤 음식을 먹고 어떤 음료를 마셨습니까?"

"수프와 커틀릿, 으깬 감자에 완두콩을 섞은 요리, 체리 타르트를 먹었습니다. 그리고 부르고뉴 포도주 한 잔을 곁들였습니다."

"부르고뉴 포도주는 어디에서 가져온 것입니까?"

"부인의 방에 포도주 병이 하나 놓여 있었습니다. 나중에 보니 내용물이 좀 남아 있었는데, 내용물을 검사한 결과 아무 이상이 없었던 것으로 알고 있습니다."

"증인이 못 보는 사이에 부인이 본인의 잔에 독약을 넣었을 가능성이 있다고 생각합니까?"

"아, 예, 그건 쉬운 일이죠. 저는 방을 치우고 정리하느라 방 안을 이리저리 돌아다니고 있었으니까요. 부인만을 주시하고 있지는 않았습니다. 부인은 작은 송달함을 곁에 두고 있었고 핸드백도 있었습니다. 부인은 부르고뉴 포도주에 무언가를 넣었을 수도 있고, 아니면 나중에 마신 커피에 넣었을 수도 있겠고, 혹은 자기 전에 마지막으로 마시는 뜨거운 우유에 넣었을 수도 있었을 겁니다."

"만일 그렇다면 부인이 독약이 든 병이나 그릇을 어떻게 처리했을 거라고 생각하십니까?"

크레이븐 양은 잠시 생각에 잠겼다가 답변했다.

"글쎄요, 나중에 창 밖으로 내던졌을 수도 있겠죠. 아니면 휴지통에 넣었을 수도 있고, 욕실에서 그 병을 깨끗이 씻은 다음 약품장에 도로 넣어 놓았을 가능성도 있습니다. 약품장에는 빈 병이 여러 개 놓여 있습니다. 여러모로 편리하게 쓸 수 있기 때문에 저는 빈병을 그곳에 보관해 둡니다."

"마지막으로 프랭클린 부인을 본 것이 언제입니까?"

"10시 30분경이었어요. 저는 부인의 잠자리를 봐 드렸습니다. 부인은 뜨거운 우유를 마셨고, 제게 아스피린 한 알을 달라고 말했습니다."

"그 후 부인의 상태는 어땠습니까?"

이 질문에 증인으로 나온 크레이븐 양은 잠시 생각에 잠겼다.

"흠, 사실, 평소와 다름이 없었어요. 아니, 약간 흥분했던 것 같습니다."

"우울했던 게 아니고요?"

"예, 그렇지는 않았고요, 말하자면 다소 흥분한 상태였습니다. 그렇지만 만일 지금 검시관께서 자살을 염두에 둔 것이라면, 부인께서는 그런 식으로 자살을 했을지도 모른다는 생각이 듭니다. 자살을 하더라도 우아하고 고상하게 하고 싶었을 테니까요."

"프랭클린 부인이 자살을 저지를 만한 부류의 사람이라고 생각합니까?"

잠시 침묵이 흘렀다. 크레이븐 양은 어떻게 대답해야 할지 갈피를 잡으려고 애쓰고 있는 것 같았다. 그리고 마침내 입을 열었다.

"글쎄요. 그렇게 생각이 되기도 하고 아니기도 합니다. 저는, 그래요, 전반적으로 말해서 그녀가 그런 부류라는 생각이 듭니다. 부인은 정서적으로 매우 불안정한 사람이었습니다."

그 다음 윌리엄 보이드 캐링턴 경이 증인으로 나왔다. 그는 매우 혼란스러워 보였지만, 명확하게 증언을 했다.

캐링턴은 고인이 사망하기 전날 밤에 고인과 피켓 게임을 했다. 그는 그날 프랭클린 부인에게서 우울해 하는 기색은 전혀 찾아볼 수 없었지만 그로부터 며칠 전 이야기를 나눌 때 그녀가 자살에 대한 언급한 적이 있다고 증언했다. 프랭클린 부인은 대단히 이타적인 여인으로서, 남편의 일에 자신이 방해가 되고 있다는 생각에 괴로워했다. 그녀는 남편을 몹시 사랑하고 남편에게 열정을 다하는 여인이었다. 그렇지만 그녀는 때로 자신의 건강 때문에 아주 우울해 하기도 했다는 것이다.

다음 증인으로 나온 주디스는 그다지 많은 이야기를 하지는 않았다.

주디스는 실험실에서 어떻게 피소스티그민이 유출되었는지에 대해서는 아는 것이 없다고 말했다. 비극적인 일이 일어났던 그날 밤에도 프랭클린 부인은 얼마간 흥분한 것 같기는 했어도 평소와 크게 다른 점은 없어 보였다고 했다. 그리고 주디스는 프랭클린 부인이 자살에 대해 이야기하는 것을 들은 적이 없다고 말했다.

마지막 증인은 에르퀼 푸아로였다. 그의 증언은 대단히 중요한 것으로 여겨졌고 심리에 상당한 영향을 미쳤다. 그는 프랭클린 부인이 사망하기 전날 낮에 그녀와 나누었던 대화 내용을 상세하게 증언했다. 부인은 매우 우울해 했으며 이런 모든 상황에서 벗어나고 싶다는 말을 여러 차례 반복했다고 했다. 그녀는 본인의 건강 상태에 대해서 걱정을 하고 있었고 인생이 별로 살아갈 가치가 없다고 느껴질 때마다 발작적으로 매우 우울해진다고 그에게 속내를 털어놓았다고 했다. 그녀는 잠이 든 후 깨어나지 않으면 얼마나 좋을까 하는 생각도 가끔 한다고 했다.

그리고 그 다음에 이어진 푸아로의 대답은 훨씬 큰 파장을 불러일으켰다.

"6월 10일 아침, 증인은 실험실 문밖에 앉아 있었죠?"

"예."

"프랭클린 부인이 실험실 밖으로 나오는 것을 보았습니까?"

"예."

"그녀가 손에 뭔가를 들고 있었습니까?"

"부인은 오른손에 작은 병을 꼭 쥐고 있었습니다."

"그것을 분명히 보았습니까?"

"예."

"부인은 증인을 보고 당황해 하는 기색을 보였습니까?"

"움찔하며 놀라는 것 같았고, 그게 다입니다."

검시관은 요약 진술을 하기 시작했다. 먼저 검시 팀은 고인의 사망 경위에 대해 분명히 알게 되었다. 사망 원인을 밝히는 것도 어렵지 않았으며 그것은 의학적 증거로도 뒷받침이 되었다. 고인은 피소스티그민 황산염 중독으로 사망했다. 이제 결정해야 할 것은, 프랭클린 부인이 그 약물을 우연히 취득했느냐 아니면 고의적으로 취득했느냐, 혹은 누군가 다른 사람이 부인에게 그 약물을 투약했느냐 하는 점이었다. 고인은 발작적인 우울증 증세를 보였고 건강 상태가 좋지 않았으며, 신체적으로 병을 앓고 있었던 것은 아니지만 신경이 지독히도 예민한 편이었다는 증언도 있었다. 이름만으로도 대단히 영향력이 있는 증인인 에르퀼 푸아로 씨가 프랭클린 부인이 손에 작은 병을 들고 실험실 문을 나서는 것을 분명히 보았고 그녀가 그를 보고 움찔하는 기색을 보였다고 증언했다. 검시 팀은 프랭클린 부인이 자살을 하려는 의도로 실험실에서 독약을 빼냈다는 결론을 내릴 수 있었다. 고인은 본인이 남편의 앞길을 막고 있으며 남편의 경력에 방해가 되고 있다고 생각했고, 그런 식의 강박 관념으로 괴로워했던 것 같았다. 프랭클린 박사는 자상하고 상냥한 남편이었던 것 같고, 아내의 연약함에 대해 화를 낸 적도 없으며, 아내가 자신의 일에 방해가 된다고 여긴 적도 없음이 분명했다. 부인 혼자서 그렇게 생각했을 뿐이었다. 신경과민 상태의 여자들은 끊임없이 그런 생각을 한다. 언제 어떤 용기에 그 독약을 담았는지를 밝혀 줄 증거는 없었다. 독약을 담았던 병이 발견되지 않은 것은 얼마간 이례적인 일인 듯하지만, 간호사인 크레이븐 양이 증언한 대로 프랭클린 부인이 그 병을 씻어서 그 병이 원래 놓여 있던 욕실의 약품장에 넣어 두었을 수도 있었다. 이제 배심원이 결정을 내릴 차례이다.

잠시 후 배심원단은 재판장에게 평결을 제출했다.

배심원들은 프랭클린 부인이 일시적인 정신 이상으로 자살을 한 것으로 보았다.

II

30분 쯤 지난 후 나는 푸아로의 방으로 갔다. 그는 완전히 기진맥진해 있는 것 같았다. 커티스는 푸아로를 침대에 누이고 흥분제를 사용해 기운을 북돋워 주려 하고 있었다.

나는 말이 하고 싶어서 입이 근질거렸지만 하인이 일을 마치고 방을 나갈 때까지 꾹 참아야 했다.

커티스가 방을 나서자마자 나는 질문을 쏟아 붓기 시작했다.

"당신이 말한 게 사실인가요, 푸아로? 프랭클린 부인이 실험실에서 나올 때 손에 병을 들고 있는 걸 봤다는 게 정말이에요?"

푸아로의 푸르스름한 입술에 옅은 미소가 스쳤다. 그가 중얼거리듯 말했다.

"자네는 그걸 보지 못했나, 친구?"

"아뇨, 난 못 봤어요."

"그저 자네가 눈여겨보지 않았던 게지, 엥(응)?"

"흠, 그랬을지도 모르죠. 부인이 손에 병을 쥐고 있지 않았다고 확실하게 말하지는 못하겠어요."

나는 의심스러운 눈초리로 푸아로를 바라보며 물었다.

"내가 묻고 싶은 건 이겁니다. 당신은 진실을 이야기하고 있는 겁니까?"

"자네는 내가 거짓말을 하고 있다고 생각하나, 친구?"

"그럴지도 모른다는 생각이 들어요."

"헤이스팅스, 자네는 나를 정말이지 놀라게 만드는구먼. 자네의 단순한 믿음은 어디로 가 버렸나?"

나는 마지못해 그의 말에 수긍했다.

"글쎄요. 당신이 정말로 위증을 했으리라고 보지는 않아요."

푸아로는 온화하게 말했다.

"그건 위증이라고 할 수 없네. 법정에서 선서를 하고 말한 것이 아니니까."

"그렇다면 거짓말이었다는 거군요?"

푸아로가 반사적으로 손을 저었다.

"내가 말한 그대로일세, 몬 아미. 그 부분에 대해서는 논쟁할 필요가 없어."

나는 고함을 질렀다.

"도대체 당신을 이해할 수가 없어요."

"무엇이 이해가 안 된다는 말인가?"

"프랭클린 부인의 우울증에 대한 당신의 증언 말입니다. 그녀가 자살에 대해 언급했다는 이야기요."

"엉팽(결국) 자네도 그녀가 스스로에 대해 그렇게 말하는 것을 들었잖은가."

"그래요. 그렇지만 부인의 우울한 기분은 그녀의 여러 가지 감정 상태 중 하나일 뿐이잖습니까. 당신은 그 부분을 명확하게 증언하지 않았어요."

"아마 내가 그저 그러고 싶지 않아서였겠지."

나는 그를 빤히 건너다보았다.

"배심원 평결이 자살 쪽으로 나기를 원했던 거군요?"

푸아로는 입을 떼기 전에 잠시 침묵했다. 그러고는 대답했다.

"헤이스팅스, 자네는 사태의 심각성을 깨닫지 못하고 있는 것 같군. 그래, 자네가 원한다면, 내가 배심원들이 자살로 평결을 내리는 쪽을 원했다고 치세."

"그렇지만 당신도 프랭클린 부인이 자살하지 않았다고 생각하고 있잖습니까?"

그러자 푸아로가 천천히 고개를 저었다.

나는 계속 말을 이어 나갔다.

"당신은 그녀가 살해되었다고 생각하고 있군요?"

"그렇다네, 헤이스팅스, 그녀는 살해당한 걸세."

"그렇다면 왜 그 부분에서 입을 봉해 버리고, 그 일을 자살로 몰아가도록 만든 겁니까? 그것으로 수사는 종결되고 마는데요."

"바로 그거라네."

"그렇게 되기를 원한 거라고요?"

"그래."

"그렇지만 왜요?"

"정말 모르겠나? 마음에 두지 말게……. 그 문제는 더 파고들지 말기로 하세. 그 사건이 살인 사건이었다는 것…… 고의적이고 계획된 살인이었다는 내 말을 있는 그대로 받아들이게나. 자네에게 말한 적 있지, 헤이스팅스. 이곳에서 범죄가 일어날 테지만, 우리는 그것을 막지 못할 거라고 했었지……. 살인범은 냉혹하고 단호한 자이니까."

그의 말에 나는 전율했다.

"그럼 앞으로 무슨 일이 일어날까요?"

푸아로가 미소를 지었다.

"그 사건은 이제 해결되었네. 자살로 판정이 나고 사건은 종결되었지. 하지만, 헤이스팅스, 자네와 나는 두더지처럼 몰래 조사를 계속해 나갈 걸세. 그리고 이르든지 늦든지 간에 X를 잡게 될 거고."

내가 물었다.

"그렇지만 그동안 다른 누군가가 또 살해당하면요?"

그는 고개를 저었다.

"그렇지는 않을 거야. 만일 누군가가 뭔가를 보았고 무언가에 대해 알고 있는 게 아니라면 말일세. 그렇지만 만일 그랬다면, 분명 심리 때 증언을 하려고 나섰을 테지."

제15장

I

프랭클린 부인 사건에 관한 심리가 있은 직후 며칠 동안에 일어났던 일에 대해서는 명확하게 기억 나지 않는다. 물론 장례식이 진행되었고, 호기심에 가득 찬 스타일스 세인트메리 사람들이 많이 몰려들었다. 냉기가 도는 눈동자에 불쾌하고 병적인 태도를 가진 한 노파가 내게 말을 걸었던 것도 바로 그 장례식에서였다.

사람들과 함께 줄지어 묘지에서 걸어 나오고 있는데, 그 노파가 내게 말을 걸어 왔다.

"나, 기억 나시우, 선생?"

"흠…… 글쎄요, 혹시……."

노파는 내 말은 들은 척도 않고 얘기를 이어 나갔다.

"20년도 더 된 일이라우. 노부인이 그 저택에서 숨을 거뒀다우. 스타일스에서 일어난 첫 번째 살인 사건이었지. 그건 마지막이 아니었수. 우리 모두, 늙은 잉글소프 부인이 남편에게 살해당한 거라고 말했었다우. 우리는 확실히 그렇다고 믿었다우."

그리고 노파는 간사한 눈빛으로 나를 곁눈질하며 짧게 말했다.

"이번에도 아마 남편이 범인일거유."

나는 날카롭게 되물었다.

"무슨 뜻이죠? 자살로 평결이 났다는 얘기를 듣지 못하셨습니까?"

"검시관 말이 그렇다는 거지. 하지만 검시관이 틀렸을지도 모르잖수, 그렇게 생각 안 하우?"

노파가 팔꿈치로 나를 슬쩍 찌르며 물었다.

"의사들은 대개 마누라를 처치하는 방법을 알고 있는 법이라우. 이번에 죽은 여자도 남편에게 그다지 잘해 주지는 않은 것 같던데."

내가 화난 얼굴로 돌아보자 그제야 노파는 별 뜻은 없었다는 둥, 그저 좀 이상해 보였다는 둥, 두 번째로 그런 일이 일어난 것이 이상하다는 둥의 말을 중얼거리며 슬그머니 물러났다.

"게다가 이제 보니, 댁이 두 번 다 거기에 있었다는 것도 이상하지 않수?"

기묘하게도 그 순간 노파가 나를 두 번의 살인 사건에 대한 범인으로 의심하고 있지 않나 하는 생각이 들었다. 온통 혼란스러웠다. 지방 사람들의 의심이라는 것은 참으로 거북살스럽게도 좀처럼 사라지지 않는 것임에 분명했다.

게다가 그 의심이라는 것도 틀리다고 할 수만은 없었다. 누군가 프랭클린 부인을 살해했으니 말이다.

여기서 밝혀 두건대, 당시 정황에 대해서는 분명하게 기억 나지 않는다. 먼저 내게는 푸아로의 건강 상태가 무엇보다도 큰 걱정거리였다. 커티스는 평소와 다름없이 그 얼빠진 얼굴에 걱정스러운 빛을 띠고 내게 와서 푸아로가 심상치 않은 심장 발작을 일으켰다고 말했다.

"제가 보기에는 말입니다, 선생님, 주인님께서 의사의 진찰을 받으셔야 할 것 같습니다요."

나는 서둘러 푸아로에게 갔다. 그러나 푸아로는 의사를 만나 보라는 내 제안을 완강히 거절했다. 내가 알고 있기로는 푸아로는 늘 자신의 건강에 대해 심하게 요란을 떠는 편이었다. 그는 외풍에 대해서도 유난히 까탈스럽게 굴면서 울실크 목도리로 목을 둘둘 감았고, 발이 축축해지는 것도 질색했으며, 체온을 재어 보고 오한이라도 올라 치면 즉시 침대에 누워 쉬는 사람이었다. '안 그러면 플뤽시옹 드 푸와트린(폐렴)에 걸릴 수도 있으니까!'라고 하면서 말이다. 나는 푸아로가 가벼운 증세에 대해서도 항상 곧바로 의사의 진찰을 받아 온 것으로 알고 있었다.

그런데 실제로 몸 상태가 좋지 않은 지금에 와서 그는 오히려 정반대로 행동하고 있는 것이었다.

하지만 바로 그 점이 그가 그렇게 행동하는 진짜 이유일 수도 있었다. 지금까지 나타난 여러 가지 증세는 하찮은 것이었다. 그런데 정말로 환자가 된 지금은 오히려 자신의 병을 인정하는 것을 두려워하고 있는 것이었다. 두렵기 때문에 병세를 오히려 우습게 보려는 태도일 것이었다.

푸아로는 내 항변에 활기차면서도 어딘가 모르게 씁쓸한 느낌이 담긴 목소리로 대답했다.

"아, 하지만 난 이미 여러 의사에게 진찰을 받아 보았네. 한 명도 아니고 여러 명에게 말일세! 블랭크와 대시에게도 가 보았는데(그는 전문의 두 명의 이름을 들먹였다.) 그들이 무슨 짓을 했는지 아나? 그들은 나를 이집트로 보냈고 내 증세는 곧 악화되어 버렸다네. 나는 R에게도 찾아갔었지."

R이라면, 나도 알고 있는 심장 전문의였다.

"그 사람이 뭐라고 하던가요?"

푸아로는 갑자기 곁눈질로 내게 시선을 던졌고, 순간 내 심장은 고통스럽게 벌렁거렸다.

그가 조용조용 말했다.

"그는 나를 위해 자기가 할 수 있는 모든 일을 다 했어. 나는 해 볼 수 있는 치료는 다 받았고 약도 먹었지, 더 이상은 방법이 없다네. 그러니까 헤이스팅스, 다른 의사들을 더 불러와도 아무 소용 없다네. 몬 아미, 이제 기계가 다 된 걸세. 유감스럽게도, 자동차처럼 엔진을 새로 갈고 예전처럼 계속 달리게 할 수는 없는 거지."

"그렇지만, 푸아로, 분명 심상치가 않습니다. 커티스 말이……."

그가 날카롭게 되물었다.

"커티스?"

"예. 커티스가 날 찾아왔습니다. 걱정하고 있어요. 당신이 심장 발작을 일으켰다면서."

푸아로가 조용히 고개를 끄덕였다.

"그래, 그래. 가끔 발작 증세가 일어나는데, 다른 사람 눈에는 고통스럽게 보일 테지. 내 생각에는, 커티스는 이런 심장 발작에 그다지 익숙하지가 않은 것 같네."

"정말 의사에게 보이지 않을 겁니까?"

"그래 봤자 아무 소용 없다니까, 이 친구야."

그는 나지막하지만 확고하게 말했다. 그러자 또다시 내 심장이 고통스럽게 바짝바짝 죄어드는 느낌이 들었다. 푸아로가 미소 지으며 말했다.

"이번 일은 말이지, 헤이스팅스, 나의 마지막 사건이 될 걸세. 게다가 가장 흥미진진한 사건이기도 하지. 범인은 내 흥미를 최고로 돋우는 자이니까. X에게서 더할 나위 없이 훌륭하고 감탄할 만한 범죄의 기법을 볼 수 있어서, 우린 스스로도 알지 못하는 사이에 탄복하게 되는 걸세. 몬 쉐, 지금까지 이 X라는 놈은 아주 뛰어난 능력으로 일을 진행시키면서 나를 이겨 왔지. 이 에르퀼 푸아로를 말일세! 그는 내가 해법을 알아낼 수 없는 공격 방법을 개발한 거야."

"당신이 건강하기만 하다면……."

나는 그를 달래기 시작했다.

그러나 방금 내가 한 말은 결코 입 밖에 내서는 안 되는 말이었음이 금세 드러났다. 푸아로가 벌컥 화를 냈던 것이다.

"아! 건강을 회복하려는 노력은 아무 소용이 없다고, 서른여섯 번 하고도 또다시 서른여섯 번이나 말을 했지 않았나? 필요한 건 오직 생각하는 일뿐이라니까."

"글쎄요, 물론 그래요. 머리를 굴리는 일만큼은 잘할 수 있죠."

"잘한다고? 난 최고 수준으로 할 수가 있네. 사지는 마비되고, 심장은 내게 농간을 부려 대고 있지만, 내 두뇌는 그렇다는 말일세, 헤이스팅스. 두뇌는 아무런 손상 없이 제 기능을 하고 있어. 아직은 최고로 우수하다네, 내 두뇌는 그렇단 말일세."

그를 달래듯 내가 말했다.

"아주 훌륭한 두뇌죠."

그렇지만 천천히 계단을 내려가면서 생각해 보니, 푸아로의 두뇌 회전이 전 같지는 않은 듯했다. 처음엔 러트렐 부인이 가까스로 죽음을 모면하더니 이제는 프랭클린 부인이 사망하고 말았다. 그런데 우리는 그동안 무엇을 하고 있었던 걸까? 사실 아무 일도 하지 않고 있었다.

II

푸아로가 내게 말을 꺼낸 것은 바로 다음 날 아침이었다.

"자네는, 내가 의사에게 진찰을 받아 봐야 한다고 제안했지, 헤이스팅스."

나는 아주 간절하게 말했다.

"그래요. 당신이 그래 준다면 정말 좋겠어요."

"에 비엥(그러지), 자네 말에 따르겠네. 프랭클린에게 진찰을 받겠어."

"프랭클린에게요?"

나는 미심쩍은 눈길로 그를 바라보았다.

"글쎄, 그 사람도 의사야, 그렇지 않나?"

"그래요, 하지만 그는 주로 연구를 하고 있잖습니까, 안 그래요?"

"물론 그렇지. 그는 일반 개업의로는 성공하지 못할 사람이야. 이른바 '환자를 돌보는 일'에는 소질이 별로 없으니까. 그렇지만 그 사람도 의사 면허를 갖고 있지. 마치 영화 대사처럼 난 이렇게 말하겠네. '그는 어느 누구보다도 자기 소질에 대해 잘 알고 있어.'라고 말일세."

그래도 나는 여전히 탐탁치가 않았다. 프랭클린 박사의 능력을 의심하는 것은 아니었지만, 내가 보기에 프랭클린 박사는 인간의 병을 치료하는 행위를 싫어할 뿐더러 관심도 없는 것 같았기 때문이다. 연구에 대한 태도는 더할 나위 없이 훌륭하지만, 환자를 돌보는 일은 시원찮을 것 같았다.

하지만 푸아로가 그렇게까지 말한 것은 그로서는 양보를 한 셈이었다. 게다가 푸아로가 따로 그 지방에 주치의를 두고 있는 것도 아니었으므로, 프랭클린 박사는 기꺼이 푸아로를 진찰해 보기로 했다. 그러나 박사는 정기적인 치료가 필요한 경우 그 지역의 개업의를 불러와야 한다는 점을 분명히 했다. 자기는 그렇게까지는 신경 써 줄 수 없다면서 말이다.

프랭클린 박사는 상당히 오랜 시간 동안 푸아로의 곁에 머물렀다.

마침내 박사가 밖으로 나왔다. 그를 기다리고 있던 나는 내 방으로 프랭클린 박사를 데리고 들어온 다음 방문을 닫았다.

"괜찮습니까?"

박사는 신중하게 대답했다.

"그분은 아주 대단한 분이십니다."

"오! 그건, 그렇죠."

나는 그런 자명한 사실은 옆으로 제쳐 두고 다시 물었다.

"그런데 건강 상태는요?"

"아! 건강이요?"

프랭클린 박사는 깜짝 놀라는 듯했다. 마치 내가 전혀 중요하지도 않은 것을 물어본 것처럼.

"아! 그분의 건강은 형편없죠, 물론."

그의 대답이 전혀 전문적이지 않다는 생각이 들었다. 그렇지만 내가 주디스한테서 듣기로는, 프랭클린 박사는 학창 시절에 가장 뛰어난 학생 가운데 하나였다고 했다.

"어느 정도로 안 좋은 겁니까?"

그러자 그가 나를 쳐다보며 되물었다.

"정말 알고 싶습니까?"

"물론이죠."

이 멍청이가 대체 무슨 생각을 하고 있는 거지?

그는 곧바로 답해 주었다.

"사람들은 대부분 알고 싶어 하지 않습니다. 마음을 달래 주는 시럽 같은 걸 원하는 거죠. 희망을 갖고 싶어 하고요. 조금이라도 안심을 하고 싶어 해요. 물론 기적적으로 회복되는 경우도 있습니다. 그렇지만 푸아로 씨는 회복되지 않을 겁니다."

"지금 그 말의 의미는……."

다시 한 번 차가운 손이 내 심장을 옥죄어 오는 듯했다.

프랭클린 박사가 고개를 끄덕였다.

"아, 네. 푸아로 씨도 괜찮다고 하셨으니 드리는 말씀인데, 사실 그분에게는 시간이 얼마 남지 않았습니다. 푸아로 씨가 허락하지 않았다면 선생께 이런 말씀을 드리지 않았을 겁니다."

"그렇다면 그도 사실을 알고 있는 거군요."

"그렇습니다. 어느 순간 심장이 펑 하고 끝장이 나 버리는 거죠. 그때가 언제인지 정확히 알 수는 없지만요."

박사는 잠시 말을 멈추었다가 다시 천천히 말을 이었다.

"그분이 말씀하시는 걸 들어 보니, 본인이 지금 맡고 계신 어떤 일을 마무리짓기 위해 신경을 쓰고 계신 것 같더군요. 그게 뭔지 알고 계십니까?"

"예, 알고 있습니다."

그가 흥미로운 눈길로 나를 바라보았다.

"그분은 그 일을 확실히 마무리짓고 싶어 하던데요."

"저도 알고 있습니다."

그 일이 무엇인지 프랭클린 박사가 알고 있는 것은 아닐까 하는 의심이 들었다!

그가 느릿느릿 말을 이어 갔다.

"그분이 그 일을 잘 처리하시기를 바랍니다. 말씀하신 대로라면, 그 일이 그분에게는 아주 큰 의미가 있는 것 같았어요."

박사가 잠시 말을 멈추더니 이렇게 덧붙였다.

"그분은 논리가 뛰어나신 분이더군요."

내가 걱정스러운 어조로 박사에게 물었다.

"뭔가 할 수 있는 게 없을까요? 치료법 같은 것 말입니다."

그가 고개를 저었다.

"할 수 있는 건 아무것도 없습니다. 그분은 심장 발작 증세가 나타날 것 같은 순간에 사용할 아질산아밀* 앰풀을 갖고 계십니다."

그러더니 박사는 얼마간 흥미로운 말을 했다.

"그분은 인간의 생명을 아주 존중하는 분이죠, 그렇지 않습니까?"

"맞아요, 그렇다는 생각이 듭니다."

푸아로가 '나는 살인을 용납하지 않는다네.'라고 말하는 것을 나는 정말 자주 들어 왔다. 그가 점잔을 빼면서 삼가는 어투로 그런 말을 하면 나는 늘 웃음이 터져 나오곤 했었다.

박사의 말이 이어졌다.

---

* 협심증에 사용하는 혈관 확장제.

"그게 우리들의 차이점이죠. 전 그렇게 생각하지 않으니까……!"

호기심 어린 눈길로 그를 바라보았다. 박사가 엷은 미소를 지으며 고개를 숙였다.

"그건 진실입니다. 죽음은 어떤 식으로든 닥쳐올 텐데, 죽음이 닥쳐오는 시기가 이르든 늦든 무슨 상관이란 말입니까? 별 차이도 없는걸요."

나는 다소 불쾌한 기분으로 그에게 물었다.

"그렇게 생각하는 분이 대체 어떻게 의사가 된 겁니까?"

"선생님, 의사의 일이라는 건 궁극적인 삶의 끝을 회피하도록 해주는 게 아니랍니다. 그 이상의 일이죠. 삶을 향상시키는 일 말입니다. 건강한 사람이 사망하는 건 그다지 문제 될 게 없습니다. 그러나 저능한 사람, 이를테면 크레틴 병* 환자가 사망한다면, 그건 상당히 의미가 있는 일이죠. 정확한 분비선에 약을 투여하는 방법을 고안해 내고 그 방법으로 갑상선 결함을 수정해서 크레틴 병 환자를 건강하고 정상적인 사람으로 만들 수 있다면, 그것은 매우 의미 있는 일일 겁니다."

나는 한층 더 흥미를 갖고 그를 바라보고 있는 자신을 발견했다. 내가 감기에 걸리는 경우 프랭클린 박사를 부르고 싶은 마음은 없었지만, 그의 열정과 신실함, 내면의 힘에 대해서는 경의를 표해야 할 것 같았다. 그의 아내가 사망한 이후 프랭클린 박사의 내면에 변

---

* 선천성 갑상선 발육 부전으로 발병하는 갑상선 기능 저하증.

화가 생겼음이 느껴졌다. 그에게서는 일반적으로 아내를 잃은 남자의 슬퍼하는 듯한 기색을 거의 찾아볼 수가 없었다. 오히려 박사는 훨씬 활기에 넘쳐 보였고 멍한 기색도 덜해졌으며 새로운 힘과 열정으로 가득 찬 것 같았다.

프랭클린 박사가 갑자기 말을 꺼내는 바람에 내 생각의 흐름이 중간에 끊겨 버렸다.

"대위님과 주디스는 닮은 구석이 별로 없죠, 그렇죠?"

"그래요, 우리는 별로 닮지 않은 것 같소."

"주디스는 어머니 쪽을 닮았나요?"

나는 거기에 대해 생각해 보고는 천천히 고개를 저었다.

"전혀요. 내 아내는 명랑하고 잘 웃는 사람이었어요. 어떤 일이든 심각하게 받아들이는 적이 없었죠. 유감스럽게도, 별 효과를 거두지는 못했지만 나까지도 그렇게 만들려고 애를 썼죠."

그가 살짝 미소를 지었다.

"아니, 대위님은 다소 엄격한 아버지죠, 그렇지 않습니까? 주디스가 그렇게 말하더군요. 주디스는 잘 웃는 편이 아니에요. 진지한 젊은 아가씨죠. 일도 지나치게 많이 하고 있고요. 제 잘못이지만요."

골똘히 생각에 잠기는 박사를 보며 인사치레로 그에게 말했다.

"당신이 하는 일은 아주 재미있을 거 같더군요."

"예?"

"당신이 하는 일이 재미있을 것 같다고 말했습니다."

"열두 명 중 절반 정도는 그렇게 생각합니다. 다른 사람들에게는 지나치게 지루한 일이고요. 아마 그들의 생각이 맞을 겁니다. 어쨌든요."

박사가 고개를 뒤로 젖히고 어깨를 펴자, 갑자기 힘이 넘치고 열정적인 남자처럼 보였다.

"저는 이제 기회를 잡았습니다! 고맙게도, 큰 소리로 외칠 수 있게 된 거죠. 미니스터 인스티튜트 학회 사람들이 오늘 소식을 전해 왔어요. 그 자리가 아직 비어 있고 제가 그 일을 하기로 했습니다. 열흘 내로 출국하게 될 것 같습니다."

"아프리카로 말입니까?"

"예. 멋진 일이죠."

"그렇게 빨리!"

나는 얼마간 충격을 받았다.

박사가 나를 빤히 쳐다보며 말했다.

"무슨 뜻이죠, 빨리라뇨? 아!"

그가 미간의 주름을 펴며 말을 이었다.

"'바버라가 죽은 후 그렇게 빨리'라는 뜻입니까? 왜, 어때서요? 아내가 죽은 것이 제게는 가장 큰 구원인데도 그렇지 않은 척하는 건 잘못된 일 아닌가요?"

그는 내 얼굴에 나타난 표정을 보고 재미있어 하는 것 같았다.

"유감스럽지만, 전 의례적인 태도를 취할 시간이 없습니다. 저는 한때 바버라를 사랑했고, 아내는 아주 예쁜 소녀였죠. 그녀와 결혼하고 1년쯤 지나자 사랑이 식어 버렸습니다. 아내와의 사랑이 그리

오래갈 거라고는 생각하지 않았습니다. 당연히 아내는 저한테 실망했죠. 아내는 저를 바꿀 수 있을 거라고 생각했습니다. 결국 실패했지만요. 저는 이기적인 데다 고집불통이고, 제가 하고 싶은 일을 하고야 마는 인간이니까요."

"그렇지만 선생은 아내를 위해 아프리카에서 일할 수 있는 기회도 거절하지 않았습니까."

나는 그에게 그 사실을 상기시켜 주었다.

"맞습니다. 그렇지만 그건 순전히 경제적인 이유 때문이었죠. 이미 익숙해져 있는 생활 수준을 계속 유지할 수 있도록 바버라를 지원해 줘야 하는 게 제 책임이니까요. 제가 떠나 버리면 아내는 아주 궁핍한 생활을 해야 했죠. 그렇지만 지금은……."

그는 속내를 그대로 드러내며 소년 같은 미소를 지었다.

"제게 엄청난 행운이 찾아온 셈이죠."

나는 그 말에 반감이 생겼다. 아내가 죽은 후 남자들은 대부분 비탄에 잠기지는 않으며, 누구나 어느 정도는 그렇다는 것을 알고 있다. 그러나 이건 너무 노골적이지 않은가.

박사는 내 얼굴을 바라보면서 난처해 하는 것 같지는 않았다.

"진실은 알아보기가 쉽지 않습니다. 그렇지만 진실로 말미암아 수많은 시간과 부정확한 언어가 절약되죠."

내가 날카롭게 응수했다.

"당신은 아내가 자살을 했다는 점이 전혀 신경 쓰이지 않는다는 겁니까?"

그는 신중하게 대답했다.

"사실 전 아내가 자살을 했을 거라고는 생각하지 않습니다. 그럴 가능성은 거의 없어요."

"그렇다면 그때, 무슨 일이 일어난 거라고 생각합니까?"

그가 나를 빤히 쳐다보았다.

"모르겠습니다. 하지만 그다지 알고 싶지도 않습니다. 이해하시겠습니까?"

그를 바라보았다. 프랭클린 박사의 눈빛은 무정하고 냉담하기 이를 데 없었다.

그가 다시 한 번 말했다.

"알고 싶지 않습니다. 관심도 없고요. 아시겠습니까?"

나는 그의 그런 태도를 이해할 수 없었을 뿐더러, 마음에 들지도 않았다.

III

스티븐 노턴이 뭔가를 궁리하고 있다는 것을 내가 알아차린 것이 정확히 언제였는지는 알 수 없다. 심리가 있은 후에 노턴은 거의 아무 말도 하지 않았고, 심리를 비롯해 장례식까지 모든 절차가 끝난 후에도 눈길은 땅에 떨어뜨리고 이마를 잔뜩 찡그린 채 줄곧 이리저리 쏘다니는 그를 볼 수 있었다. 그는 짧은 잿빛 머리카락이 스트러멜 피터처럼 꼿꼿이 설 때 까지 손으로 쓸어 올리는 버릇이 있었다. 그런 모습은 우스꽝스럽게 보이기도 했지만 무의식적으로 그의 마음이 혼란스러워하고 있다는 점을 드러내기도 했다. 누가 말을 걸어도 얼이 빠진 채 대답하기 일쑤여서 나는 마침내 노턴이 분명 뭔가를 걱정하고 있다는 사실을 알아차렸다. 노턴에게 근심거리가 있느냐고 슬쩍 물어보았지만 그는 곧바로 그렇지 않다고 대답했다. 한동안은 그렇게 문제를 덮어 두었다.

하지만 얼마 지나지 않아서 노턴은 서투르게 에둘러 말하면서 어떤 문제에 대해 내 의견을 구하고 싶어 했다.

심각한 문제에 대해서 이야기할 때 늘 그렇듯이, 그는 말을 좀 더듬으면서 윤리적인 문제에 관해 이야기하기 시작했다.

"아시겠지만요, 헤이스팅스 씨. 옳고 그름을 따지는 것은 아주 단순해야 마땅하지만, 사실 그런 문제가 실제로 누군가에게 닥치게 되면 분명하게 답을 하기는 쉽지 않습니다. 자기 자신에게 의도된 것이 아닌 그런 종류의 일에 우연히 마주치게 된다면 말입니다. 순전히 우연에 의해서 말이죠, 그리고 그 일로 인해 자신은 아무런 이득도 볼 수 없지만 그 일이 상당히 중요한 일이라고 한다면 말이죠. 무슨 뜻인지 아시겠어요?"

나는 솔직히 대답했다.

"미안하지만 잘 모르겠어요."

노턴은 다시 이마에 주름을 만들었다. 그리고 늘 하던 우스꽝스런 모습대로 손으로 머리카락을 연거푸 쓸어 올리는 것이었다.

"설명하기가 아주 어려워요. 제 말이 무슨 뜻이냐 하면, 그러니까 개인 편지에 들어 있는 내용을 우연히 보게 되었다고 가정해 보죠. 실수로 그런 종류의 편지를 열어 보게 된 겁니다. 다른 사람한테 온 편지인데, 그것이 자기한테 온 것인 줄 알고 읽기 시작한 거죠. 그렇게 해서 미처 깨닫기도 전에 타인의 편지를 읽게 되는 겁니다. 아시다시피 그런 일이 일어날 수도 있겠죠."

"그렇죠, 물론 가능한 일입니다."

"흠, 그런 경우라면, 어떻게 해야 할까요?"

나는 그 문제에 생각을 집중하며 말했다.

"글쎄요. 편지 주인에게 가서 '정말 죄송합니다만 내가 실수로 이걸 열어 보고 말았습니다.'라고 말해야겠죠."

노턴이 한숨을 내쉬었다. 그리고 문제가 그렇게 간단하지가 않다고 말했다.

"예를 들어 그 편지 내용이 다소 당혹스러운 것일 수도 있겠죠, 헤이스팅스 씨?"

"편지 주인에게도 당혹스러운 내용일 거라는 거죠, 그렇죠? 그럼 아무런 내용도 읽지 않은 척하고 있다가 적당한 때에 자기가 실수했다는 걸 알아챘다는 식으로 행동할 수도 있을 겁니다."

"그래요."

노턴이 잠시 말을 멈추었다가 그처럼 대답했는데, 만족할 만한 해답을 찾은 것 같아 보이지는 않았다.

그는 골똘히 생각에 잠기는 듯한 표정으로 다시 입을 열었다.

"제가 뭘 어떻게 해야 할지 알고 싶어요."

난 그에게 별다른 방법은 없을 듯하다고 대답했다.

그러자 노턴은 당황스러워하면서 이마에 주름을 잡았다.

"헤이스팅스 씨, 잘 알겠지만 그 문제는 그 정도에서 끝날 일이 아니에요. 제 말은 편지에서 읽은 내용이 그러니까, 다른 누군가에게는 꽤 중요한 일이라고 할 수 있을 테니까요."

나는 더 이상 참을 수가 없었다.

"정말이지, 노턴 씨, 무슨 말을 하고 있는 건지 모르겠군요. 우연히 다른 사람의 개인 편지를 읽을 리도 없지 않습니까, 안 그래요?"

"아뇨, 아뇨, 물론 그럴 리는 없죠. 제 말 뜻은 그게 아닙니다. 어쨌든 문제는 편지가 아니니까요. 그런 종류의 일에 대해 설명을 드리려고 편지를 예로 든 것뿐입니다. 우연히 뭔가를 본다든가, 듣는다든가, 읽는다든가 하는 일이 생기고, 그 내용을 혼자서만 알고 있어야 하며, 그렇게 하지 않는다면……."

"그렇게 하지 않는다면 뭐가 어떻게 된다는 거요?"

노턴이 천천히 말을 이어 나갔다.

"만일 그게 반드시 말을 해야만 하는 게 아니라고 하면요."

나는 문득 흥미를 느끼면서 그를 빤히 쳐다보았다.

"그러니까 이런 식으로 생각해 보세요. 가령 열쇠 구멍으로 뭔가를 봤다고 가정하고요……."

열쇠 구멍이라는 말을 듣는 순간 푸아로가 생각났다! 노턴은 더듬거리면서도 말을 계속했다.

"제 말은 열쇠 구멍을 들여다보아야 할 분명하고 충분한 이유가 있었다고 치고…… 열쇠가 자물쇠에 들어가서 꿈쩍도 하지 않아서 제대로 열쇠가 들어갔는지를 확인하려고 할 때, 아니면 그게 아니라도 충분한 사유가 있을 수 있죠. 어쨌든 그런 장면을 보리라고는 전혀 예상치 못했던 거죠."

노턴이 더듬거리면서 하는 말들이 순간적으로 내 귀에 들리지 않으면서 뭔가 번뜩 하고 뇌리를 스치는 것이 있었다. 숲이 우거진 둔덕에서 노턴이 얼룩덜룩한 반점이 있는 딱따구리를 관찰하기 위해 쌍안경을 이리저리 움직이던 그날의 일이 떠올랐다. 갑자기 걱정하고 당혹해 하면서 노턴은 내가 그의 쌍안경을 들여다보지 못하게 하려고 말렸었다. 그때 나는 그가 본 것이 나와 관계된 것이라고, 즉 앨러턴과 주디스였다고 한 순간에 결론을 내렸었다. 그렇지만 만일 그게 아니라면? 만약 노턴이 본 것이 전혀 다른 것이었다면? 당시 나는 앨러턴과 주디스의 문제에 너무나 깊이 사로잡혀 있던 나머지 다른 것은 전혀 생각도 하지 못했고, 그래서 그렇게 결론을 내렸던 것이다.

나는 즉시 노턴에게 물었다.

"그 문제가 당신이 쌍안경으로 봤던 장면과 관계가 있습니까?"

그러자 노턴은 움찔하면서도 마음을 놓는 듯한 모습이었다.

"저, 헤이스팅스 씨, 왜 그렇게 생각하시는 거죠?"

"그게 그러니까 우리 둘이 엘리자베스 콜 양과 함께 둔덕에 올라갔던 날과 관계된 것 아닙니까, 그렇죠?"

"그래요, 맞습니다."

"그런데 당신은 내가 그 장면을 보지 않기를 원했었죠?"

"아뇨, 그게 아니라…… 흠, 그 장면은 우리들 중 누구에게도 의미가 없는 것이었어요."

"그게 뭐였는데요?"

노턴이 다시 인상을 찌푸렸다.

"문제가 바로 그겁니다. 제가 이 말을 해야 하나요? 그러니까 제 말은, 흠, 그건 염탐이나 다름없는 것이었습니다. 저는 뜻하지 않게 뭔가를 봤습니다. 전혀 그걸 볼 의도가 없었는데 말이에요. 정말로 얼룩덜룩한 반점이 있는 딱따구리가 거기 있었어요……. 아주 멋진 새였죠. 그런데 저는 다른 뭔가를 봤던 겁니다."

그가 말을 멈추었다. 나는 궁금해서 안달이 났지만 그가 주저하고 있다는 점을 존중해 주었다.

그러다가 다시 질문을 던졌다.

"그건 중요한 장면이었나요?"

노턴이 천천히 대답했다.

"중요한 것일 수도 있죠. 문제가 바로 그겁니다. 저는 잘 모르겠어요."

"그게 프랭클린 부인의 죽음과 관련이 있는 건가요?"

노턴이 움찔했다.

"그렇게 말씀하시다니 이상한데요."

"그렇다면 관련이 있다는 거군요?"

"아뇨…… 아뇨, 직접적으로 그렇다는 건 아닙니다. 하지만 관련이 있을 수도 있어요."

그가 천천히 말을 이어 나갔다.

"다른 관점에서 보면 또 달리 해석할 수도 있는 장면이었죠. 그러니까…… 오, 제기랄, 어찌 해야 좋을지 모르겠군요!"

나 또한 진퇴양난에 빠져 어찌 해야 좋을지 알 수가 없었다. 나는 궁금해서 좀이 쑤셨고, 그가 자신이 본 장면을 말할지 말지를 상당히 주저하는 것 같다는 느낌이 들었다. 나는 이해할 수 있었다. 나라도 똑같은 감정이었을 테니까. 다른 사람들이 수상쩍다고 여기는 방식으로 정보를 취득하게 되면 기분이 썩 좋지는 않은 법이니까.

그 순간 좋은 생각이 떠올랐다.

"푸아로 씨에게 상의해 보면 어떻겠습니까?"

"푸아로 씨요?"

노턴은 다소 미심쩍어 하는 듯했다.

"그래요, 그에게 조언을 구해 봐요."

그가 천천히 말했다.

"글쎄요, 좋은 생각입니다. 그는 또 외국인이고……."

그리고 노턴은 당황스러운 듯한 표정으로 말을 멈추었다.

노턴이 왜 그렇게 말하는지 나는 그 이유를 알고 있었다. '공명정대한 행동'에 대한 푸아로의 뼈 있는 말을 듣는 것에 익숙한 사람은 나밖에 없었다. 푸아로라고 해서 쌍안경으로 볼 생각을 한 번도 안 해 봤을까? 푸아로가 그 방법을 생각해 봤다면 그렇게 하고도 남았을 것이다.

나는 노턴을 설득했다.

"푸아로는 당신이 털어놓는 비밀을 존중해 줄 겁니다. 당신이 원하지 않으면 반드시 그의 조언대로 행동할 필요도 없고요."

"맞아요."

노턴은 이렇게 말하며 이마에 새겨진 주름을 폈다.

"헤이스팅스 씨, 아시겠지만, 제가 해야 할 일이 바로 그거라는 생각이 듭니다."

IV

내가 전해 준 정보를 듣고 푸아로가 보여 준 즉각적인 반응에 나는 깜짝 놀랐다.

"그게 무슨 말인가, 헤이스팅스?"

푸아로는 입으로 가져가던 얇은 토스트 빵 조각을 떨어뜨렸다. 고개를 앞으로 내밀며 그가 말했다.

"말해 보게. 어서 말해 봐."

나는 했던 말을 재차 반복했다.

그러고 나자 푸아로는 신중하게 내 말을 곱씹어 보는 것이었다.

"노턴이 그날 쌍안경으로 뭔가를 목격했다고. 그런데 그게 무엇이었는지는 자네에게 말을 안 해 준다, 이거지."

푸아로가 손을 앞으로 불쑥 내밀더니 내 팔을 잡았다.

"그가 다른 사람에게 그 이야기를 하지는 않았나?"

"그런 것 같지는 않습니다. 아니, 분명 그러지 않았을 겁니다."

"아주 조심해야 하네, 헤이스팅스. 어느 누구에게도 노턴이 그 이야기를 하도록 해서는 안 돼. 넌지시 암시를 주어서도 안 되고. 만일 그가 그렇게 한다면 아주 위험해질 테니까."

"위험하다고요?"

"아주 위험해져."

푸아로의 얼굴에 엄숙한 표정이 떠올랐다.

"몬 아미, 노턴과 약속을 정해서 오늘 저녁에 나와 만나도록 해 주게. 자네도 알겠지만, 일상적인 가벼운 방문 형식으로 말일세. 그가 나를 찾아오는 것이 별다른 이유가 있어서라는 걸 다른 사람들이 눈치 채지 못하게 해 주게. 그리고 조심하게, 헤이스팅스. 아주아주 신중해야 해. 그때 자네와 함께 있었던 사람이 또 누구라고?"

"엘리자베스 콜 양이었어요."

"콜 양도 노턴의 태도가 이상하다는 걸 알아챘었나?"

나는 기억을 더듬어 보았다.

"잘 모르겠습니다. 그랬던 것도 같아요. 콜 양에게 한번 물어볼까요?"

"아니, 아무 말도 하지 말게, 헤이스팅스. 절대로 아무 말도 해서는 안 돼."

제16장

I

나는 노턴에게 푸아로의 말을 전해 주었다.

"꼭 올라가서 그분을 뵙도록 할게요. 저도 그러고 싶으니까요. 하지만 헤이스팅스 씨, 당신한테까지 그 문제로 신경을 쓰게 해 드려서 죄송합니다."

"여하튼 다른 사람한테 그 일을 발설한 적은 없는 거죠, 그렇죠?"

"예, 거의…… 없죠. 물론 없습니다."

"확실해요?"

"예, 예, 말한 적 없어요."

"흠, 아무에게도 말하지 말아요. 푸아로 씨를 만나기 전까지는요."

노턴이 처음 대답할 때 그의 어조에서 약간 주저하는 기색이 느껴졌지만, 두 번째 대답을 할 때 그는 분명히 확신하고 있었다. 그렇지만 내가 그의 대답에서 주저하는 기미가 있었다는 것을 기억해 낸 것은 나중 일이었다.

II

나는 요전 날 노턴, 콜 양과 함께 있었던 풀이 우거진 둔덕을 다시 올라가 보았다. 이미 누군가 그곳에 와 있었다. 바로 엘리자베스 콜 양이었다. 비탈을 올라서자 그녀가 고개를 돌려 내 쪽을 향했다.

콜 양이 말했다.

"아주 흥분하신 것 같은데요, 헤이스팅스 대위님. 무슨 일 있으신가요?"

나는 마음을 가라앉히려고 애를 썼다.

"아뇨, 아닙니다. 아무 일도 없어요. 빨리 걷느라 숨이 차서 그런 겁니다."

그리고 나는 일상적이고 평범한 목소리로 덧붙였다.

"비가 올 것 같군요."

콜 양이 하늘을 올려다보며 말했다.

"예, 제 생각에도 그럴 것 같아요."

우리는 잠시 아무 말 없이 그곳에 서 있었다. 콜 양과 나 사이에는 상당한 교감이 형성되어 있었다. 자기가 누구인지에 대해, 그리고 자기 인생을 망친 비극적인 사건에 관해 그녀가 내게 털어놓은 이후, 나는 콜 양에게 관심을 갖게 되었다. 불행한 일을 겪은 적 있는 두 사람 사이에는 대단한 결속력이 생겨나게 마련이다. 내가 그런 쪽으로 생각해서인지 몰라도, 콜 양의 인생에 두 번째 봄이 찾아온 것처럼 보였다. 나는 충동적으로 말을 꺼냈다.

“흥분하기는커녕 오늘 아주 기분이 축 처진 상태입니다. 내 오랜 친구에 대한 나쁜 소식을 들었거든요.”

“푸아로 씨에 대해서 말인가요?”

콜 양이 공감을 나타내는 바람에 나는 속마음을 다 털어놓기에 이르렀다. 내가 말을 마치자, 그녀가 상냥하게 말을 이었다.

“알겠어요. 그러니까 그분에게 언제든 죽음이 닥쳐올 수 있다는 말이군요?”

나는 차마 말은 못하고 고개만 끄덕였다.

잠시 후에 나는 입을 열었다.

“그가 죽고 나면, 나는 세상에서 완전히 외톨이가 되는 겁니다.”

“오, 아네요. 대위님한테는 주디스도 있고 다른 자녀 분들도 있잖아요.”

“다들 세계 곳곳에 뿔뿔이 흩어져 있는걸요. 게다가 주디스한테는…… 흠, 자기 일이 있어요. 그 애는 날 필요로 하지 않아요.”

“자식들은 본인들이 어려움을 겪기 전까지는 부모를 필요로 하지 않는 것 같아요. 그런 기본적인 법칙에 따라 살면서 마음을 다잡으셔야 할 거예요. 저는 대위님보다 훨씬 더 외로운걸요. 자매들 중 두 명은 아주 먼 곳에서 살고 있어요. 한 명은 미국에 있고 다른 한 명은 이탈리아에서 살고 있죠."

"아가씨, 당신의 삶은 이제 시작이지 않습니까."

"나이 서른다섯에요?"

"서른다섯이 뭐 어떻습니까? 내가 지금 서른다섯이라면 얼마나 좋을까 싶은데요."

그러고 나서 심술궂게 덧붙였다.

"알겠지만, 나도 아주 장님은 아니라 이겁니다."

콜 양은 고개를 돌리며 의아해 하는 눈빛으로 나를 쳐다보더니, 이내 얼굴을 붉혔다.

"그렇게 생각하지 마세요. 오! 스티븐 노턴과 저는 그냥 친구일 뿐이에요. 우리는 공통점이 많거든요."

"그 이상이겠죠."

"그는 단지 내게 아주 친절하게 대해 줄 뿐인걸요."

"이봐요. 그게 친절일 뿐이라고 생각하지 마세요. 남자들은 그렇게 생겨 먹지를 않았으니까요."

그러나 갑자기 콜 양의 낯빛이 창백해졌다. 그녀는 나지막하고 긴장감이 감도는 목소리로 말했다.

"지독히도 앞뒤 분간을 못하시는군요! 제가 어떻게 그런 생각을, 결혼에 대한 생각을 할 수 있겠어요? 저 같은 과거를 가진 여자가요. 제 언니는 살인자이고, 그렇지 않다손 치더라도 정신 이상자인데요. 어느 쪽이 더 최악인지는 모르겠지만요."

나는 목소리에 힘을 주어 말했다.

"그런 식으로 본인의 마음에 상처를 내지 마세요. 그게 진실이 아닐 수도 있다는 점을 명심하시고요."

"그게 무슨 말씀이죠? 그건 사실인데요."

"얼마 전 당신이 내게 '그건 매기답지 않은 일이었어요.'라고 말했던 적이 있는데, 기억 안 나요?"

콜 양이 움찔하며 대답했다.

"그냥 그런 느낌이라는 거죠."

"때로는 느낌이 바로 진실일 수도 있어요."

콜 양이 나를 빤히 바라보았다.

"그게 무슨 뜻이죠?"

"당신 언니는 아버지를 살해하지 않았어요."

콜 양은 천천히 손을 입으로 가져갔다. 눈이 동그랗게 벌어지면서 두려워하는 기색으로 내 눈을 바라보았다.

"미쳤군요. 제정신이 아니신 게 분명해요. 누가 대위님께 그런 말을 해 주던가요?"

"걱정 그만 해요. 그게 진실이니까요. 언젠가는 당신에게 그걸 증명해 보이겠습니다."

III

나는 집 근처에서 우연히 캐링턴과 마주쳤다.

캐링턴이 말을 꺼냈다.

"오늘이 이곳에서 보내는 마지막 저녁이 되겠군요. 저는 내일 이사 나갑니다."

"내턴으로요?"

"예."

"아주 신이 나시겠습니다."

"신이 난다고요? 그럴지도 모르죠."

그가 한숨을 내쉬었다.

"어쨌든, 헤이스팅스 씨, 이렇게 말해도 상관없겠죠. 저는 여기를 떠나게 되어 기쁩니다."

"요리가 아주 형편없는 데다 서비스도 좋지 않으니까요."

"제 말은 그런 뜻이 아닙니다. 어차피 값싼 이런 하숙형 여관에서 많은 걸 기대할 수는 없어요. 제 말은요, 헤이스팅스 씨, 단순히 불편하기 때문이 아니라는 겁니다. 저는 이 집이 싫습니다. 이 집에는 악한 기운이 감돌고 있어요. 이런 저런 사건이 일어나고 있고요."

"그건 분명합니다."

"그게 무엇인지 딱 꼬집어서 말은 못 하겠어요. 아마 한번 살인사건이 일어났던 집은 시간이 지나도 절대 원래대로 돌아가지 않는 거 같아요. 어쨌든 저는 이 집이 싫습니다. 먼젓번에는 러트렐 부인이 사고를 당하더니…… 그것만으로도 아주 끔찍한 일이었죠. 그런데 또다시 가엾고 연약한 바버라가 사고를 당했으니."

캐링턴은 그 부분에서 잠시 말을 멈추었다가 다시 말을 이었다.

"바버라는 절대 자살할 사람이 아니에요."

나는 머뭇거리며 응수했다.

"글쎄요, 그런지 어떤지는 저도 잘 모르겠습니다만."

캐링턴이 내 말을 가로막았다.

"음, 전 그렇게 생각합니다. 제기랄, 그저께 저는 하루 대부분을 바버라와 함께 보냈습니다. 바버라는 아주 기분이 좋은 상태였고, 즐거운 외출이었죠. 그녀의 유일한 걱정거리라고는 존이 실험에 너무 몰두한 나머지 본인 스스로 혼합 약품의 실험 대상이 되지나 않을까 하는 점이었죠. 제 말 뜻 아시겠죠, 헤이스팅스 씨?"

"아뇨."

"바버라의 남편이야말로 그녀의 죽음에 책임을 져야 할 사람입니다. 제 생각에 그자는 바버라를 들들 볶았을 겁니다. 그녀는 저하고 있을 때면 언제나 아주 행복해 했죠. 그런데 남편이라는 작자는 그 대단한 출세에 그녀가 장애물이라도 되는 양 생각하도록 바버라를 내버려 두면서 (차라리 내가 그를 출세시켜 줄걸!) 그녀가 더욱 쇠약해지도록 만들었어요. 빌어먹을 냉혈한 같으니. 그 작자는 꿈쩍도 하지 않았어요. 그리고 이제 와서 아무렇지도 않게 아프리카로 떠난다고 제게 말을 합디다. 정말이지, 헤이스팅스 씨, 아시다시피 저는 그가 바버라를 실제로 살해했다고 하더라도 그다지 놀라지 않을 겁니다."

그의 말에 나는 날카롭게 반응했다.

"그 말, 진심은 아니겠죠."

"예, 물론 진심은 아닙니다. 그가 바버라를 살해했다고 해도 그 사람이라면 그런 식으로 하지는 않았을 테니까요. 그가 그 피소스티그민이라고 하는 물질을 가지고 작업을 하는 걸 다들 알고 있는 마당에, 그 물질을 바바라에게 먹인다는 건 너무도 뻔한 수작으로 보일 테니, 그걸 사용할 리는 없었을 겁니다. 그렇지만 헤이스팅스 씨, 프랭클린 박사를 의심하고 있는 건 저뿐만이 아닙니다. 저도 그런 얘기를 사실을 알 만한 다른 누군가에게서 들었으니까요."

내가 예리한 어조로 물었다.

"그게 누굽니까?"

캐링턴이 목소리를 낮추었다.

"간호사인 크레이븐 양입니다."

"뭐라고요?"

나는 크게 놀라고 말았다.

"쉿. 그렇게 소리치지 마세요. 그래요, 크레이븐 양이 그런 얘기를 하더군요. 아시다시피 크레이븐 양은 똑똑하고 분별력도 상당하잖습니까. 지금도 그렇지만 크레이븐 양은 줄곧 프랭클린 박사를 싫어해 왔죠."

나는 갈피를 잡을 수가 없었다. 나는 크레이븐 양이 싫어한 건 바로 그녀가 돌보던 환자라는 말을 들었었다. 크레이븐 양이 분명 프랭클린 집안 일에 대해 소상하게 알고 있을 거라는 생각이 퍼뜩 뇌리를 스쳤다.

캐링턴이 말했다.

"크레이븐 양이 오늘 밤 이곳에서 머무른답니다."

"뭐라고요?"

나는 깜짝 놀랐다. 크레이븐 양은 장례식 직후에 이곳을 떠났었는데.

"이런 저런 일로 하룻밤 여기에 있을 거라더군요."

"알겠습니다."

나는 크레이븐 양이 돌아왔다는 사실에 대해 막연하게 불안한 느낌이 들었으나, 그 이유를 꼬집어서 말할 수 없었다. 크레이븐 양이 다시 이곳으로 돌아올 이유가 있는가? 캐링턴이 말한 대로라면, 그녀는 프랭클린 박사를 싫어하는데…….

나는 스스로를 안심시키기 위해 불쑥 열을 올리며 말했다.

"크레이븐 양은 프랭클린 박사에 대해 막연하게라도 암시를 할 권리가 없습니다. 결국 그녀가 말한 증언에 따라 사건이 자살로 평결이 난 것이니까요. 크레이븐 양의 증언과, 프랭클린 부인이 손에 병을 들고 실험실 밖으로 나왔다는 푸아로의 증언에 따라서 그렇게 됐죠."

캐링턴이 내 말을 가로막았다.

"무슨 병 말입니까? 여자들은 항상 손에 병을 들고 다녀요. 향수병, 헤어로션 병, 매니큐어 병 같은 것 말입니다. 댁의 따님도 그날 저녁 손에 병을 들고 뛰어다니던데, 그럼 따님도 자살을 생각하고 있었다는 뜻이겠네요, 안 그래요? 말도 안 되는 소립니다!"

앨러턴이 우리에게 다가오는 바람에 캐링턴이 말을 멈추었다. 멜로드라마에서 나올 법한 장면처럼 멀리서 천둥이 낮게 우르르 하고 울리는 가운데 앨러턴이 때맞춰 나타난 것이었다. 전에도 그런 생각이 들었지만, 이번에도 틀림없이 앨러턴이 범인인 것만 같았다.

그렇지만 바버라 프랭클린이 사망하던 날 밤에 앨러턴은 스타일스 저택에서 멀리 떨어진 곳에 있었다. 단지 그 사실 때문에 우리는 그를 범인으로 단정지을 수가 없었다. 그렇지만 언제든 작은 암시라도 내비치게 될지 모를 일이었다.

IV

나는 푸아로가 실패할 수도 있다는 생각을 단 한 순간도 한 적이 없다는 것을 지금 이 자리에서 분명히 기록해 두려고 한다. 나는 푸아로와 X의 싸움에서 X가 이길 수도 있다는 생각을 해 본 적이 없었다. 비록 푸아로가 몸이 쇠약해지고 병들기는 했지만, 푸아로는 잠재적으로 X보다 더 강한 사람이라고 나는 믿고 있었다. 여러분도 알고 있듯이, 나는 푸아로가 이기는 것에 익숙해 있었다.

그런 나의 믿음에 의심을 불어넣은 것은 다름 아닌 푸아로였다.

나는 저녁 식사를 하러 아래층으로 내려가다 푸아로를 만나기 위해 그의 방으로 들어갔다. 어떤 계기 때문인지는 분명히 기억 나지 않지만, 푸아로가 갑자기 '내게 무슨 일이 생기면'이라는 말을 했다.

나는 곧 큰 소리로 항변했다. 아무 일도 일어나지 않을 것이며, 일어날 리도 없다고.

"에 비엥(그래), 자네는 프랭클린 박사가 해 준 말을 새겨듣지 않은 게로구먼."

"프랭클린이 뭘 안다고요. 당신은 앞으로 수십 년은 계속 건강할 겁니다, 푸아로."

"그럴 수도 있겠지만, 여보게, 거의 그럴 가능성은 없어. 내가 지금 하는 말은 일반적인 경우가 아니라 특별한 경우에 대해서 하는 말일세. 나는 금방 죽을 수도 있겠지만, 우리 친구 X에게 유리하게끔 그렇게 빨리 죽지는 않을 걸세."

나는 그의 말에 그만 깜짝 놀라고 말았다.

"뭐라고요?"

푸아로가 고개를 끄덕였다.

"하지만 그렇다네, 헤이스팅스. X는 아주 똑똑한 놈이지. 사실은 최고로 영리한 자야. 내가 단 며칠이라도 빨리 죽으면, 그것이 자기한테 아주 유리할 것이라는 점을 X가 모를 리가 없네."

"그렇지만 그렇게 되면, 그때는 무슨 일이 일어나게 되는 거죠?"

나는 놀라서 어쩔 줄 몰라 했다.

"연대장이 쓰러지고 나면, 몬 아미, 그 아래 지휘관이 인계를 받는 거라네. 자네가 계속해 나가는 거지."

"내가 어떻게요? 나는 아무것도 모르고 있잖습니까."

"내가 이미 다 준비해 두었지. 내게 무슨 일이 생기면 말이지, 이보게, 자네가 여기에서 답을 찾을 수 있을 걸세."

그리고 푸아로는 곁에 놓여 있는, 자물쇠로 잠긴 송달함을 손으로 톡톡 치는 것이었다.

"그렇게 교묘하게 장치를 해 놓을 필요는 없어요. 내가 알아야 하는 모든 걸 그냥 지금 말해 주세요."

"그건 안 돼, 이 친구야. 내가 알고 있는 사실을 자네가 지금 모르고 있다는 것이 강점이 되기도 하니까."

"분명하게 기술된 자료를 내게 남겨 놓았다는 거죠?"

"물론 그렇게 해놓지는 않았네. X가 그 자료를 손에 넣을 수도 있으니까."

"그렇다면 뭘 남겨 두었다는 건데요?"

"어떤 암시 같은 것. X에게는 아무 의미도 없는 것일 테지만, 그건 확실하지, 자네에게는 진실을 알려 줄 수가 있지."

"그 부분에 대해서는 자신이 없어요. 당신은 어째서 그렇게 생각이 비비 꼬여 있는 거죠, 푸아로? 항상 모든 걸 어렵게 만들어 놓기만 하니. 당신은 늘 그런 식이죠!"

"그러니까 내가 그걸 가지고 즐기고 있다는 건가? 그런 뜻인가? 아마 그럴지도 모르지. 하지만 안심해도 좋아, 내가 암시한 내용으로 자네는 진실을 알게 될 테니."

푸아로는 잠시 쉬었다가 말을 계속했다.

"아마 그때가 되면, 자네는 그 암시로 답을 찾고 싶어 하지 않을지도 모르겠네. 그 대신에 자네는 이렇게 말하겠지. '벨을 울려 커튼을 내리자.'라고."

그의 목소리에서 이미 문득문득 한두 번 느낀 적 있던, 말로 표현할 수 없는 두려움이 또다시 느껴졌다. 그것은 나로서는 알고 싶지도 않고 차마 받아들일 수도 없는, 보이지 않는 어딘가에 존재하는 사실이었다. 이미 아주 깊숙한 곳에서 존재하는 그것을 나는 이미 알고 있었다…….

나는 그런 기분을 떨쳐 버리고 저녁을 먹으러 아래층으로 내려갔다.

제17장

I

저녁 식사 분위기는 상당히 유쾌했다. 러트렐 부인이 다시 아래층으로 내려와서 의도적으로 아일랜드 사투리를 써 가며 기분 좋게 이야기를 했다. 내가 보기에 프랭클린 박사는 예전보다 훨씬 활기차고 명랑해진 것 같았다. 그리고 크레이븐 양이 간호사 유니폼 대신에 일상복을 입고 있는 모습을 처음으로 보았다. 직업적인 신중함을 벗어 던진 그녀는 분명 대단히 매력적인 젊은 여성이었다.

저녁 식사를 마친 후 러트렐 부인이 브리지 게임을 하자고 제안했는데, 결국 게임은 라운드 게임* 형식이 되고 말았다. 저녁 9시 30

* 편 없이 단독으로 하는 카드 놀이.

분쯤, 노턴은 푸아로를 만나러 올라가 보겠다고 말했다.

그러자 캐링턴이 말했다.

"좋은 생각이에요. 그분이 요즘 날씨 탓에 몸이 편치 않으신 것 같아 마음이 안 좋아요. 저도 같이 올라가도록 하죠."

나는 재빨리 행동을 취했다.

"저기, 아무래도, 한 번에 한 사람 이상과 얘기를 하는 건 그에게 분명 무리가 될 겁니다."

노턴도 눈치를 채고 곧바로 이렇게 말했다.

"저는 푸아로 씨께 새에 대한 책을 빌려 드리기로 약속했어요."

그러자 캐링턴이 말했다.

"좋아요. 다시 돌아올 거죠, 헤이스팅스?"

"예."

나는 노턴과 함께 위층으로 올라갔다. 푸아로가 우리를 기다리고 있었다. 한두 마디 얘기를 나누고 나는 다시 아래층으로 내려왔다. 그리고 사람들과 러미 게임*을 하기 시작했다.

캐링턴은 오늘 밤 스타일스의 분위기가 그토록 태평스러운 것이 못마땅한 것 같았다. 아마도 그는 사람들이 비극적인 사건을 너무도 빨리 잊어버린다고 생각했을 것이다. 캐링턴은 멍한 상태에서 자신이 뭘 하고 있는지 자주 잊어버렸고, 결국은 양해를 구한 뒤 게임을 그만두고 자리에서 물러 나왔다.

---

* 갖고 있는 패의 합계가 10점 이하일 때 가진 패를 보이는 카드 놀이.

그는 창가로 가서 창문을 열었다. 천둥 소리가 멀리서 들려왔다. 아직 우리가 있는 곳까지 오지는 않았지만 폭풍우가 곧 불어 닥칠 기세였다. 캐링턴은 다시 창문을 닫고 자리로 돌아왔다. 그는 잠시 동안 그대로 서서 우리가 게임을 하는 모습을 물끄러미 지켜보았다. 그러더니 슬그머니 밖으로 나가 버렸다.

나는 밤 10시 45분에 잠자리에 들기 위해 위층으로 올라왔다. 푸아로의 방에는 들르지 않았다. 그는 아마도 잠들어 있을 것이었다. 게다가 나는 스타일스와 관련된 문제에 대해 더 이상 생각하고 싶지 않았다. 나는 단지 잠을 자고 싶었다. 잠자면서 다 잊고 싶었다.

막 잠이 들려는 순간 어떤 소리 때문에 잠이 깨고 말았다. 방문을 두드리는 소리 같기도 했다. '들어오세요.'라고 말했는데 아무런 응답이 없어서 불을 켜고 자리에서 일어나 복도를 내다보았다.

노턴이 욕실에서 나와 자기 방으로 들어가고 있었다. 노턴은 끔찍하게 꼴 보기 싫은 색깔의 체크무늬 화장복을 입고 있었고, 머리카락은 늘 그렇듯이 위로 곧추서 있었다. 그는 방 안으로 들어가서 문을 닫았는데, 곧 그가 자물쇠에 열쇠를 넣고 돌리는 소리가 들려왔다.

하늘에서는 천둥이 나지막하게 우르릉거렸다. 폭풍우가 점점 더 가까이 다가오고 있었다.

나는 침대로 다시 돌아오면서 좀 전에 열쇠를 넣어 돌리는 소리 때문에 약간 불안한 생각이 들었다.

아주 막연하기는 하지만 불길한 징조인 듯 여겨졌다. 노턴이 평소에도 밤에 방문을 걸어 잠갔던가? 의아한 마음이 들었다. 푸아로가 노턴에게 그렇게 하라고 조심을 시킨 것일까? 푸아로의 방 열쇠가 까닭 없이 사라진 적이 있었다는 사실이 떠오르면서 갑자기 불안해졌다.

머리 위에서 우르릉거리는 폭풍우 때문에 불안감이 더해졌고 침대에 누워서도 점점 더 걱정이 되었다. 나는 마침내 자리에서 일어나 내 방문을 잠갔다. 그리고 다시 자리에 누웠고 이내 잠이 들었다.

II

나는 아침을 먹으러 내려가기 전에 푸아로의 방에 들렀다.

푸아로는 침대에 누워 있었는데 몸 상태가 좋지 않아 보여서 나는 가슴이 덜컥 내려앉았다. 그의 얼굴에는 피곤하고 지친 기색이 뚜렷이 드러나 있었다.

"좀 어때요?"

그는 내게 느긋한 미소를 지어 보였다.

"살아 있다네, 이 친구야. 아직 살아 있어."

"아프지는 않고요?"

"아니, 좀 피곤할 뿐이야."

그러더니 그가 한숨을 내쉬었다.

"아주 피곤하네."

내가 고개를 끄덕여 주었다.

"지난밤 일은 어떻게 됐어요? 노턴이 그날 본 것을 얘기해 주던가요?"

"얘기해 줬지, 그랬다네."

"그게 뭐였답니까?"

푸아로는 한참 동안이나 신중하게 나를 바라보더니 마침내 입을 열었다.

"헤이스팅스, 자네에게 말을 해 주는 것이 더 나을지 어떨지, 잘 모르겠네. 자네가 오해할 수도 있으니까."

"무슨 말씀이죠?"

"노턴은 두 사람을 보았다고 내게 말했네……."

"주디스와 앨러턴이겠죠. 그때 난 그렇게 생각했어요."

나는 소리를 질렀다.

"에 비엥, 농.(흠, 아닐세.) 주디스와 앨러턴이 아니었네. 그러니까 자네가 오해할 거라고 내가 말하지 않았나? 자네는 한 가지 생각밖에 못하는 위인이니까!"

나는 조금 겸연쩍어하며 말했다.

"죄송합니다. 말씀해 주시죠."

"내일 말해 주겠네. 지금은 생각해 보고 싶은 게 많아."

"그게 이번 사건에 도움이 될까요?"

푸아로가 고개를 끄덕였다. 그는 눈을 감고 다시 베개에 비스듬히 기댔다.

"사건은 종료되었네. 그래, 이제 끝났어. 끝마무리만 해 주면 되는 거지. 내려가서 아침 들게나, 친구. 가는 길에 커티스를 내게 좀 보내 줘."

나는 커티스를 푸아로에게 보내고 아래층으로 내려왔다. 나는 노턴을 만나고 싶었다. 푸아로에게 그가 어떤 얘기를 했는지 궁금해서 견딜 수가 없었다.

속으로 나는 불만스러웠다. 푸아로의 태도가 전처럼 의기양양하지 않다는 점도 마음에 걸렸다. 그토록 계속해서 비밀을 지키려는 이유가 뭘까? 왜 이렇게 설명할 수 없을 정도로 깊은 비애가 느껴지는 걸까? 이 모든 것을 밝혀 줄 진실은 대체 무엇이란 말인가?

노턴은 아침 식사를 하러 오지 않았다.

잠시 후 나는 정원으로 산책을 나갔다. 폭풍우가 휘몰아치고 간 뒤라서 공기가 산뜻하고 시원했다. 간밤에 비가 많이 내렸음을 알 수 있었다. 캐링턴은 잔디밭에 있었다. 그를 보자 기분이 좋아지면서 그에게 비밀을 털어놓고 싶어졌다. 나는 줄곧 그렇게 하고 싶었다. 지금은 더욱더 그에게 내 속을 털어놓고 싶은 마음이 강하게 들었다. 푸아로가 혼자서 일을 처리하려고 하는 것은 정말이지 부당한 일이었다.

오늘 아침 캐링턴의 모습은 아주 활기차고 자신이 있어 보였다. 나는 그를 보며 친밀감과 안도감을 느꼈다.

캐링턴이 내게 말했다.

"오늘 아침에는 늦게 일어나셨군요."

나는 고개를 끄덕이며 대꾸했다.

"늦게 잤거든요."

"어젯밤에 뇌우가 쳤는데. 들으셨어요?"

그 말을 듣자 자는 동안 줄곧 천둥이 우르르우르르 하는 소리를 의식하고 있었던 기억이 떠올랐다.

"어젯밤에는 날씨 때문에 몸이 좀 좋지 않았는데. 오늘은 한결 낫군요."

그러고는 그는 두 팔을 쭉 펴고 하품을 했다. 그에게 물었다.

"노턴은 어디에 있습니까?"

"아직 일어나지 않은 것 않은데요. 게으름뱅이 녀석 같으니라고."

우리는 함께 위쪽으로 시선을 옮겼다. 우리가 서 있는 곳에서 보면, 노턴의 방 쪽에 있는 창문들이 바로 위쪽으로 나 있었다. 나는 움찔했다. 정면으로 보이는 창문 중에서 오직 노턴이 지내는 방의 창문만이 닫혀 있었다.

나는 언뜻 의구심이 들었다.

"이상하군요. 사람들이 노턴을 깨우는 걸 잊었나?"

"뜻밖이네요. 친구가 아프지나 않았으면 좋겠는데. 한번 가 봅시다."

우리는 함께 위층으로 올라갔다. 복도에 약간 멍청해 보이는 인상의 젊은 하녀 하나가 보였다. 어떻게 된 것인지 묻자, 그녀가 노턴 씨의 방문을 노크했는데 아무 대답이 없다고 대답했다. 두어 차례 노크를 했는데도 듣지 못하는 것 같다고 했다. 노턴의 방문은 잠겨 있었다.

끔찍한 예감이 확 몰려왔다. 나는 요란하게 방문을 두드려대면서 큰 소리로 외쳤다.

"노턴, 노턴, 일어나요!"

불안감이 점점 더 커져 갔다.

"일어나요!"

III

아무리 불러도 대답 소리가 들리지 않을 것 같아서 우리는 러트렐 대령을 찾아 아래층으로 내려갔다. 대령은 흐릿한 푸른 눈에 얼마간 놀란 기색을 하고는 우리가 하는 말을 주의 깊게 들었다. 그러고는 불안해 하면서 콧수염을 잡아당겼다.

항상 신속하게 결단을 내리는 편인 러트렐 부인이 곧장 결정을 내렸다.

"어쨌든 그 방문을 열어야 할 것 같군요. 달리 방도가 없어요."

내 인생에서 두 번째로 스타일스 저택에서 문이 부서지는 장면을 보게 된 것이었다. 첫 번째 사건에서 잠긴 문 뒤에서 벌어졌던 상황이 바로 지금 이 문 뒤에도 존재하고 있었다. 폭력으로 인한 죽음이 그것이었다.

노턴은 화장복을 입은 채로 침대에 누워 있었다. 방문 열쇠는 그의 주머니에 들어 있었다. 손에는 작은 권총이 들려 있었는데, 장난감처럼 생겼지만 그 기능은 충분히 발휘할 수 있는 것이었다. 그리고 이마 정 중앙에 작은 구멍이 나 있었다.

잠시 동안 내게 어떤 느낌이 떠올랐는데 그것이 무엇인지는 생각나지 않았다. 뭔가, 분명히 아주 오래된…….

너무 지쳐서 기억을 해낼 수가 없었다.

IV

내가 푸아로의 방으로 들어서자, 그가 내 안색을 살폈다.

그러고는 곧바로 내게 물었다.

"무슨 일인가? 노턴은?"

"죽었어요!"

"어떻게? 언제?"

나는 그에게 간략히 말해 주었다.

그리고 기진맥진한 상태로 말을 맺었다.

"사람들은 자살이라고 말하더군요. 달리 뭐라고 할 수 있겠어요? 문은 잠겨 있었죠. 창문도 닫혀 있었고요. 열쇠는 노턴의 주머니에 들어 있었어요. 아! 사실 나는 노턴이 방으로 들어간 다음 방문을 걸어 잠그는 소리를 들었습니다."

"자네가 그를 봤다고, 헤이스팅스?"

나는 분명하게 말했다.

"예, 어젯밤에요."

"그게 노턴이었다고 확신할 수 있나?"

"물론이죠. 그의 아주 오래된 화장복은 어디에서도 알아볼 수가 있어요."

잠시 동안 푸아로는 옛날 모습으로 돌아갔다.

"아! 자네가 확신하고 있는 대상은 사람이지, 화장복이 아닐세. 마 푸와!(정말이지!) 다른 누구라도 화장복을 입을 수 있어."

나는 천천히 말했다.

"내가 그의 얼굴을 보지 못한 건 사실입니다. 그렇지만 그건 노턴의 머리카락이었고, 그래요, 바로 그 살짝 절뚝거리는 걸음걸이도……."

"누구라도 절뚝거릴 수 있지, 몬 디외(맙소사)!"

나는 움찔하고 놀라서 그를 쳐다보았다.

"그럼 푸아로, 내가 본 사람이 노턴이 아니었다는 말인가요?"

"그런 뜻으로 한 말은 아니고. 자네가 그때 목격한 사람이 노턴이었다고 말하면서 지금 제시하는 이유라는 것이 하도 비과학적이라 화가 난 것뿐이야. 아니, 아니, 그게 노턴이 아니라는 뜻으로 한 말은 아닐세. 다른 사람이었을 리가 없겠지. 이곳에 있는 남자들은 모두 키가 크고, 사실 노턴보다는 다들 훨씬 크니까. 엉팽(요컨대), 사람은 키를 속이지는 못하거든. 그래, 아닐 걸세. 노턴은 키가 165센티미터 정도밖에는 되지 않으니까 말이지. 투 드 멤므(어쨌든) 키를 속일 수 있다면 그건 마술을 쓰는 것과 다름없는 것이지, 안 그런가? 노턴은 자기 방으로 들어가서 문을 잠근 다음 주머니에 열쇠를 넣었고, 손에는 권총을 쥐고 주머니에는 여전히 그 열쇠가 들어 있는 채로 총을 맞은 모습으로 발견된 거지."

"그렇다면 당신은 그가 자살한 게 아니라고 생각하고 있군요?"

푸아로는 천천히 고개를 저었다.

"그래, 노턴은 스스로 방아쇠를 당긴 것이 아닐세. 그는 계획적으로 살해당한 거야."

V

나는 얼떨떨한 기분으로 아래층으로 내려갔다. 상황을 이해할 수 없었으므로 다음번에 닥쳐올 불가피한 단계를 미리 예상하지 못한 것인데, 그 점에 대해 과연 내가 용서받을 수 있을까 하는 생각이 들었다. 나는 얼이 빠져 버렸다. 머리도 제대로 돌아가지 않았다.

그렇지만 그것은 너무도 필연적인 결과였다. 노턴은 살해당했다. 그 이유는? 아마 노턴이 목격한 것을 발설하지 못하게 하기 위해서였을 것이다.

그러나 노턴은 그 일을 다른 사람에게 털어놓았다.

그렇다면 그 사람도 지금 위험한 상황일 텐데…….

그는 위험에 처해 있을 뿐만 아니라, 혼자 힘으로는 거동조차 힘들 것이었다.

나는 알아야만 했다.

나는 예상했어야만 했다…….

"쉐 아미!(친구!)"

내가 방을 나설 때 푸아로는 내게 그렇게 말했었다.

그것이 내가 푸아로에게 들은 마지막 말이 되어 버렸다. 커티스가 시중을 들기 위해 주인에게 갔을 때, 푸아로는 이미 죽어 있었다…….

제18장

I

나는 그 일에 대해서는 절대로 쓰고 싶지 않다.

여러분도 이해하겠지만, 나는 되도록이면 그 일에 대해서는 생각하고 싶지 않다. 에르퀼 푸아로는 죽었고, 그와 함께 아서 헤이스팅스의 어지간히 많은 부분도 죽어 버렸다.

나는 여러분께 전혀 윤색하지 않은 진실만을 전하려고 한다. 내가 할 수 있는 건 그게 전부이기 때문이다.

사람들 말로는 푸아로가 자연사한 것이라고 했다. 즉 심장 발작으로 사망했다는 것이다. 프랭클린 박사가 전에 진단했던 대로, 푸아로는 그렇게 세상을 떠났다. 분명 노턴의 죽음으로 인한 충격으로 그렇게 되었을 것이다. 푸아로의 침대 곁에 아질산아밀 앰풀을 놓아두지 않았던 것은 실수로 여겨졌다.

그것이 과연 실수였을까? 누군가 일부러 앰풀을 치워 버린 것은 아니었을까? 아니, 그 이상의 무언가가 있을지도 모르는 일이었다. X가 단지 푸아로의 심장 발작만을 기대하고 있었을 리는 없으니까.

아시다시피 나는 푸아로가 자연사한 것이라고는 생각하지 않는다. 노턴이 살해당한 것처럼, 바버라 프랭클린이 살해당한 것처럼, 푸아로도 누군가에게 죽임을 당한 것이다. 나로서는 그들이 왜 살해당해야 했는지 그 이유를 알 수가 없다. 누가 그들을 죽였는지도 모르겠다!

노턴의 사망 사건과 관련해 심리가 열렸고 자살로 평결이 났다. 외과의사가 유일하게 의문을 제기했는데, 그는 자살한 사람이 자기 이마의 정 중앙에 총을 쏘는 것은 매우 드문 경우라고 말했다. 그러나 단지 약간 미심쩍다는 것뿐이었다. 모든 상황이 자명했던 것이다. 방문은 안쪽에서 잠겨 있었고, 고인의 주머니 속에 방문 열쇠가 들어 있었으며, 창문도 완전히 닫혀 있었던 데다가 고인의 손에 총이 들려 있었다. 노턴은 두통을 호소하곤 했는데, 그가 투자한 자금 상황이 최근 그다지 좋지 않았던 탓인 듯했다. 딱히 노턴이 자살할 만한 이유는 없는 듯했지만, 어쨌든 결론을 내려야 했다.

권총은 노턴의 것이 확실했다. 노턴이 스타일스 저택에 머무는 동안 그 권총이 그의 화장대 위에 놓여 있었던 것을 하녀가 두 번 정도 목격했다고 했다. 이렇게 또 사건이 일어났다. 멋지게 연출된 데다가 언제나 그렇듯이 달리 해석할 여지도 없이 자명한 범죄가 또 한 건 저질러진 것이다.

푸아로와 X의 싸움에서, 결국 X가 이긴 것이다.

그리고 이제 그 일은 내게 맡겨졌다.

나는 푸아로의 방으로 들어가 송달함을 꺼냈다. 푸아로가 나를 유언 집행인으로 삼았다는 것을 알고 있었으니, 나에게는 그렇게 할 권리가 있었다. 송달함 열쇠는 푸아로의 목에 걸려 있었다.

나는 내 방으로 돌아와 송달함을 열었다.

순간 나는 충격을 받았다. X 사건에 대한 서류들이 사라져 버렸던 것이다. 불과 하루 이틀 전에 푸아로가 그 상자를 열었을 때만 해도 그 서류들이 송달함에 들어 있는 것을 보았는데. 내가 필요로 할지도 모르는 서류를 건드린 것, 이 점이야말로 X가 여전히 활동하고 있다는 증거였다. 그럴 가능성은 거의 없을 듯하지만 푸아로가 그 서류들을 처리했던지, 아니면 X가 그렇게 했을 것이었다.

X, X, 빌어먹을 X 녀석.

그런데 상자가 완전히 비어 있는 것은 아니었다. X는 알 리가 없는 다른 암시를 내가 찾을 수 있으리라고 했던 푸아로의 약속이 기억 났다.

이것이 그 암시란 말인가?

소형 저가판으로 나온 셰익스피어의 희곡, 『오셀로』 한 권이 들어 있었다. 그리고 세인트 존 어빙*의 희곡, 『존 퍼거슨』도 한 권 들어

* 영국의 극작가.

있었다. 그 책의 제3막에는 북마커가 끼워져 있었다.

나는 어안이 벙벙한 채로 두 권의 책을 내려다보았다.

여기에 푸아로가 남긴 단서들이 있는데, 나는 그 의미를 알 수가 없었다!

이게 도대체 무슨 뜻이란 말인가?

하지만 그렇다고 해도, 어떻게 그 암호를 알아볼 수 있다는 거지?

책 어디에도 단어나 철자 아래에 줄로 표시가 되어 있는 곳은 없었다. 열심히 찾아봤지만 헛수고였다.

나는 『존 퍼거슨』 제3막을 조심스럽게 통독했다. '둔해 빠진' 클루티 존이 자리에 앉아서 이야기를 하는 매우 훌륭하고 긴장감이 넘치는 장면이었는데, 누이에게 나쁜 짓을 한 자를 젊은 퍼거슨이 찾아 나서는 것으로 끝을 맺고 있었다. 탁월한 인물 묘사이긴 했지만, 푸아로가 내 문학적 소양을 길러 주기 위해 이런 책을 남겼을 리는 만무했다!

그러다가 책장을 넘기는 순간, 종잇조각이 하나 바닥으로 떨어졌다. 그 종이에 짧은 글귀가 적혀 있었다. 푸아로의 필체였다.

'내 하인 조르주에게 가서 의논할 것.'

음, 뭔가 있으렷다! 이건 암호를 얻기 위한 열쇠일 테고, 그 열쇠는 아마 조르주에게 맡겨 두었을 테지. 나는 조르주의 집 주소를 알아내서 그를 만나러 가야 했다.

그러나 그 일을 하기에 앞서 내 친구를 땅에 묻는 슬픈 일을 치러야만 했다.

이곳은 푸아로가 처음 이 나라에 와서 살았던 장소였다. 그리고 푸아로는 마침내 이곳에 눕게 된 것이었다.

이 시기 동안에 주디스는 나한테 아주 친절하게 대해 주었다.

그 애는 나와 많은 시간을 함께 보내면서 모든 일 처리를 도와주었다. 게다가 상냥하고 호의적이었다. 엘리자베스 콜 양과 캐링턴도 나에게 아주 친절했다.

내 생각과 달리 콜 양은 노턴의 죽음에 대해 그다지 충격을 받은 것 같지는 않았다. 설령 엄청나게 큰 슬픔을 느꼈다 하더라도 콜 양은 그런 감정을 겉으로 드러낼 사람은 아니었다.

그렇게 모든 것이 끝이 났다…….

II

그래, 나는 기록해야 한다.

나는 말해야만 하는 것이다.

장례식이 끝났다. 나는 주디스와 함께 자리에 앉아서 미래에 대한 몇 가지, 뭉뚱그린 계획을 세우고 있었다.

"저기, 아버지, 저는 여기에 있지 않을 거예요."

"여기 있지 않을 거라고?"

"미리 말씀드리고 싶지는 않았어요, 아버지. 아버지를 더 힘들게 하고 싶지 않았거든요. 그렇지만 이제 말씀드려야 할 거 같아요. 너무 마음 상해 하지 않으셨으면 좋겠어요. 저는 아프리카로 떠나요,

짐작하시겠지만, 프랭클린 박사님하고 같이요."

그 순간 나는 그만 나도 모르게 소리를 지르고 말았다. 절대 있을 수 없는 일이었다. 일이 그렇게 돌아가다니. 누구나 입방아를 찧어 댈 것이었다. 박사의 아내가 살아 있는 동안에 영국에서 그의 조수로 일하는 것과, 지금 박사와 함께 아프리카로 가는 것은 엄연히 다른 문제였다. 있을 수도 없는 일일 뿐만 아니라 절대로 용납할 수 없었다. 주디스가 그런 짓을 하도록 내버려 둘 수는 없었다!

주디스는 내 말을 가로막지 않았다. 그 애는 내가 말을 끝마칠 때까지 가만히 듣고만 있었다. 그러더니 살짝 미소를 지으며 말했다.

"그렇지만 아버지, 저는 그분의 조수로 가는 게 아니고요, 그분의 아내로서 가는 거예요."

나는 거의 심장이 얼어붙을 만큼 깜짝 놀라고 말았다.

나는 더듬더듬 물었다.

"앨, 앨러턴은?"

주디스는 희미하게 즐거워하는 듯한 표정을 지어 보였다.

"그 사람은 아무 관계도 없어요. 아버지가 저를 그렇게 화나게 만들지만 않으셨어도 말씀드리려고 했는데. 게다가 저는 사실, 아버지가 그쪽으로 생각하시기를 바라기도 했어요. 제 상대가 존이라는 걸 아버지가 모르셨으면 했거든요."

"하지만 난 앨러턴이 밤에 네게 키스하는 걸 봤어. 테라스에서 말이다."

주디스가 서둘러 말했다.

“예, 그랬었죠. 그날 밤 기분이 아주 울적했거든요. 그런 일은 흔히 일어나잖아요. 아버지도 아시죠?”

“넌 아직 프랭클린과 결혼할 수는 없어. 그렇게 빨리는 안 된다.”

“아뇨, 저는 할 거예요. 그 사람하고 같이 나가고 싶고, 아버지도 그게 훨씬 편할 거라고 며칠 전에 말씀하셨잖아요. 우린 아무것도 기다릴 필요가 없어요. 이제는요.”

주디스와 프랭클린이라. 프랭클린과 주디스라.

그 순간 내 마음속에는 한동안 표면 아래에 가라앉아 있던, 바로 그 생각들이 떠올랐는데, 그게 뭔지 여러분은 짐작하시는지?

손에 병을 들고 있는 주디스, 불필요한 사람들은 유용한 사람들을 위해 길을 내줘야 한다고 젊고 열정에 가득 찬 목소리로 외치는 주디스. 사랑하는 나의 주디스, 푸아로가 몹시 아끼던 주디스. 노턴이 목격했다는 그 두 사람이 바로 주디스와 프랭클린이었단 말인가? 그렇지만 만일 그렇다면, 그렇다고 한다면…… 아니, 그럴 리가 없다. 주디스는 아니다. 프랭클린이라면 또 모를까. 그는 기이하고 무자비한 사람이므로 마음만 먹으면 계속해서 살인을 저지를 수도 있겠지.

푸아로는 프랭클린 박사에게 진찰을 받고 싶어 했다.

왜지? 그날 아침 푸아로는 프랭클린에게 무슨 말을 했던 걸까?

어쨌든 주디스는 아니다. 사랑하는 내 딸, 의젓하고 젊은 주디스가 그랬을 리 없다.

하지만 푸아로의 표정은 정말 이상했었다. 왜 푸아로는 나에게

"자네는 아마도 '벨을 울려 커튼을 내리자.'는 말을 하고 싶어 할 걸세……."라는 말을 한 것일까.

갑자기 어떤 생각이 퍼뜩 떠올랐다. 말도 안 돼! 있을 수도 없어! 그럼 X에 대한 얘기가 전부 거짓이었다는 건가? 프랭클린 가족에게 비극적인 일이 생길까 봐 푸아로가 스타일스 저택으로 왔다는 건가? 주디스를 감시하기 위해서? 그것이 바로 푸아로가 내게 아무 말도 하지 않았던 이유인가? X에 대한 얘기가 전부 거짓말이고 어떤 연막이었기 때문에?

내 딸 주디스가 이 모든 비극의 핵심이었다는 건가?

오셀로! 프랭클린 부인이 죽던 날 밤 내가 책장에서 꺼낸 책이 바로 『오셀로』였는데. 그게 바로 단서였나?

그날 밤 누군가 주디스에게 그 애가 마치 본인의 이름처럼 홀로페르네스의 목을 자르기 직전의 유태인 과부 유딧(주디스)과 같은 모습이라고 말하지 않았던가. 주디스가 마음속으로 죽음을 계획하고 있었던 건가?

제19장

나는 이스트본에서 이 글을 쓰고 있다.

전에 푸아로의 하인으로 일했던 조르주를 만나기 위해 이스트본으로 왔다.

조르주는 수년 동안 푸아로와 함께 지내 왔다. 그는 유능하지만 무미건조한 데다가 상상력이라고는 없는 사람이었다. 늘 문자 그대로 말을 했고 상황을 있는 그대로 받아들였다.

어쨌든 나는 조르주를 찾아갔다. 푸아로의 죽음을 알리자 그는 정말 그다운 반응을 보였다. 그는 몹시 비통해 하고 슬퍼하면서도 그런 자신의 감정을 거의 드러내지 않으려고 했다.

"푸아로가 내게 무슨 말을 남기지 않았나?"

내 질문에 조르주가 곧바로 대답했다.

"선생님께요? 아뇨, 저는 그것에 관한 한 아는 게 없습니다."

나는 깜짝 놀랐다. 다시 재촉하듯 물어봤지만, 그는 분명히 그런 건 없었다고 말하는 것이었다.

나는 어쩔 수 없이 이렇게 말했다.

"내 실수인 것 같군. 음, 그건 그렇고 마지막 순간에 자네가 푸아로와 같이 있었으면 좋았을걸."

"저도 같은 생각이 듭니다, 선생님."

"그런데 자네 부친께서 몸이 좋지 않으셔서 자네가 부친께 올 수밖에 없었다는 얘기를 들었네."

조르주는 아주 이상하다는 표정으로 나를 쳐다보며 말했다.

"무슨 뜻으로 하는 말씀인지요, 선생님? 지금 한 말씀이 잘 이해가 안 됩니다만."

"자네가 부친을 간호하기 위해 푸아로를 떠나야 했다는 얘기 말일세, 그게 사실이 아니란 말인가?"

"저는 떠나고 싶지 않았습니다, 선생님. 무슈 푸아로께서 저를 떠나보내신 겁니다."

그를 바라보며 내가 되물었다.

"아니, 자네를 떠나보냈다고?"

"그분이 저를 해고시키셨다는 뜻이 아니고요, 나중에 다시 푸아로 씨께 돌아가기로 약속이 되어 있었습니다. 그렇지만 푸아로 씨의 뜻에 따라서 일을 그만두는 것이었기 때문에, 그분은 제가 나이 든 아버지와 함께 여기에서 지내는 동안 모자람이 없도록 적절한 보상을 해 주셨습니다."

"그렇지만 이유가 뭐였나, 조르주? 도대체 왜 그랬을까?"

"저도 모르겠습니다, 선생님."

"자네는 이유를 물어보지 않았나?"

"아뇨, 선생님. 이유를 물어볼 수 있는 위치가 아니었으니까요. 푸아로 씨는 언제나 나름대로 생각이 있는 분이셨습니다, 선생님. 전 그분이 매우 총명한 신사분이라는 걸 알고 있었고 그분을 늘 존경해 왔습니다, 선생님."

나는 멍하게 중얼거렸다.

"그래, 그래."

"제 말을 이해하시겠지만, 그분은 옷차림이 아주 특이했죠. 얼마간 이국적이고도 고급스러운 옷을 즐겨 입으셨습니다. 물론 그분은 외국 신사분이니까, 그런 점은 이해할 수 있는 부분이었죠. 그분의 머리카락도 그렇고, 콧수염도 그렇고요."

"아! 그 유명한 콧수염 말이군."

푸아로가 그 수염을 자랑스럽게 여기던 기억이 떠오르자 나는 마음이 저려 왔다.

조르주의 회상이 이어졌다.

"그분은 콧수염에 대해서는 정말 유별난 분이셨죠. 최신 유행을 따르지는 않았지만, 아주 멋지게 잘 어울렸어요. 선생님, 제 말뜻 아시겠죠?"

나는 그 말의 뜻을 잘 알고 있다고 그에게 말해 주었다. 그리고 중얼거리듯 물었다.

"푸아로는 머리카락뿐만 아니라 콧수염도 염색했던 것 같은데?"

"그랬었죠. 음, 콧수염은 살짝 손을 봤지만, 머리카락에는 손대지 않으셨습니다. 최근 몇 년간은요."

"말도 안 돼. 머리카락이 갈가마귀처럼 검었다고. 그래서 가발처럼 보이기까지 했는걸, 아주 부자연스러웠어."

그러자 조르주는 민망해 하면서 헛기침을 했다.

"죄송합니다만, 선생님. 그건 가발이었습니다. 무슈 푸아로께서는 최근에 머리카락이 상당히 많이 빠져서 가발을 쓰셨지요."

한 남자에 관해서 그의 가장 친한 친구보다 하인이 더 많은 것을 알고 있다는 점이 얼마간 이상야릇하게 느껴졌다.

나는 조금 전에 나를 당황하게 만들었던 문제로 다시 돌아갔다.

"무슈 푸아로가 왜 자네를 떠나보냈는지 정말 그 이유를 모르겠나? 한번 생각해 보게나, 제발. 생각 좀 해 보게."

조르주는 머리를 짜내려고 애를 썼지만, 그는 생각하는 데는 영 소질이 없는 사람이었다.

그러더니 마침내 입을 열었다.

"제 생각에는요, 선생님. 그분이 커티스를 고용하고 싶어서 저를 내보내신 것 같습니다."

"커티스? 왜 커티스를 고용하고 싶어 했다고 생각하지?"

그가 헛기침을 했다.

"글쎄요, 선생님, 저는 정말이지 뭐라고 드릴 말씀이 없습니다. 이렇게 말해도 될지 모르겠습니다만, 제가 보기에 커티스는 그렇게 똑똑하지 않은 것 같았습니다, 선생님. 물론 커티스는 체력이 아주 좋기는 했지만, 무슈 푸아로께서 좋아하실 만한 그런 사람은 아니었습니다. 그가 한때 정신 병원에서 조수로 있었을지도 모른다는 생각이 들기도 했습니다."

나는 조르주를 빤히 쳐다보았다.

커티스라고!

푸아로가 내게 줄곧 거의 아무 얘기도 해 주지 않은 것이 그 때문이었나? 내가 심사숙고할 대상으로 여기지 않았던 단 한 사람이 바로 커티스였지! 그래, 그래서 푸아로는 내가 미지의 X를 찾기 위해 손님들을 살피고 다니는 동안, 그렇게 하도록 내버려 두면서 안심하고 있었던 거로군. X는 손님이 아니었던 거야.

커티스라니!

한때 정신 병원에서 조수로 일했던 자. 정신 병원이나 정신 박약자 보호 시설에 수용되어 있던 환자들 중에 계속 그 시설 내에 머물면서 조수로 일하거나 아니면 나중에 그 시설로 다시 돌아가서 조수로 일하는 경우가 종종 있다는 글을 어디선가 읽은 적이 있지 않은가.

기묘하고 우둔하고 멍청해 보이던 남자, 나름대로 이상하게 왜곡이 된 동기에서 살인을 했을지도 모르는 남자…….

그리고 만일 그렇다면, 그렇다고 한다면…….

왠지 거대한 의혹의 구름이 걷히는 것 같았다!

정말 커티스가 X였단 말인가?

후기

아서 헤이스팅스 대위의 기록

(아래에 소개된 수기는 내 친구 에르퀼 푸아로가 죽은 지 4개월이 지난 뒤에 내 손에 들어온 것이다. 변호사 사무실에서 나에게 그쪽으로 전화를 걸어 달라는 내용의 전갈을 보내 왔다. 그들은 사무실에서 '고객인, 고(故) 무슈 에르퀼 푸아로의 지시에 따라' 내게 봉인된 소포를 하나 건네주었다. 그 내용을 여기에 그대로 옮겨 적는다.)

에르퀼 푸아로의 수기

몬 쉐 아미(내 소중한 친구에게).

자네가 이 글을 읽을 때쯤이면 난 이미 4개월 전에 세상을 떠난 상태일 걸세. 이 글을 써야 할지 말아야 할지를 두고 오랫동안 고민했지만, 두 번째 '스타일스 사건'에 대한 진실을 누군가는 알아야 하겠기에 기록을 남기기로 결심했다네. 이 글을 읽을 때쯤 자네는 아마도 말도 안 되는 추론을 잔뜩 전개시켰을 테고, 모르긴 해도 고통을 겪고 있겠지.

하지만 이 말을 해 주고 싶네. 자네는 말이지, 몬 아미, 쉽게 진실을 알 수도 있었어. 나는 자네가 모든 단서를 손에 넣을 수 있도록 해 주었지. 자네가 그것을 파악하지 못했다면, 그건 언제나 그렇듯이, 자네가 너무나 훌륭한 성품을 지니고 있고 사람을 의심할 줄 모르기 때문일 걸세. 자네는 아 라 팽 콤 오 코망스망(처음부터 끝까지 변함없이 한결같은) 사람이니까.

적어도 노턴을 죽인 사람이 누구인지는 자네가 알아야 할 듯하네. 자네는 아직 바버라 프랭클린을 죽게 한 사람이 누구인지도 모르고 있기는 하지만 말일세. 후자에 대해서 알게 되면 자네는 아마 충격을 받을 걸세.

자, 시작해 보기로 하지. 알다시피, 나는 자네를 스타일스로 불러들였네. 나는 자네가 필요하다고 말했지. 그건 사실이었네. 그리고 나는 자네에게 내 눈과 귀가 되어 줬으면 좋겠다고 말했지. 그 또한 틀림없는 사실이었지. 자네가 이해한 그런 의미로는 아니었지만 말일세! 나는 자네가 뭔가를 보고 듣기를 원했고 자네가 해야 할 일은 바로 그런 것을 보고 듣는 것이었네.

쉐 아미, 자네는 내가 이 사건에 관한 정보를 공개하는 데 '불공평'하게 군다고 불평했지. 나는 내가 알아낸 정보를 자네에게 알려 주지 않았어. 즉 나는 X의 정체를 알려 달라는 자네의 요구를 거절했네. 그건 분명 사실이지. 내가 표면에 내세웠던 이유 때문은 아니었지만, 나는 그래야만 했네. 자네는 이제 곧 그 이유를 알게 될 걸세.

그럼 이제 X에 대한 문제를 검토해 보기로 하세. 나는 자네에게 여러 사건들에 관한 요약본을 보여 주었지. 또한 각 사건들에는 실제로 해당 범죄를 저지른 피의자 혹은 용의자가 분명하게 드러나 있고, 그 밖에 의심할 만한 점은 없다는 점을 지적해 주었지. 그리고 나는 두 번째로 중요한 사실에 대해서 언급했는데, 각 사건에서 X는 사건 현장에 있었거나 아니면 현장과 밀접한 관계가 있었다는 것이었네. 자네는 순식간에 사실일 수도 있고 거짓일 수도 있는 역설적인 추론을 해내더군. 자네는 X가 그 모든 살인을 저지른 것이라고 말했지.

그렇지만 여보게, 친구, 사건의 정황으로 보건대 각 사건에서는 (혹은 대략적으로 볼 때) 오직 피의자만이 범죄를 저지를 수 있는 위치에 있었지. 그렇다면 X에 대해서는 어떻게 설명할 수 있을까? 경찰 관계자나 형사 사건 전문 변호사까지 거론하지 않더라도, 다섯 건의 살인 사건에 특정한 남자 혹은 여자가 관여되어 있다고 하는 건 이치에 맞지가 않아. 자네도 잘 알겠지만 그런 일은 도저히 일어날 법하지가 않으니까. 누군가 '음, 사실, 나는 살인자 다섯 명을 알고 있소!'라고 은밀히 말할 리는 절대로 없지 않은가. 아니, 아니, 몬아미, 실제로도 그런 일은 불가능하다네. 그런데 우리는 흥미롭게도 앞서 발생한 사건들이 어떤 촉매 작용으로 인해 일어난 것이라는 결론을 내렸지. 제3의 물질이 있어야만 두 물질 사이에 반응이 일어날 수 있는데, 그 제3의 물질은 겉보기에는 다른 물질과 함께 반응을 일으키지 않고 자체의 성질이 변화되지 않은 채로 남아 있다네. X가 바로 그런 위치였지. 다시 말하면 X가 있는 장소에서는 범죄가 일어나게 되지만, 사실 X는 그 범죄에 적극적으로 가담하지 않은 셈이 되는 거지.

특이하고도 비정상적인 상황 아닌가! 나는 내 생이 끝나 가는 이 마당에, 절대 범인으로 의심받지 않을 만한 기술을 개발해 낸 완전 범죄자를 만나게 된 걸세.

놀라웠지. 그렇지만 새로운 건 전혀 아니었네. 비슷한 경우가 있으니까. 내가 자네에게 남긴 첫 번째 '단서'에 대해 이야기해 보기로 하지. 바로 『오셀로』라는 희곡 말일세. 이 명작 속에서 우리는 X라는 인물의 원형을 찾아볼 수 있지. 바로 완벽한 살인자인 이아고 말일세. 데스데모나와 카시오, 그리고 결국 오셀로의 죽음까지도 모두 뒤에서 범죄를 계획한 이아고의 짓이지. 이아고는 의심받을 만한 상황에서 벗어나 있었기 때문에 그런 짓을 할 수 있었다네. 여보게, 친구, 위대한 셰익스피어는 작품 속에서 자신이 만들어 낸 진퇴유곡을 처리해야만 했네. 셰익스피어는 이아고의 가면을 벗기기 위해 가장 서투른 장치에 의존해야 했는데, 그것은 바로 손수건이었지. 그 장치는 이아고가 늘 사용해 오던 기술과는 일관성이 없었고, 그 때문에 독자들로 하여금 이아고가 유죄가 아닐 수도 있다고 확신하게 만들었다는 점에서 그건 치명적인 오류였네.

그래, 『오셀로』에는 완벽한 살인 기술이 나와 있지. 직접 그런 기술을 암시하는 단어는 하나도 없지만 말일세. 셰익스피어는 언제나 다른 사람들에게 폭력에 대한 정보를 드러내지 않으면서 끔찍스런 의심을 이리저리 반박하고, 자기가 그 비밀을 드러낼 때까지 독자들이 긴장을 풀지 못하도록 만든다네.

그것과 똑같은 기법이 『존 퍼거슨』의 명장면인 제3막에도 나오지. 제3막에서 '둔해 빠진' 클루티 존은 다른 이들을 조종해서 그들이 자기가 싫어하는 남자를 죽이게 만들지. 뛰어난 심리학적 암시라고 할 수 있지 않은가.

자네가 꼭 알아야 할 것이 있네, 헤이스팅스. 사람들은 누구나 잠재적인 살인자라는 것. 살인을 저지를 의지까지는 아니더라도, 누구나 가끔씩 살인을 하고픈 충동을 느낀다네. 자네 또한 그런 감정을 느낀 적이 많을 테고 다른 사람들이 그런 말을 하는 것도 자주 들었을 걸세. '나를 지독하게 화나게 만든 저 여자를 죽여 버리고 싶어!', 'B란 놈을 죽이고 싶어. 그가 그런 말을 하다니!', '너무 화가 나서 그놈을 죽여 버리고 싶어!' 사실 이런 말에는 진심이 담겨 있다고 볼 수 있지. 그 말을 내뱉는 순간만큼은 진심일 테니까 말일세. 누군가를 죽이고 싶은 마음이 생길 수도 있지. 왜 아니겠나. 그렇지만 그런 마음을 그대로 행동으로 옮기지는 않지. 의지가 욕망에 굴복해야만 가능한 일이니까. 그런데 어린아이들은 자신의 행동을 완전히 통제하지 못한다네. 고양이 때문에 약이 오른 한 아이가 고양이에게 '가만히 있지 않으면 네 머리를 쳐서 죽여 버릴 거야.'라는 말을 했고, 실제로 그렇게 했다더군. 그리고 잠시 후 고양이의 생명이 돌아오지 않을 거라는 걸 깨닫고는 크게 놀라 두려움에 떨었다는군. 자네도 알겠지만, 그 아이는 고양이를 아주 많이 사랑했으니까. 그러니까 우리 모두가 모두 잠재적인 살인자라는 말은 틀린 말이 아니지. X가 사용하는 방법은 사람들에게 살인의 욕망을 암시하는 것이 아니라, 그들의 정상적인 사회적 내성을 무너뜨리는 것이라네. 오랜 동안의 연습 끝에 완성된 기술이지. X는 사람들에게 암시를 하고 그들의 취약점에 더 무거운 압력을 가하기 위해 어떤 단어와 구절, 어조를 사용해야 하는지를 정확하게 알고 있지! 그리고 효과를 거두었지. X는 희생자에게 전혀 의심을 받지 않고 그런 일을 할 수가 있었어. 그건 최면술이 아니었네. 최면술로는 그 정도로 성공할 수 없으니까. X가 사용한 방법은 보다 간교하고 치명적이었지. 사람들 사이의 불화를 없애 주는 게 아니라 불화를 증폭시키는 방법이 그것이지. 최고의 기술이면서 동시에 가장 악랄한 기술이기도 하지.

자네도 알 걸세, 헤이스팅스. 보게나, 자네에게도 그런 일이 일어났지 않나…….

아마 이 글을 읽을 때쯤에 자네는 예전에 자네를 화나게 하고 당혹스럽게 만들었던 내 말이 실제로는 무슨 의미인지 어느 정도 이해하겠지. 앞으로 발생할 범죄에 대해 언급할 때, 내가 항상 동일한 사건을 언급했던 것은 아니었네. 전에 내가 어떤 목적이 있어서 스타일스 저택에 와 있는 거라고 자네한테 말한 적 있지. 스타일스 저택에서 범죄가 저질러질 것이기 때문에 내가 거기에 와 있는 거라고. 자네는 내가 그토록 확신을 갖고 있는 데 대해 깜짝 놀랐지. 하지만 난 확신할 수 있었네. 자네도 알다시피, 범죄를 저지를 사람은 다름 아닌 바로 나였으니까…….

그래, 이 친구야, 참 희한한 일이지. 어처구니가 없기도 하고. 또 끔찍하기도 할 걸세! 살인을 용납하지 않는 내가, 인간의 생명을 소중히 여기는 내가 살인을 저지르는 것으로 내 경력에 마침표를 찍게 되다니. 나라는 인간이 너무나 독선적이고 청렴했던 까닭에, 이런 끔찍한 진퇴유곡에 처하게 되고 만 것이지. 헤이스팅스, 자네도 알겠지만 여기에는 두 가지 측면이 있다네. 내 일은 무고한 사람들의 생명을 구하는 것이라네. 다시 말하면 살인이 일어나는 것을 막는 것. 그러기 위해서 이 방법을 써야 했어. 이 방법밖에는 달리 도리가 없었네! X는 법으로는 처리할 수 없는 자였으니까. 그는 안전한 위치에 서 있었네. 그 밖에 다른 방법을 사용한다면 내가 아무리 정교하게 머리를 쓴다고 해도 나는 X에게 질 수밖에 없지.

그렇지만 여보게, 나도 그런 일을 하는 게 그다지 달갑지만은 않았어. 어떤 일을 해야 하는지 알고는 있었지만, 차마 할 수가 없었지. 마치 햄릿처럼. 결국 사악한 행동을 실행에 옮겨야 하는 날을 계속 미루고 있었던 걸세. 그리고 X가 공격을 해 왔지. 공격 대상은 러트렐 부인이었네.

헤이스팅스, 나는 자네의 그 유명한 직감이 예리하게 발휘될 수 있을지를 알고 싶었네. 그리고 자네의 직감은 맞아떨어졌지. 자네가 가장 처음 보인 반응은 노턴에 대한 막연한 의심이었어. 자네의 직감이 맞았던 걸세. 노턴이 바로 그자였네. 그런데 자네는 그런 직감에 대한 근거를 찾지 못했지. 대수롭지 않아 보이는 노턴에 대해 자네는 속으로 의심하는 마음이 살짝 생겼어. 자네는 그때 진실에 아주 가깝게 다가섰던 걸세.

나는 조심스럽게 노턴의 과거를 조사해 왔네. 그는 제멋대로인 데다 남한테 이래라 저래라 하는 걸 좋아하는 여자의 외아들이었지. 노턴에게는 별다른 재능이 없었기 때문에 특별히 눈에 띄거나 남들에게 깊은 인상을 주는 일 없이 살아온 것 같더군. 그는 항상 다리를 약간 절었고, 학교에서도 놀이에 끼지 못했어.

자네가 내게 해 준 얘기 중에서 가장 주목할 만한 것은 바로 노턴이 죽은 토끼를 보고 구역질을 하는 바람에 학교에서 비웃음을 샀다고 한 얘기였네. 내 생각에는, 그때 그 일로 인해 노턴은 마음에 깊은 상처를 입은 것 같아. 노턴은 피와 폭력을 싫어하는데, 결과적으로 그로 인해 그의 위신이 훼손되어 버린 것이지. 그리고 노턴은 대담성과 무자비함으로 위신을 되찾으려고 했던 거야.

노턴이 자기가 다른 사람들에게 영향을 미칠 수 있는 능력을 가졌다는 걸 자각한 것은 아주 어린 시절이었던 것 같아. 그는 남의 말을 잘 들어 주고 말수도 적은 데다 감수성이 아주 예민한 그런 성격을 갖고 있었지. 사람들은 그를 좋아하면서도, 한편 그를 대수롭지 않게 여겼겠지. 노턴은 그런 점 때문에 화가 났을 거고, 나중에는 바로 그 점을 이용하게 된 걸세. 정확하게 맞아떨어지는 단어를 사용하고 알맞은 자극을 주기만 하면 친구들을 조종할 수 있게 된 노턴은 다른 사람을 조종하는 것이 우스울 정도로 쉽다는 사실을 알게 되었지. 필요한 건 단지 사람들을 이해하는 일, 즉 사람들의 생각과 비밀스러운 반응, 욕망의 내부로 파고드는 일뿐이었지.

자신에게 그런 능력이 있다는 것을 한번 알게 되고 나면 그 힘을 키워 가게 마련이라는 걸 이해하겠나, 헤이스팅스? 모든 이들이 좋아하는 한편, 경멸해 마지않던 스티븐 노턴. 그자는 타인을 조종해서 그들이 원하지 않는 행동을 하도록 유도할 수 있었고, 혹은 헤이스팅스, 특히 이 부분을 주목하게나, 그들이 원하지 않는 쪽으로 생각의 방향을 유도할 수도 있었다네.

노턴이 그런 취미를 개발해 나가는 모습이 상상이 된다네…….
노턴의 취미는 간접적 폭력에 대한 병적인 탐닉으로 차츰 발전해 나갔지. 그는 육체적인 측면에 관한 한 폭력성이 결핍되어 있었고, 그로 인해 비웃음을 샀던 기억을 갖고 있었어.

그래, 그의 취미는 점점 발전을 거듭했고 결국 노턴은 그 취미에 빠져 들어 헤어날 수 없게 된 것이지! 그런 식의 취미는 마약과도 같은 것이었다네, 헤이스팅스. 아편이나 코카인과 마찬가지로 한 번 빠지면 계속해서 그 약을 애타게 찾게 만드는 그런 마약 말일세.

온화한 심성을 가진 사랑스러운 인간인 노턴은 사실 은밀한 사디스트였던 것이지. 그는 고통, 즉 정신적인 고문에 탐닉한 중독자였네. 최근 수년 동안 세상에는 그런 성향이 유행처럼 번지고 있다네. 라페티 비앙 앙 망장.(먹을수록 식욕이 생기는 법이지.)

그의 취미는 두 가지 욕망을 채워 주었네. 즉 사디스트적 욕망과 권력에 대한 욕망이었지. 노턴은 삶과 죽음의 열쇠를 쥐고 있었던 걸세.

마약 중독자들이 종종 그렇듯이, 노턴도 계속 그만의 마약을 공급받아야 했지. 그는 계속해서 희생자들을 찾아냈지. 내가 실제로 추적해 낸 다섯 건 외에도 분명히 다른 사건들이 더 있으리라고 생각하네. 각 사건에서 노턴이 한 짓은 동일한 것이었지. 그는 이서링턴에 대해 알고 있었고, 릭스가 사는 마을에서 여름 한철을 보내는 동안 동네 술집에서 릭스와 같이 술을 마셨네. 그리고 숲을 답사하다가 프레다 클레이를 만났지. 당시 프레다는 늙은 아주머니가 죽으면 아주머니 자신은 고통에서 해방될 것이고, 자기에게도 경제적으로 이익이 되니 좋은 일이라는 식으로 어렴풋하게나마 생각하고 있었는데, 노턴이 농간을 부려 그런 프레다의 생각을 부추긴 것이지. 노턴은 리치필드 가족과도 친구로 지냈는데, 마거릿 리치필드는 노턴과 이야기를 나누면서 종신형과 다름없는 삶에서 여동생들을 해방시켜 줄 영웅은 자신밖에 없다는 생각을 하게 되었지. 하지만 노턴이 영향을 미치지 않았다면, 그 사람들이 그런 범죄를 저질렀을 리는 없었을 걸세.

그럼 이제 스타일스 저택에서 일어난 사건에 대해 얘기해 보세. 나는 한동안 노턴의 행적을 추적하고 있었어. 노턴은 프랭클린 부부와 안면을 익혔고 나는 즉시 위험을 감지했지. 자네가 알아 두어야 할 점은, 노턴도 술수를 부리려면 나름의 기반이 있어야 했다는 사실이 그것이네. 씨앗이 있어야 결과물을 만들어 낼 수 있으니까. 가령 『오셀로』를 읽으면서 나는, 데스데모나의 사랑은 이름 높은 전사에 대한 어린 소녀의 열정적이고도 미성숙한 영웅 숭배에 불과하며 남자에 대한 여성의 균형 잡힌 사랑은 아니었다는 것을 오셀로가 이미 확신하고 있었을 거라는(그 확신은 아마도 틀림없는 것이었을 테지.) 생각이 들었다네. 오셀로는 카시오야말로 데스데모나의 진정한 짝이며, 얼마 안 있어 그녀 자신도 그 사실을 깨닫게 되리라는 것을 알고 있었을 걸세.

노턴에게 프랭클린 부부는 아주 흥미로운 대상이었지. 모든 종류의 가능성을 다 갖추고 있는 사람들이었으니까! 지금쯤은 자네도 프랭클린과 주디스가 서로 사랑하는 사이라는 걸 분명히 알게 되었을 테지, 헤이스팅스.(분별력이 있는 사람이라면 누구나 즉시 알아차렸을 걸세.) 프랭클린은 주디스에게 무뚝뚝하게 굴면서 단 한 번도 주디스를 쳐다보지도 않고 정중하게 대하지도 않았는데, 그것은 모두 그가 주디스에게 홀딱 반해 있다는 걸 보여 주는 것이지. 그렇지만 프랭클린은 강인하고 정직한 성품을 가진 사람이었어. 말투는 비록 차갑고 무미건조하기 짝이 없지만, 그는 나름대로 분명한 기준을 갖고 있는 사람이었지. 그는 남자라면 자기가 선택한 아내에게 충실해야 한다는 원칙을 갖고 있었다네.

자네가 알고 있었는지 모르겠지만, 주디스와 프랭클린은 서로에게 깊게 빠져 있었고 그건 불행한 사랑이었지. 어느 날 장미 정원에 혼자 있는 모습을 자네에게 들켰을 때 주디스는 자네가 이미 그런 사실을 알고 있을 거라고 생각했지. 그래서 주디스가 불같이 화를 냈던 거야. 주디스 같은 성격을 가진 사람은 남의 동정을 받는 것을 못 견뎌 하니까. 그건 마치 금방 터진 상처를 건드리는 것과 같았지.

그런데 주디스는 자네가 자신의 상대를 앨러턴이라고 생각하고 있다는 걸 알게 되었지. 주디스는 자네가 그렇게 생각하도록 내버려 두면 자네가 쓸데없이 자기를 동정하거나 상처를 깊이 파고들지 않을 거라고 생각했지. 주디스는 자포자기한 상태에서 위안을 받으려고 앨러턴과 장난삼아 교제했을 뿐이라네. 주디스는 앨러턴 같은 부류의 남자에 대해 정확하게 알고 있었어. 앨러턴은 주디스를 재미있게 해 주고 기분 전환을 시켜 주었지만, 주디스는 그에게 아무 감정도 느끼지 못했네.

노턴은 물론 그런 관계를 정확하게 알고 있었지. 그는 프랭클린 박사를 둘러싼 삼각 관계 속에서 가능성을 엿보았네. 노턴은 프랭클린을 첫 번째 대상으로 삼고 작업을 시작했지만, 완전히 실패하고 말았지. 프랭클린은 노턴의 교활한 암시에 영향을 받지 않는 그런 종류의 사람이었던 걸세. 프랭클린은 본인의 감정을 정확하게 인지하고 있었고, 흑백이 분명한 논리 체계를 가지고 있는 사람이기 때문에, 외부적인 압력을 모조리 무시할 수 있었던 걸세. 게다가 프랭클린은 연구에 열정을 쏟아 붓고 있었지. 그렇게 연구에 빠져 있었기 때문에 그는 노턴의 말에 넘어가지 않았던 걸세.

그런데 노턴은 주디스에게서 훨씬 큰 성과를 올릴 수 있었지. 노턴은 불필요한 생명이라는 주제를 가지고 아주 교묘하게 수작을 부렸다네. 그 주제는 주디스가 신념을 갖고 있는 분야였고, 주디스의 은밀한 욕망과 맞닿아 있었지. 노턴이 그 사실을 알고 이용했던 반면, 주디스는 불쾌해 하면서 그의 말을 무시한 걸세. 노턴은 아주 치밀했어. 자기 자신은 반대 입장을 취하면서 주디스에겐 결단을 내리고 행동할 만한 배짱이 없을 거라며 슬슬 약을 올렸지. '젊은 사람들이라면 누구나 해 보는 그런 말일 뿐이에요. 하지만 실제로 행동에 옮기지는 않죠!'라는 말을 하면서 말일세. 그런 구태의연한 싸구려 조롱은 아주 빈번하게 효과를 발휘한다네, 헤이스팅스! 젊은 이들이란 그런 말에 잘 넘어가거든! 어떤 건지 제대로 인식하지도 못하면서 먼저 덤벼들고 보지!

쓸모없는 바버라만 제거하고 나면, 프랭클린과 주디스에게는 길이 훤히 뚫리는 셈이었어. 아무도 그런 말은 하지 않았지. 결코 입 밖에 내서는 안 되는 말이었거든. 노턴은 개인적인 신념은 실제 행동과는 전혀 아무런 관계도 없다는 점을 계속 강조했지. 개인적인 의견과 실제 행동이 관련되어 있다는 것을 깨닫는 순간, 주디스는 격렬하게 반응을 나타낼 터였지. 그렇지만 노턴처럼 교활한 살인 중독자는 불 속에 철 덩어리 하나를 집어넣는 것만으로는 만족하지 못하지. 그는 사방으로 흥미거리를 찾아다녔어. 러트렐 부부한테서도 기회를 포착했지.

기억을 더듬어 보게나, 헤이스팅스. 자네가 처음으로 브리지 게임을 했던 날 저녁 말일세. 노턴이 나중에 자네에게 말을 할 때 그의 목소리가 너무 커서 자네는 러트렐 대령이 들을까 봐 걱정이 되었다고 하지 않았나. 물론 그랬어! 노턴은 일부러 대령의 귀에 자기 말이 들어가도록 한 거야! 노턴은 암시를 분명하게 줄 수 있는 기회를 놓치는 법이 없지. 불화를 조장할 수 있는 기회 말일세. 그리고 그의 노력은 드디어 성공을 거두지. 사건은 바로 자네 코앞에서 일어났다네, 헤이스팅스. 자네는 사건의 경위를 알지 못했지만 말일세. 기반은 이미 닦여 있었지. 대령은 심적 부담이 커진 데다 다른 사람들 앞에서 수모를 당하게 되자, 아내에 대한 적개심이 한층 커졌다네.

당시 상황을 정확하게 기억해 보게나. 노턴이 목이 마르다고 말했지.(노턴은 러트렐 부인이 집 안에 있고 곧 그 자리에 나타나리라는 것을 알고 있지 않았을까?) 원래 인심 좋은 러트렐 대령은 주인 입장에서 노턴의 말에 즉각 반응을 보였지. 자기가 술을 사겠다고 제안을 한 거야. 그리고 대령은 술을 가지러 들어갔네. 자네들은 모두 창문 너머에 앉아 있었지. 그리고 대령의 아내가 나타났어. 이어 필연적인 일이 발생했고. 대령은 사람들이 밖에서 듣고 있으리라는 것을 알고 있었어. 그리고 대령은 집 밖으로 나왔지. 그런 상황은 대충 말로 얼버무릴 수도 있는 그런 성질의 것이지, 안 그런가. 캐링턴이라면 그런 역할을 잘 해낼 수 있었을 텐데.(캐링턴은 세상살이에 대한 지혜도 풍부하고 세련된 태도와 몸가짐도 갖추고 있으니까. 비록 지금까지 내가 만나 본 사람 가운데 가장 심하게 거드름을 피우고 지루하기 짝이 없는 인간이긴 하지만 말이지! 바로 자네가 우러러보는 그런 종류의 남자 말일세!) 자네가 나섰더라도 그리 나쁘지 않게 상황을 처리할 수 있었을 거야. 그런데 노턴이 튀어나와서는 쓸데없는 말을 계속 떠들어 대면서 실컷 재주를 부렸고 상황은 더욱 악화됐지. 노턴은 브리지 게임에 대해서도 주절댔고(수모를 당했던 기억을 떠올리도록 말이지.) 총기 사고에 대한 이야기도 끄집어냈지. 그리고 노턴이 암시의 말을 던지자마자, 정신머리 없고 멍청한 캐링턴은 노턴의 의도대로 나서서 동생에게 총을 쏜 아일랜드 당번병에 대한 얘기를 꺼낸 걸세. 헤이스팅스, 노턴은 언제라도 적절한 계기가 주어지기만 하면 그 늙은 바보가 그 얘기를 자기 얘기인 양 끄집어내리라는 것을 알고 있었고, 따라서 그 전에 미리 그 얘기를 캐링턴에게 해 주었지. 자네도 알겠지만, 궁극적인 암시를 한 사람은 결국 노턴이 아니게 된 셈이지. 몬 디외, 농!(젠장, 그가 아니었어!)

그때쯤엔 모든 준비가 다 되어 있었지. 가중 효과. 한계점. 러트렐 대령은 주인으로서의 자신의 위신이 땅에 떨어졌다는 생각이 들었고, 친구들 앞에서 창피를 당한 데다 자신이 아내에게 맥없이 굴복하는 것밖에는 달리 어떻게 해 볼 만한 배짱도 없다고 사람들이 생각할까 봐 몹시 괴로웠지. 바로 그때 돌파구를 열어 주는 얘기가 튀어나온 걸세. 루크라이플 총, 사고, 동생을 총으로 쏜 남자, 그리고 갑자기 뭔가 살짝 움직이는 게 보였는데, 바로 아내의 머리통이었지……. '틀림없이 사고로 보일 거야……. 저들에게 보여 주겠어. 마누라에게도 보여 주고야 말겠어……. 망할 여편네! 콱 죽어 버려라……. 저 여편네를 죽여 버리고 말 거야!'

대령은 아내를 죽이지 않았네, 헤이스팅스. 내 생각에 대령은 본능적으로 급소를 피해서 총을 쏘았던 것 같은데, 그건 본인이 그러고 싶어 했기 때문이었어. 나중에 시간이 지나면서 사악한 주문이 풀렸지. 그 망할 여편네는 다름 아닌 세상 무엇보다도 소중한 여인이며 아내였던 거야.

그 사건은 노턴의 범죄 중에서 실현되지 못한 경우 가운데 하나가 되었지.

아, 그렇지만 노턴은 곧 다음 일을 도모했네! 다음 대상이 바로 자네였다는 걸 알고 있나, 헤이스팅스? 지난 일을 돌이켜 보게나. 모든 것을 말일세. 바로 자네, 정직하고 상냥한 내 친구 헤이스팅스! 노턴은 자네 마음속에서 약한 면을 모두 간파해 냈네. 그래, 게다가 자네의 점잖고 양심적인 면도 보았지.

앨러턴은 자네가 본능적으로 싫어하고 두려워하는 부류의 사내였어. 자네는 앨러턴 같은 놈은 없어져야 마땅하다고 생각했지. 앨러턴에 대해서 자네가 들은 얘기와 자네가 생각했던 것은 모두 사실이라네. 노턴은 자네에게 앨러턴에 대한 어떤 얘기를 해 주었지. 그 얘기는 전적으로 사실이라네.(실제로 그 얘기의 당사자인 아가씨는 신경과민인 데다 별 볼일 없는 집안 출신이기는 했지만 말일세.)

그 얘기는 판에 박히고 보수적인 사고 방식을 가진 자네의 주의를 잡아끌었지. 앨러턴이라는 작자는 아가씨들을 호려서 인생을 망치게 하고 자살을 하게 만드는 나쁜 놈이다! 노턴은 캐링턴이 자네와 그 문제를 논의하도록 유도했네. 캐링턴은 자네에게 '주디스와 얘기를 해 보라고' 충동질했지. 예상대로 주디스는 자기 인생이니

자기가 알아서 하겠다는 식으로 말하면서 즉시 반발했어. 그 때문에 자네는 상황이 그야말로 최악이라는 생각을 하게 되었지.

노턴이 이용했던 다른 장치에 대해서도 얘기해 보겠네. 먼저 그는 자네의 자식에 대한 사랑을 이용했네. 자네 같은 남자가 자식에 대해 갖는 강하고 보수적인 책임감 말일세. 그리고 천성적으로 타고난 자네의 알량한 자존심도, '나는 뭔가를 해야만 해. 모든 것이 나한테 달려 있어.'라는 생각, 그리고 아내의 지혜로운 판단에 의지할 수 없기 때문에 느껴야 하는 자네의 무력감. 아내의 기대에 어긋나면 안 된다고 하는 자네의 그 성실함도. 보다 근본적인 측면에서 보자면, 자네의 자만심도 한몫했지. 나와 함께 일하는 동안, 자네는 온갖 범죄 기법에 대해 알게 된 거야! 마지막으로, 남자들 대부분이 딸에 대해 갖는 내밀한 감정, 즉 딸을 빼앗아 가려는 남자에 대한 아버지의 이유를 알 수 없는 질투심과 혐오감이 보태졌지. 헤이스팅스, 노턴은 각기 다른 시점에서 마치 명연주자처럼 그런 감정들을 마음껏 갖고 놀았다네. 그리고 자네는 거기에 반응을 보인 것이고.

자네는 상황을 너무 쉽게 있는 그대로 받아들이는 경향이 있어. 자네는 항상 그랬지. 여름 별장에서 자네는 앨러턴의 말을 듣고 있는 상대가 주디스라고 너무 쉽게 단정지어 버렸어. 하지만 그곳에서 자네는 주디스의 모습을 보지 못했을 뿐더러 목소리조차 듣지 못했잖나. 그리고 놀라운 건, 다음 날 아침에도 자네는 여전히 앨러턴의 상대가 주디스라고 생각하고 있었다는 것일세. 자네는 주디스가 '마음을 바꾸었다.'고 생각하고는 좋아라 했지.

그렇지만 자네가 조금만 더 신경을 써서 사실 정보를 검토해 봤다면, 주디스가 그날 런던으로 갈 이유가 없다는 걸 바로 알아차렸을 걸세! 더욱이 자네는 눈에 뻔히 보이는 또 다른 상황에 대해서도 추리를 하지 못했어. 그날 저택을 떠나려고 했던 사람이 또 하나 있었지. 그리고 그 사람은 그렇게 할 수 없게 되자 불같이 화를 냈지. 바로 간호사인 크레이븐 양이었어. 앨러턴은 한 여자만 죽기 살기로 쫓아다니는 사람이 아니었네! 앨러턴과 크레이븐 양의 교제는 상당히 진전된 상태였고 그에 비해 주디스와의 관계는 일시적인 희롱에 지나지 않았던 걸세.

맙소사, 노턴은 또다시 무대를 준비했지.

자네는 앨러턴과 주디스가 키스를 하는 장면을 목격했지. 바로 그때 노턴은 자네를 잡아끌어서 모퉁이를 돌아 나오게 만들었네. 노턴은 분명 앨러턴이 여름 별장에서 크레이븐 양과 만나기로 한 것을 알고 있었을 걸세. 잠시 실랑이를 벌이다가 노턴은 자네를 보내 주고는 곧 자네 뒤를 따랐지. 노턴은 일부러 자네가 앨러턴이 하는 말을 엿듣게 하고는 상대 여자가 주디스가 아니라는 걸 알아채기 전에 재빨리 자네를 잡아끌어 낸 걸세!

그래, 대단한 놈이야! 자네는 노턴이 마련해 놓은 장치에 맞아떨어지는 행동을 즉각적으로 보여 주었네! 즉 반응을 한 것이지. 자네는 살인을 하기로 마음먹은 거야.

하지만 헤이스팅스, 다행히도 자네 곁에는 머리가 아직 잘 돌아가는 친구가 있었네. 그런데 멀쩡한 건 그의 두뇌뿐만이 아니었지!

서두에서 이미 말했듯이, 자네가 진실을 알 수 없었다면 그건 천성적으로 의심할 줄 모르는 자네의 성품 때문일 걸세. 자네는 들은 대로 믿지. 내가 한 말도 자네는 그대로 믿었네…….

그렇지만 자네는 아주 쉽게 진실을 알 수도 있었어. 나는 조르주를 떠나보냈는데, 왜였겠나? 조르주 대신 그보다 경험도 적고 똑똑하지도 않은 사람을 고용했는데, 왜 그랬겠나? 그리고 나는 의사에게 진찰을 받으려 하지도 않았네. 건강에 대해서 항상 전전긍긍하는 내가 말일세. 나는 의사에게 진찰을 받으라는 말을 들으려 하지 않았지. 왜였겠나?

스타일스에서 왜 내가 자네를 필요로 했는지 이제 알겠나? 난 내가 한 말을 전혀 의심하지 않고 받아들여 줄 사람이 필요했네. 자네는 내가 이집트로 떠날 때보다 돌아왔을 때 건강이 훨씬 악화됐다고 한 내 말을 그대로 믿었지. 하지만 사실은 그렇지가 않았어. 나는 건강이 훨씬 좋아져서 돌아왔지! 자네가 조금만 신경 썼어도 그 사실을 알아차릴 수 있었을 거야. 하지만 자네는 눈치 채지 못했고, 내 말을 그대로 믿었지. 내 사지가 갑자기 힘을 쓸 수 없게 되었다는 것을 조르주가 믿을 리 없기 때문에 나는 그를 멀리 떠나보낸 것이라네. 조르주는 사물을 보는 안목이 대단히 뛰어난 사람이야. 조르주라면 내가 사지를 쓰지 못하는 척하고 있을 뿐이라는 것을 알아차렸을 걸세.

이제 알겠나, 헤이스팅스? 마음대로 움직이지 못하는 척하면서 커티스를 속이는 동안 사실 나는 마음대로 움직일 수가 있었네. 나는 걸을 수도 있었지. 절뚝거리기는 했지만 말이야.

그날 저녁 나는 자네가 위층으로 올라오는 소리를 들었지. 그리고 자네가 머뭇거리다가 앨러턴의 방으로 가는 소리를 들었네. 나는 정신을 바짝 차렸지. 자네의 심경에 대해 신경을 많이 쓰고 있었으니까.

우물쭈물할 시간이 없었네. 그때 나는 혼자 있었어. 커티스는 저녁을 먹으러 아래층에 내려가 있었고. 나는 방에서 살그머니 빠져나와서 복도를 가로질러 갔다네. 앨러턴의 욕실에서 자네의 기척이 들려왔지. 여보게, 나는 신속하게, 자네가 그토록 비난해 마지않는 방식으로, 무릎을 굽히고는 욕실 문의 열쇠 구멍으로 안쪽을 들여다보았네. 다행히도 안쪽에 자물쇠 창만 있고 열쇠가 꽂혀 있지 않았기 때문에 누구라도 그 안을 들여다볼 수가 있었지.

나는 자네가 수면제를 갖고 어떤 일을 꾸미고 있다는 걸 알아차렸네. 자네가 뭘 하려는지도 눈치 챘지.

그래서 나는 행동을 개시한 걸세, 이 친구야. 나는 내 방으로 돌아왔지. 그리고 준비를 했어. 커티스가 올라왔을 때 그에게 자네를 불러오라고 시켰지. 자네는 내 방으로 와서 하품을 하면서 두통이 있다고 말했어. 나는 곧 안달을 하면서 설쳐 댔네. 자네에게 이런 저런 치료법을 권하면서 말일세. 자네는 내 맘을 편하게 하려고 초콜릿 차를 받아 마셨지. 자네는 잔을 빨리 비울 심산으로 그 차를 쭉 들이켜더군. 그렇지만 친구, 나한테도 수면제가 있었다네.

그리고 자네는 잠이 들었지. 계속 잠을 자다가 아침에 깨어나 정신을 차리자 자네는 자신이 저지를 뻔했던 일을 떠올리며 두려움에 떨었네.

자네는 이제 안전해졌지. 누구든 그런 일을 또다시 시도하지는 않으니까. 한번 제정신으로 돌아온 후에는 말일세.

그렇지만 그 일로 해서 나는 결심하게 됐네, 헤이스팅스! 다른 사람들에 관해 내가 알고 있는 어떤 사실이 자네에게 영향을 미쳤으니까. 자네는 살인을 저지르지는 않았네, 헤이스팅스! 그렇지만 살인으로 교수형에 처해질 뻔했어. 법의 눈으로 보면 무죄라고 할 수밖에 없는, 다른 사람이 저지른 살인 때문에 말일세.

선하고, 정직하고, 너무나 고결한 내 친구, 헤이스팅스. 참으로 다정하고, 양심적이고, 아주 순진한 자네가 말일세!

그래, 나는 조치를 취해야만 했어. 나는 내 목숨이 얼마 남지 않았다는 것을 알고 있었네. 그리고 그 점은 나에게 잘된 일이었지. 살인의 가장 좋지 않은 부분은 바로 살인자가 후에 뒷감당을 해야 한다는 점 아니겠나, 헤이스팅스. 나, 에르퀼 푸아로는 모든 이들에게 죽음을 나누어 줄 성스러운 임무를 부여받았다고 생각했지. 그렇지만 다행히도, 그런 일을 벌일 만큼 시간이 남아 있지는 않았네. 곧 죽음이 닥쳐올 테니. 나는 우리 두 사람에게 말할 수 없을 정도로 소중한 누군가에게 노턴이 수작을 부려 성공을 거둘까 봐 두려웠네. 바로 자네 딸 말일세…….

그리고 바바라 프랭클린이 사망하는 일이 발생했지. 헤이스팅스, 그 문제에 대해 자네가 어떤 의견을 갖고 있는지 몰라도, 자네가 그 사건의 진상을 알아차렸을 것 같지는 않군.

헤이스팅스, 바로 자네가 바바라 프랭클린을 죽였네.

메 위(그래), 바로 자네였어!

자네도 알다시피 좀 전에 말한 삼각 관계 이외에 또 다른 삼각 관계가 존재하고 있었네. 그 양상은 내가 완전하게 계산에 넣지 못한 것이었지. 막상 프랭클린 부인이 사망했을 때에도, 그 사건과 관련된 노턴의 전략은 우리 눈에 보이지도 않았고 귀에 들리지도 않았어. 그렇지만 나는 노턴이 술수를 부렸으리라는 것을 확신한다네…….

프랭클린 부인이 왜 스타일스 저택에 오려고 했는지 그 이유를 알겠나, 헤이스팅스? 자네도 그렇게 생각할 테지만, 스타일스 저택은 그녀가 좋아할 만한 곳이 전혀 아니었네. 프랭클린 부인은 안락한 생활과 좋은 음식, 그리고 무엇보다도 사교 모임을 좋아했지. 스타일스 저택은 화려한 곳이 아니었네. 운영도 잘 되지 않았고, 또 활기도 없었지. 하지만 그곳에서 여름을 보내자고 주장한 사람은 바로 프랭클린 부인이었네.

그래, 거기에는 삼각 관계의 한 축이 존재하고 있었던 것이지. 바로 캐링턴이라네. 결혼 후 프랭클린 부인의 기대는 완전히 어긋나 버렸지. 그것이 그녀가 노이로제 증세를 보인 원인이었어. 프랭클린 부인은 사회적으로나 경제적으로 야심이 많은 여자였지. 그녀는 프랭클린이 엄청나게 출세할 줄 알고 그와 결혼했어.

프랭클린은 대단한 사람이긴 했지만 그녀가 원하는 쪽으로는 그렇지가 못했네. 프랭클린의 탁월함은 신문 지상에 오르내리거나 할리 가*에서 명성을 떨치는 그런 종류의 것은 아니었던 것이지. 프랭클린은 자신이 종사하는 분야에서 어느 정도 명성을 얻고 있었고 학술지에도 논문을 발표하고 있었어. 그렇지만 그는 외부 세계에 널리 알려져 있는 인사도 아니었고, 분명 돈벌이도 시원치 않았을 걸세.

그런데 캐링턴이 나타난 것이지. 캐링턴은 아시아에서 고향으로 돌아오자마자 준남작의 지위와 재산을 한꺼번에 거머쥐게 되었고, 과거에 청혼할 뻔했던 귀여운 열일곱 살짜리 소녀에 대한 애틋한 감정을 그때까지 계속 간직하고 있었네. 캐링턴은 스타일스 저택으로 올 예정이었고 프랭클린 부부에게도 그곳으로 오라고 제안을 했지. 그래서 바버라 프랭클린이 그곳에 오게 된 것이라네.

프랭클린 부인으로서는 엄청나게 흥분할 만한 일이었지! 이 돈 많고 매력적인 사내가 자기한테 오랜 연정을 품고 있는 것이 분명했으니까. 하지만 캐링턴은 보수적인 사람이었고, 이혼을 하라고 부추기는 그런 부류는 아니었지. 게다가 존 프랭클린도 이혼할 생각이 없었고. 존 프랭클린이 죽는다면, 그러면 그녀는 보이드 캐링턴 준남작 부인이 될 수 있었을지도 모르지. 그리고 오, 그렇게만 된다면 정말 멋진 인생이 됐을 텐데! 왜 아니겠나.

노턴은 그런 프랭클린 부인을 쉽게 이용할 수 있는 도구로 여겼

---

* 영국 런던에 위치한 일류 의사들의 동네.

을 걸세.

헤이스팅스, 이쯤에서 자네도 감을 잡았을 테지만, 그런 상황은 단박에 알 수 있는 것이었네.

먼저 프랭클린 부인이 남편에게 어느 정도 애정을 갖고 있는지를 보기 위해 몇 가지 시도를 해 봤지. 그녀는 다소 감정을 과장해서 표현하더군. 남편에게 자기는 짐스러운 존재일 뿐이니 '죽어 버려야죠.'라고 중얼대면서.

바로 그때 완전히 새로운 한 면이 드러났네. 그건 바로 프랭클린 박사가 자기 자신을 실험 대상으로 쓸지도 모른다는 프랭클린 부인의 염려였지.

그건 너무나도 속이 뻔히 들여다보이는 것이었네, 헤이스팅스! 프랭클린 부인은 남편이 피소스티그민 중독으로 죽게 될 것이라는 점을 우리에게 예고하고 있었던 것이지. 자네도 알겠지만, 누구라도 프랭클린을 독살할 수 있었네. 맙소사! 과학적 연구라는 구실이 있으니까. 프랭클린은 무해한 알칼로이드를 복용했지만, 알고 보니 유해한 것이었더라 하는 식으로 말일세.

문제는 상황이 너무 빨리 닥쳐왔다는 것이었네. 자네는 간호사 크레이븐 양이 캐링턴의 손금을 봐 주고 있는 것을 프랭클린 부인이 보고는 언짢아하더라는 얘기를 내게 해 주었지. 크레이븐 양은 매력적이고 젊은 데다 남자 보는 안목도 있었네. 그녀는 프랭클린 박사에게 추파를 던진 적이 있었지만 실패하고 말았지.(그래서 크레이븐 양은 주디스를 싫어했던 걸세.) 크레이븐 양은 앨러턴과 추잡한 관계를 맺고 있었지. 그렇지만 그녀는 앨러턴이 진지한 감정이 아니라는 걸 잘 알고 있었어. 그런 상황에서 그녀가 돈 많고 여전히 매력적인 윌리엄 보이드 캐링턴 경에게 눈을 돌린 건 어찌 보면 당연한 일이지. 모르긴 몰라도 그를 유혹하는 건 쉬웠을 걸세. 캐링턴은 건강하고 아름다운 크레이븐 양을 이미 눈여겨보고 있었으니까.

그러자 바버라 프랭클린은 조바심이 났고 서둘러 일을 꾸미기로 결심했지. 연민의 정을 느끼게 만드는 매력적인, 슬픔에 잠긴 미망인이 되는 날을 앞당기는 쪽이 자신에게 유리했지.

활기찬 아침을 보낸 다음, 프랭클린 부인은 드디어 무대를 마련했어.

자네도 알다시피, 몬 아미, 나는 그 칼라바르 콩을 높이 평가하지. 이번에, 진짜로 효과를 발휘했거든. 그 콩은 무고한 사람을 살리고 죄인을 죽게 만들었지.

프랭클린 부인은 자네를 비롯해서 사람들을 모두 자기 방으로 불렀어. 그리고 야단법석을 떨면서 과시하듯이 커피를 만들었네. 자네가 내게 해 준 말에 따르면, 회전 책장 테이블을 가운데에 두고 프랭클린 부인의 커피는 그녀의 곁에 놓여 있었고 프랭클린 박사의 커피는 테이블 맞은편에 놓여 있었지.

그때 유성이 떨어졌고, 자네를 제외한 다른 이들 모두가 밖으로 나갔던 것을 자네도 기억할 거야. 자네는 십자말풀이 퍼즐과 추억을 붙들고 그 자리에 남아 있었지. 그리고 감정을 숨기기 위해 자네는 셰익스피어의 인용구를 찾는다는 구실로 책장을 휙 돌렸네.

그리고 사람들이 다시 자리로 돌아왔지. 프랭클린 부인은 그녀의 뜻대로라면 과학자인 남편에게 먹이려고 했던 칼라바르 콩 알칼로이드가 가득 든 커피를 마셨고 존 프랭클린은 원래 약삭빠른 부인의 것이었던 평범하고 맛있는 커피를 마신 거라네.

하지만 헤이스팅스, 자네가 잠시만 생각해 본다면 비록 내가 그 사건의 정황을 알고 있기는 했지만 내가 할 수 있는 일은 오직 하나뿐이었다는 사실을 알게 될 걸세. 나는 사건의 정황을 증명해서는 안 되었네. 만일 프랭클린 부인이 자살을 한 것이 아니라고 한다면, 필연적으로 프랭클린 박사나 주디스가 의심을 받게 되어 있었으니까. 전적으로 무고한 그 두 사람이 말일세. 그래서 나는 내게 주어진 권리로 해야 할 일을 했다네. 자신의 목숨을 끊는 것에 관해 프랭클린 부인이 했던 지극히 설득력 없는 말들을 그대로 증언하면서 그 내용을 강조하고 그럴듯하게 들리도록 말을 했지.

나는 그렇게 했네. 아마 그런 일을 할 수 있는 사람은 우리들 가운데 나밖에 없었을 걸세. 자네도 알다시피 내 증언은 상당히 비중이 있었지. 내가 살인 사건에 관한 한 경험이 많은 사람이지 않나. 내가 자살이라고 생각한다고 하면, 사건은 거의 자살로 받아들여지게 될 가능성이 높지. 그렇지 않겠나?

자네가 그 일로 인해 당황했고 불만스러워했다는 것을 나도 알고 있었어. 하지만 다행스럽게도 자네는 진짜 위험한 부분에 대해서는 알아차리지 못하고 있더군.

내가 죽고 난 후, 자네가 그 위험한 부분에 대해 생각을 했을까?

그 생각이 자네 마음속에 파고들어 음험한 뱀처럼 똬리를 틀고 있다가 이따금씩 고개를 들고 아마 이렇게 말하지 않을까? '혹시 주디스가……?'

그럴 수도 있겠지. 그래서 내가 이 글을 쓰고 있는 거라네. 자네가 진실을 알아야 되니까.

프랭클린 부인의 죽음이 자살로 평결이 난 것에 대해 불만을 품은 사람이 하나 있었지. 바로 노턴이었네. 1파운드의 살점을 도려내는 그의 수법*이 좌절되었으니까. 그래, 노턴은 사디스트였어. 그는 온갖 감정, 의심, 두려움, 법적 혼란이 다 갖추어진 전음계(全音階)를 연주하고 싶었던 거라네. 그런데 그 모든 걸 빼앗겨 버렸지. 그가 마련한 살인이 온데간데없이 사라져 버린 셈이니까.

하지만 노턴은 곧 손실을 벌충할 만한 꺼리를 찾아냈다네. 그리고 암시의 말을 하기 시작했지. 얼마 전에 노턴이 쌍안경으로 뭔가를 본 것처럼 군 적이 있지 않은가. 그는 원래 앨러턴과 주디스가 추잡한 짓을 하는 걸 보았다는, 그런 인상을 자네에게 주려고 했던 걸세. 하지만 그 부분에 대해 정확하게 언급을 하지 않은 덕분에, 노턴은 그걸 다른 쪽으로 써먹을 수 있게 되었던 것이지.

가령 노턴이 프랭클린과 주디스가 함께 있는 것을 보았다는 식으로 말했다고 가정해 보세. 그렇게 되면 프랭클린 부인의 자살 사건에 관한 한 흥미롭고도 새로운 국면이 전개될 수도 있었을 테지! 어

---

* 셰익스피어의 『베니스의 상인』에 나오는 사채업자 샤일록의 수법을 인용한 것임.

쩌면 프랭클린 부인이 정말 자살한 것인지 여부도 의심스럽게 되었을 걸세…….

그래서 나는 반드시 해야만 하는 일을 즉시 실행에 옮기기로 결심했다네, 몬 아미. 그날 밤 나는 자네에게 노턴을 내 방으로 데려와 달라고 말했지…….

이제 사건의 정확한 진상을 자네에게 알려 주겠네. 노턴은 자기가 꾸며 낸 얘기를 내게 들려줄 속셈으로 분명 몹시 기뻐했을 걸세. 하지만 나는 그에게 그렇게 할 시간을 주지 않았네. 나는 분명하고 단호하게 노턴에게 말했지, 그에 대해 모든 것을 알고 있다고.

노턴은 내 말을 부정하지 않았어. 그래, 몬 아미, 그가 의자에 기대앉더니 히죽히죽 웃더군. 메 위(그래), 말 그대로 그는 히죽거렸네. 노턴은 내게 나의 그 멋진 생각으로 어떻게 할 셈이냐고 물었어. 나는 그를 처형할 것이라고 말했지.

노턴이 말하더군.

"아, 알겠습니다. 독을 묻힌 단검이나 찻잔으로요?"

그때 우리는 함께 초콜릿 차를 마시려던 참이었지. 무슈 노턴, 그는 단것을 좋아했어.

"독이 묻은 찻잔이 가장 손쉬운 방법이겠지."

나는 그렇게 말하며 그에게 방금 따른 초콜릿 차가 담긴 잔을 건네주었네.

그러자 노턴이 말하더군.

"이런 경우, 내 잔 말고 당신 잔에 담긴 것을 마셔도 되겠죠?"

나는 "그러게."라고 대답했지.

사실 그건 별로 중요하지 않았으니까.

전에도 말한 적 있지만, 나는 수면제를 복용한다네. 단지 상당히 오랜 기간 동안 매일 밤 그 수면제를 복용해서 일종의 내성이 생긴 상태였기 때문에, 같은 양의 수면제를 먹고도 무슈 노턴은 곯아떨어진 반면, 나는 거의 아무렇지도 않았던 것이지. 수면제는 초콜릿 차 안에 들어 있었네. 우리는 똑같은 초콜릿 차를 마셨지. 그에게는 일반적인 수면제 효과가 그대로 나타났고 나에게는 거의 아무 효과도 없었는데, 특히 스트리키니네 토닉 일정량의 반작용으로 말미암아 약효가 중화된 탓도 있었지.

이제 마지막 장으로 넘어가세. 노턴이 잠들자 나는 그를 내 휠체어에 태웠네. 아주 쉬웠지. 휠체어에 이런 저런 장치가 달려 있으니까. 나는 평소에 휠체어를 세워 두는 커튼 뒤 창문가 안쪽에 노턴을 태운 휠체어를 밀어다 놓았네.

그리고 얼마 있다 커티스가 들어와 '나를 침대에 눕혀' 주었지. 사방이 조용해지자 나는 노턴을 휠체어에 태운 채 노턴의 방으로 갔네. 이젠 나의 멋진 친구 헤이스팅스의 눈과 귀를 이용해야 할 차례였지.

자네는 눈치 채지 못한 것 같은데, 사실 나는 가발을 쓰고 있다네, 헤이스팅스. 내 콧수염도 가짜라는 건 더욱더 눈치 채지 못했을 테지.(조르주조차도 그건 모르고 있지!) 커티스가 온 지 얼마 되지 않아서 나는 가발을 사고로 태워 먹은 척하고는 이발사에게 똑같은 가

발을 하나 더 만들게 했네.

나는 노턴의 화장복을 입고 내 회색 머리카락을 꼿꼿이 세운 다음 복도를 내려가다가 자네 방의 문을 톡톡 두드렸지. 얼마 안 있어 자네가 나오더니 졸린 눈으로 복도를 내다보더군. 그리고 자네는 노턴이 욕실을 나와서 절룩거리며 복도를 가로질러 자기 방으로 들어가는 걸 보게 되었지. 자네는 노턴이 방 안에서 자물쇠에 열쇠를 넣어 돌리는 소리도 들었어.

그리고 나는 노턴에게 화장복을 도로 입히고 침대에 눕힌 다음, 소형 권총으로 그를 쏘았네. 그 권총은 내가 외국에서 손에 넣은 것으로 조심스럽게 감춰 두었다가 딱 두 번 노턴이 어디 가고 없는 날 아침에, 아무도 주변에 없을 때 노턴 방의 화장대 위에 보란 듯이 올려놓았었지.

그리고 노턴의 화장복 주머니에 방 열쇠를 넣어 두고는 그 방을 나왔네. 내가 한동안 소지하고 있던 복사한 열쇠로 밖에서 방문을 잠갔지. 그리고 휠체어를 도로 내 방으로 가지고 들어왔네.

거기까지 일을 처리하고 나서 지금 이 글을 쓰고 있는 것이라네.

몹시 피곤하군. 너무 힘든 일을 해서인지 몸에 어지간히 많은 무리를 준 것 같아. 내 생각에 이제 세상을 하직할 시간이 얼마 남지 않은 듯하네…….

한두 가지 강조하고 싶은 말이 있네.

노턴의 범죄는 완전 범죄였어.

하지만 내 범죄는 완전하지 않았지. 난 그렇게 하고 싶지 않았네.

노턴을 죽이는 가장 쉽고 좋은 방법은 바로 내가 공공연히 그를 처단하는 것이겠지. 그러니까 내가 소형 권총으로 사고를 낸 척하는 것이지. 그러고는 당황하고 슬퍼하는 척하는 걸세. 참으로 불행한 사고라고 하면서 말일세. 그럼 사람들은 이렇게 말하겠지. "노망난 노인네가 총이 장전되어 있는 줄도 몰랐다나 봐. 스 포브흐 뷰.(가엾은 노인 같으니라고.)"

하지만 난 일을 그렇게 처리하지 않기로 마음먹었네.

자네에게 그 이유를 말해 주지.

그건 바로 내가 '스포츠'를 하기로 결정했기 때문이네, 헤이스팅스.

메 위(그래), 스포츠! 나더러 그렇게 하지 않는다고 자네가 그토록 자주 책망했던 그 모든 것들을 지금 하고 있는 중이라네. 나는 자네와 페어 플레이를 하고 있는 것일세. 자네에게 딱 맞는 방식으로 말이야. 나는 게임을 하고 있네. 자네는 언제든지 진실을 밝혀 낼 수가 있는 것이고.

자네가 내 말을 못 믿을 경우를 대비해서, 모든 실마리를 하나하나 열거해 주지.

열쇠.

내가 전에 말한 대로, 나는 노턴보다 먼저 여기에 도착했네. 그리고 이것도 역시 전에 말했지만, 나는 여기에 도착한 후 방을 바꾸었지. 내가 스타일스 저택에 와 있는 동안 내 방 열쇠가 없어져서 열쇠를 하나 더 만들었다는 얘기를 자네에게 했을 걸세.

이제 자네가 스스로에게 물어볼 차례라네. 누가 노턴을 죽일 수 있었을까? 방 열쇠는 노턴의 옷 주머니에 들어 있는데, 총을 쏜 후 외관상 안쪽에서, 잠긴 방에서 나올 수 있었던 사람은 누구일까? 그 답은 '그 방에 있을 때 열쇠를 복사해서 갖고 있던 에르퀼 푸아로' 라네.

자네가 복도에서 목격한 남자.

나는 자네에게 복도에서 봤다는 사람이 노턴이 확실하냐고 물었지. 그 말에 자네는 움찔하더군. 자네는 내게 그럼 그게 노턴이 아니라는 뜻이냐고 물었지. 나는 그런 뜻으로 한 말은 아니라고 정직하게 대답했네.(당연히 노턴처럼 보이도록 하려고 내가 아주 공을 들였으니 말이지.) 그리고 나는 키라는 문제를 거론했지. 나는 이곳에 있는 남자들이 모두 노턴보다 훨씬 키가 크다고 말했네. 하지만 노턴보다 작은 사람이 한 명 있었지. 바로 에르퀼 푸아로라네. 발꿈치를 들거나 신발에 밑창을 대어 키를 좀 더 커 보이게 하는 건 상대적으로 쉬운 일이지.

자네는 내가 내 힘으로는 움직일 수 없는 병약자라고 생각했네. 하지만 왜 그렇게 생각했나? 그저 내가 그렇게 말했기 때문이지. 그리고 나는 조르주를 떠나보냈네. '조르주에게 가서 의논할 것', 그것이 내가 자네에게 남긴 마지막 단서였어.

오셀로와 클루티 존이라는 단서도 노턴이 X라는 암시를 주는 것이었지.

그렇다면 누가 노턴을 죽일 수 있었을까?

오직 에르퀼 푸아로뿐이었네.

자네가 그 점을 의심했더라면, 모든 것을 알 수 있었을 걸세. 내가 그동안 했던 말과 행동, 어쩔 수 없이 말을 삼가야 했던 것들에 대해서 말일세. 자네는 이집트에 있는 의사들과 런던에 있는 내 주치의에게서 내가 혼자 걸어서 돌아다닐 수 있다는 말을 들을 수 있을 걸세. 조르주에게서 내가 가발을 쓰고 있었다는 말도 듣게 될 테지. 내가 변장으로도 숨길 수 없었던 것, 그리고 자네가 알아차렸어야 마땅한 것이 있는데, 그건 바로 내가 노턴보다 더 심하게 다리를 절룩인다는 사실이라네.

마지막으로, 권총 자국.

내 약점 가운데 하나지. 나는 그의 관자놀이 쪽에 대고 총을 쏘았어야 했다는 걸 알고 있네. 하지만 그렇게 균형 감각을 잃고 계획성 없게 보이는 것을 용납할 수가 없었네. 그래서 나는 대칭 균형을 맞추어 이마의 정 중앙에 대고 총을 쏘았지…….

오, 헤이스팅스, 헤이스팅스! 그것으로 자네는 진실을 알 수도 있었네.

하지만 아마 결국 자네는 그런 진실을 미심쩍어 했겠지? 어쩌면 이 글을 읽을 때쯤에는 알고 있을지도 모르겠군.

그렇지만 어쨌든 나는 그렇게 생각하지 않는다네…….

아니, 자네는 사람 말을 쉽게 잘 믿으니까…….

자네는 너무 훌륭한 품성을 갖고 있지…….

자네에게 더 이상 무슨 말을 해야 할까? 자네도 알게 될 걸세. 프랭클린과 주디스가 이미 진실을 알고 있지만 자네에게 말해 주지 않을 거라는 사실을. 그들은 함께 행복하게 살겠지. 그들은 가난하게 살면서 무수한 열대의 벌레들에게 물어뜯기고 낯선 열병을 앓기도 하겠지. 하지만 완벽한 삶에 대한 기준은 사람마다 다르지, 그렇지 않나?

그리고 자네, 가엾고 외로운 나의 헤이스팅스는? 아, 내 마음이 너무도 아프군, 친구. 마지막으로 이 늙은 푸아로의 충고를 받아들여 주겠나?

이 글을 다 읽고 나면 기차든 자동차든 버스든 무엇을 여러 번 갈아타든 간에 엘리자베스 콜, 즉 엘리자베스 리치필드를 찾아가게나. 그리고 그녀에게 이 글을 읽어 주든지 아니면 그 내용만이라도 전달해 주게. 자네였더라도 그녀의 언니인 마거릿과 똑같은 행동을 했을지 모른다고. 단지 마거릿 리치필드의 곁에는 가까이에서 지켜봐 주는 푸아로 같은 사람이 없었을 뿐이라고 전해 주게. 그렇게 해서 엘리자베스의 악몽을 걷어내 주고, 그녀의 아버지를 살해한 사람은 그의 딸이 아니라 상냥하고 다정한 그들 가족의 친구인 '정직한 이아고', 즉 스티븐 노턴이었다는 사실을 이야기해 주게.

여보게, 아직 젊고 매력적인 그런 여자가 스스로를 더러운 존재라고 생각하면서 인생을 포기하는 것은 잘못된 일이지 않은가. 그래, 그건 옳지 않아. 그녀에게 그렇게 말해 주게. 아직 여자들에게 매력적으로 보이는 자네가 말일세, 친구…….

에 비엥(그래), 이제 더 할 말이 없군. 내가 한 일이 정당화될 수 있는 일인지 아닌지 잘 모르겠네, 헤이스팅스. 아니, 난 모르겠네. 사람이 제멋대로 법을 시행할 수 있다고는 생각하지 않아…….

하지만 한편 생각해 보면, 나 자신이 바로 법이라네! 벨기에 경찰로 근무하던 젊은 시절에 나는, 지붕 위에 앉아서 자포자기하는 기분으로 아래쪽에 있는 사람들에게 총질을 해 대던 범죄자를 총으로 쏘아 쓰러뜨린 적이 있네. 응급 상황에서는 계엄령이 선포되는 법이지.

노턴의 목숨을 거두어 감으로써 나는 다른 사람들의 목숨을 건졌다네. 무고한 사람들의 목숨을. 하지만 아직도 모르겠어……. 알 수 없으리라는 게 아마도 맞는 표현이겠지. 나는 항상 그렇게 확신해 왔네. 너무나 굳게 믿어 왔지…….

하지만 지금 겸손하게 마치 어린아이처럼 말하건대 "나는 알 수가 없다네……."

잘 있게, 쉐 아미. 나는 침대 곁에 두었던 아질산아밀 앰풀을 멀리 치워 뒀네. 나 스스로를 봉 디외(좋으신 하느님)의 손에 맡기고 싶네. 그분이 벌을 내리시든지 은총을 내리시든지, 곧 결정이 나겠지!

이제 우린 다시는 함께 사냥에 나서지 못하겠군, 친구. 우리의 첫 번째 사냥지는 여기였고, 마지막 사냥지도…….

그때는 참 좋은 시절이었지.

그래, 이번에도 괜찮았어…….

에르퀼 푸아로가 남긴 글은 이것으로 끝이 났다.

아서 헤이스팅스 대위가 맨 뒤에 남긴 기록

(글을 다 읽었지만…… 아직도 믿을 수가 없다……. 하지만 그가 옳다. 나는 알았어야 했다. 이마의 정 중앙에 총알 자국이 난 것을 보았을 때 알아차렸어야 했다.

기묘하게도 그런 생각이 들었다. 그날 아침 내 마음속에 떠올랐던 바로 그 생각.

노턴의 이마에 난 자국은 마치 카인의 낙인 같았다…….)

〈끝〉

옮긴이 | 공보경

1976년에 태어나 고려대학교 문과대학 영어영문과를 졸업하고 영미권 소설 및 인문학 번역가로 활동하고 있다. 옮긴 책으로는 앤 캐서린 에머리히의 『패션 오브 크라이스트』, 리처드 바크의 『영원의 다리』, 마가렛 파인버그의 『하느님의 속삭임』, 베니스 J. 블러드워스의 『생각이 인생을 바꾼다!-행복한 생활의 시작』, 시바 베이드하네이슨의 『도서관의 아나키스트』 등이 있다.

애거서 크리스티 푸아로 셀렉션

커튼

1판 1쇄 펴냄 2015년 7월 10일
1판 6쇄 펴냄 2024년 4월 19일

지은이 | 애거서 크리스티
옮긴이 | 공보경
발행인 | 박근섭
편집인 | 김준혁
펴낸곳 | 황금가지

출판등록 | 2009. 10. 8 (제2009-000273호)
주소 | 135-887 서울 강남구 신사동 506 강남출판문화센터 5층
전화 | **영업부** 515-2000 **편집부** 3446-8774 **팩시밀리** 515-2007
홈페이지 | www.goldenbough.co.kr

도서 파본 등의 이유로 반송이 필요할 경우에는 구매처에서 교환하시고
출판사 교환이 필요할 경우에는 아래 주소로 반송 사유를 적어 도서와 함께 보내주세요.
135-887 서울 강남구 신사동 506 강남출판문화센터 6층 민음인 마케팅부

ISBN 978-89-6017-954-7 04840
ISBN 978-89-6017-956-1 04840 (set)
㈜민음인은 민음사 출판 그룹의 자회사입니다.
황금가지는 ㈜민음인의 픽션 전문 출간 브랜드입니다.